Norbert Scheuer · Winterbienen

Norbert Scheuer · Winterbienen

Winterbienen

Roman

C.H.Beck

Die dreizehn Illustrationen wurden von Erasmus Scheuer gezeichnet.

8. Auflage. 2019

 · Umschlaggestaltung: Konstanze Berner, München · Umschlagabbildung: Motive von shutterstock, Imker: 1071038048, Flugzeug: 1071778031 · Satz und Repro: Fotosatz Amann, Memmingen · Druck und Bindung: Pustet, Regensburg · Gedruckt auf säurefreiem, alterungsbeständigem Papier · (hergestellt aus chlorfrei gebleichtem Zellstoff) · Printed in Germany

ISBN 978 3 406 73963 7 *www.chbeck.de*

Für Elvira

Ich trauere um die Bienen,
sie wurden von kämpfenden Armeen vernichtet.

Isaak Babel, Die Reiterarmee

Tagebuch 1944/45
Egidius Arimond

Undatiertes Blatt

> Es gibt keine Darstellung der ganzen Wirklichkeit. Nur eine Auswahl.
> *Pär Lagerkvist*

Ich wohne in einem Bergarbeiterstädtchen, das an einem Fluss liegt, der sich durch einsame, zerklüftete Landschaften schlängelt, eine Gegend mit kleinen Dörfern inmitten von Magerwiesen, Fichten-, Kiefern- und Buchenwäldern, die sich bis zur belgischen Grenze erstrecken. Dies war immer schon eine verlassene, karge Region, die einst durch Erosion des variszischen Urgebirges entstanden war, mit Bergrücken vulkanischen Ursprungs, welche die Hügellandschaft überragen, mit einer üppigen Vegetation, die die Bienen offenbar sehr lieben, denn sie leben bereits seit Millionen von Jahren hier, lange bevor Menschen im Urftland zu siedeln begannen. Jahrhunderte später christianisierten Mönche die keltischen und germanischen Stämme, die dennoch weiter ihre Matronen, ihre Wald- und Erdgeister verehrten. Einer unserer Vorfahren gehörte, wie uns Vater erzählte, zu diesen frühen Mönchen, ein Benediktiner namens Ambrosius, der im nahe gelegenen Kloster lebte und Bienen züchtete. Wegen einer Liebesbeziehung mit einem Bauernmädchen verließ dieser Ambrosius im Jahre 1492 sein Kloster und gründete in einem der kleinen Höhendörfer eine Familie. Aus dieser Verbindung ging die erste Generation der Arimonds hervor. Es folgten Kriege, Pestilenzen, Hungersnöte, Zeiten des Friedens und wiederum Kriege, in denen meine Vorfahren auf dem Karstboden des Urftlandes Landwirtschaft und Bienenzucht betrieben und damit alle Fährnisse der Zeitläufte überlebten. Mein Vater gab schließlich die gewerbsmäßige Landwirtschaft auf, um im nahe gelegenen Bleibergwerk zu arbeiten – nebenher züchtete er weiterhin Bienen. Ich bin der Erste aus unserer Familie, der eine akademische Ausbildung angestrebt und für längere Zeit die Eifel für seine Studien verlassen hat. Schließlich bin ich in die Heimat zurückgekehrt, als meine Mutter gestorben war und mein Vater, hinfällig geworden, allein lebte. Zunächst habe ich im hiesigen Gymnasium eine Stelle als Lehrer angetreten und nebenher meinem Vater bei der Bienenzucht geholfen. Seit meiner vorzeitigen Entlassung aus dem Schuldienst kümmere ich mich nur noch um die Bienen und treibe für mich Studien zu unserem Benediktiner-Vorfahren. Meinen Lebensunterhalt bestreite ich, indem ich Honigprodukte, Bienenwachskerzen, Wein und Likör, an kleine Geschäfte der Umgebung liefere oder auf Märkten verkaufe. Nach dem Krieg will ich von hier weggehen und diese öde Gegend endlich hinter mir lassen, um in einer großen Stadt zu leben; ich fürchte aber, dann wird es zu spät sein, viele Städte sind bereits zerstört. Womöglich werde ich für immer hierbleiben müssen.

Winter 1944

Montag, 3. Januar 1944

Das abgestürzte Flugzeug ist eine amerikanische Mitchell B-25. Gestern war ich an der Absturzstelle. Seit meiner Kindheit habe ich mit meinem Bruder Alfons zusammen Flugzeuge beobachtet, und ich interessiere mich immer noch für sie. Ich erkenne die meisten Maschinen an ihrer Silhouette, den rechteckigen, ovalen oder spitz zulaufenden Tragflächen, am Rumpf oder am Leitwerk und der jeweiligen Bewaffnung. Mein Bruder hatte schon immer den Traum, die Erde auf irgendeine Weise weit hinter sich zu lassen; seit ich denken kann, wollte er Sternenfahrer werden. An den Wänden seines Zimmers hängen noch seine Zeichnungen von Flugzeugen und Raketen, mit denen der Weltraum erobert werden soll. Im Bücherregal stehen Werke von Hans Dominik und Jules Verne, Romane über kosmische Reisen und von abenteuerlichen Expeditionen ins Erdinnere. Nach dem Schulabschluss meldete Alfons sich zur Luftwaffe. Die erste Nachricht von ihm bekamen wir, als er die Flugschule bereits einige Monate besucht hatte. Dem Brief lag eine Fotografie bei; auf ihr ist er zu sehen, wie er lächelnd mit seinen Kameraden neben einem Übungsflugzeug im Hangar steht.

Seit Kriegsbeginn fliegen täglich Jagdgeschwader und Bomber übers Urftland hinweg. Ich erkenne sie oft, noch bevor sie zu sehen sind, an ihren Motorengeräuschen.

Die Mitchell B-25 hatte sich mit der Spitze in den Boden gerammt. Im Gestänge der gläsernen Kanzel hing ein verschmorter Körper; Köpfe, Füße und Hände der anderen Besatzungsmitglieder lagen verstreut auf dem matschigen Acker, der Pilot saß mit verrenkten Gliedern direkt neben seiner Maschine. Nur fünf Mitglieder der Mannschaft wurden gefunden. Die Feldjäger hatten das Areal weiträumig abgesperrt; Soldaten tasteten die Toten nach Waffen ab, mitunter sind sie in der Schulterwattierung ihrer Jacken versteckt. Sie fanden, wie später in der Gaststätte erzählte wurde, Schlagringe, Pistolen, ein seidenes Halstuch mit aufgedruckter Reichskarte, einen Taschenkompass, ein Klappmesser, goldene Ringe, eine Pilotenuhr, Familienfotos, eine Bibel, Bilder von nackten weißen und dunkelhäutigen Frauen.

Mitchell B-25:

Besatzung: sechs Mann, Antrieb: zwei Sternmotoren Wright Cyclone, je 1850 PS, Bewaffnung: acht MGs Abwehrbewaffnung, acht vorwärtsfeuernde MGs, Bombenlast: 1800 kg

Dienstag, 4. Januar 1944

*Aspera perpessu fiunt iucunda relatu.** Als Kind bin ich oft, wenn ich nicht schlafen konnte, heimlich durch den dunklen, nach Jasmin und Geißblatt duftenden Garten hinauf zum Bienenhaus am Fels geschlichen. Ich berührte mit den Fingerspitzen die alten, porösen Fichtenbretter, pochte vorsichtig gegen das Holz, sprach mit unseren Bienen, legte mein Ohr an den Stock und wartete auf ihre Antwort. Ich lauschte dem aufbrausenden Surren, das bald nachdem sie sich eingestimmt hatten, wieder zu einem leisen, harmonisch pulsierenden Rauschen wurde, das vertraut und tröstlich klang. Manchmal schlief ich im Sommer auf dem Boden vor dem Bienenhaus ein und wurde erst morgens vom Summen der ausfliegenden Bienen geweckt.

* *Was hart zu ertragen war, wird beim Erzählen angenehm.*

Mittwoch, 5. Januar 1944

Als Ende des 19. Jahrhunderts der Bergbau in unserer Region wieder aufblühte, zog es die Bauernsöhne zur Arbeit in die Bleigruben, weil man dort besser verdiente. Aus vielen Ländern kamen damals Bergleute ins Urftland; sie ließen sich mit ihren Familien in Kall und Umgebung nieder und bald suchten Tausende Arbeiter über und unter Tage nach Bleierzen, Manganknollen und Silber. Sie trieben, den Flözen folgend, immer längere und tiefere Stollen in die Erde, wodurch mit der Zeit ein riesiges, mittlerweile vergessenes Labyrinth aus Schächten und Gängen entstand. Auf der Erdoberfläche, dem ehemaligen Weide- und Ackerland, lagen zuletzt Berge aus Schlacke und giftigem Bleisand. Aus einem Bauerndorf an der Urft war damals in nur wenigen Jahren ein Bergarbeiterstädtchen geworden, mit einer Stadthalle, einer Bibliothek, einem Gymnasium, Real- und Gewerbeschulen sowie einem Bahnanschluss, von dem aus die geschürften und verhütteten Erze bis ans Meer und von dort bis nach Brasilien und Neuseeland transportiert wurden. Auch Vater war, als er aus dem Ersten Weltkrieg nach Hause kam, Bergmann in einer der vielen Bleigruben geworden. Nebenher betrieb er, wie ich bereits erwähnte, etwas Landwirtschaft und züchtete Bienen. Ich halte ebenfalls noch Schweine, Hühner und ein Pferd, einen rheinischen Kaltblüter, der sich gut für den Transport der Beuten zu den Bienenweiden eignet. Nachdem meine Eltern geheiratet hatten, baute mein Vater auf einem Grundstück am Ortsrand unser Haus aus rotem Sandstein, den er aus dem Fels am Ende des Gartens herausbrach und zu Quadern schlug. Er hat mehrere Jahre an diesem Haus gebaut, und bald nachdem es fertig war, wurde ich geboren. Dicht an die Sandsteinfelsen platzierte er sein neues Bienenhaus, gleich neben dem Werkstatt- und Geräteschuppen, wo er in seinen letzten Lebensjahren in einem alten Sessel saß und Zeichnungen von Bienen anfertigte, von Sammlerinnen, Baubienen, Wächterinnen, der Königin, ihrem Hofstaat mit den Zofen und den dicken, lüsternen Drohnen. Im Laufe seines Lebens hat Vater viele kleine Zeichnungen seiner Bienen gemacht, als hätte er vorgehabt, jede Einzelne bis ins Detail zu porträtieren, als wäre jede von ihnen ein besonderes Individuum. Bis zu seinem Tod entstanden seltsame, kaum zu enträtselnde Skizzen, die wohl die Bewegungen der Bienen im winterlichen Stock oder die geheimnisvollen Tänze in der warmen Frühlingsluft vor ihren Wohnungen darstellen sollten.

Donnerstag, 6. Januar 1944

Heilige Drei Könige

Noch immer stehe ich wie früher, als ich noch im Schuldienst war, jeden Morgen um fünf Uhr auf, trinke Malzkaffee, esse einige Scheiben Schwarzbrot mit Margarine und Akazienhonig von der letzten Ernte. Mit Johannisbeersaft nehme ich meine Antiepileptika (Luminal) ein. Lebensmittel und Medikamente sind seit Kriegsbeginn rationiert und nur noch auf Marken zu bekommen. Vaters Hund sitzt neben mir; er ist ein betagter, eigenwilliger grauschnauziger Rüde. Er begleitet mich, wenn ich nach draußen gehe, folgt mir überallhin. Nach dem Frühstück füttere ich die Ferkel im Stall neben der Scheune, bringe das Pferd auf die Weide, gehe zu meinen Winterbienen und entferne den Schnee von ihren Einfluglöchern. Die Bienen brauchen freie Fluglöcher für die Luftzirkulation im Stock.

Die Aufgabe der jetzt lebenden Winterbienen besteht darin, die im Frühjahr zu erwartende neue Generation der Larven warm zu halten, zu schützen und zu füttern und so das Überleben des Volkes zu sichern. In der kalten Jahreszeit halten sie die Temperatur in ihrem Staat konstant auf etwa zwanzig Grad, das ist gerade warm genug, damit ihre Königin und sie selbst nicht erfrieren. Den Bienen genügen zum Überleben zwei gut isolierte Zargen, in denen sie sich in einer Traube aneinanderdrängen. Durch ständiges Vibrieren ihrer von den Flügeln entkoppelten Brustmuskulatur erzeugen sie die nötige Wärme, sie wechseln ständig ihren Platz in der Traube, sodass jede von ihnen auch einmal in den Genuss der höheren Temperatur im Inneren der Gemeinschaft kommt. Bienen kooperieren in sehr komplexen Systemen. Sie können ihr Gesellschaftssystem nicht neu erfinden, ihre Königin nicht einfach töten und eine Republik ausrufen. Sie haben Jahrmillionen gebraucht, um sich in der jetzigen Weise zu organisieren. Alles im Bienenvolk scheint aufs Beste fürs Überleben und die Wohlfahrt des Volkes eingerichtet. Bereits Vergil liebte und schätzte die Bienen, er hielt sie für fleißig und künstlerisch begabt, da sie schöne Wabengebilde bauen. In ihrem Staatswesen sah er gar das Vorbild für das römische Imperium; so lobte er ihren Kampfesmut, den er mit dem der tapferen römischen Soldaten verglich. Aber Bienen sind nicht aggressiv, sie würden niemals andere Völker erobern und sie unterjochen; sie sind friedfertig, wenn sie sich nicht angegriffen fühlen.

Samstag, 8. Januar 1944

In den Kroppeln, einem kleinen Kiefernwäldchen im Südwesten von Kall, unweit meiner besten Bienenweiden, wurde gestern, fünf Tage nach dem Absturz der Mitchell, ein amerikanischer Fallschirm in der Krone einer Kiefer entdeckt. Einem Besatzungsmitglied war es offensichtlich gelungen, sich aus der abstürzenden Maschine zu retten, es muss dann aber mit seinem Schirm in den Ästen hängengeblieben sein. Aus dieser Lage hatte der amerikanische Flieger sich wohl befreien und fliehen können, oder aber er war befreit worden. Sicher hielt er sich noch irgendwo versteckt. Ein Suchtrupp verfolgte die Spuren; der ganze Ort und die Umgebung waren voller Feldjäger, die jeden Winkel systematisch durchkämmten. Die Tatsache, dass es Spuren von zwei Männern gab, bei dem abgestürzten Flugzeug jedoch fünf Tote gefunden wurden, legt nahe, dass ein Soldat überlebt und jemand von hier ihm geholfen hatte. Die Suche dauerte bis es dunkelte; sie erstreckte sich sogar bis ins Bergschadensgebiet, eine gefährliche Gegend, die von geheimen unterirdischen Hohlräumen und Stollen durchzogen ist. Als Kind habe ich mit meinem Bruder dort oft in den Höhlen gespielt. Die Suchtrupps wagen sich nur zögerlich dorthin, weil immer die Gefahr besteht, in einen der zahllosen unterirdischen Gänge, einen Belüftungsschacht oder ein verdecktes Senkloch einzubrechen. Da mein Haus nicht weit von der Absturzstelle entfernt liegt, erschien abends ein Suchtrupp bei mir. Fünf Feldgendarme mit Maschinenpistolen inspizierten alle Zimmer, die Scheune und den Schuppen, der sich neben dem Bienenhaus an die Sandsteinfelsen drückt. Sie sahen sich auch in meiner kleinen Bibliothek um, einer von ihnen schaltete mein Radio ein und drehte an den Knöpfen herum. Sie fanden nichts. Alle verbotenen Bücher hatte ich schon vor Jahren in den Regalen der hiesigen Leihbibliothek versteckt, wo sie bestimmt niemandem auffallen würden. Die wichtigsten Sachen sind allerdings zusammen mit meinen täglichen Notizen sicher in einem doppelten Boden eines Bienenstockes verborgen.

Sonntag, 9. Januar 1944

Jetzt im Winter muss ich ausnahmsweise einmal mehr arbeiten als meine Bienen; sie konzentrieren sich in der frostigen Jahreszeit nur aufs Überleben, und das bedeutet für sie in erster Linie, die Kälte zu überstehen. Ihr Volk ist wie ein Organismus, der im Frühjahr einatmet, im Sommer ausatmet und im Herbst und Winter zur Ruhe kommt. Ich hingegen muss in dieser kalten Jahreszeit vieles für die nächste Saison vorbereiten. Ich arbeite zumeist im Werkzeugschuppen neben dem Bienenhaus, wo ich alles für die Herstellung des Honigs und das Schreinern der Beuten zur Verfügung habe. Die Zargen müssen gegebenenfalls repariert und neu gestrichen werden. Außerdem gibt es vieles andere, auf das ich achten muss, Wachsmotten zum Beispiel, deren Weibchen es immer wieder schaffen, in den Stock einzudringen; sie legen ihre Eier in die Waben und überziehen sie mit einem dichten Gespinst. Dafür inspiziere ich also auch im Winter regelmäßig meine Bienenvölker. Von Kollegen höre ich neuerdings häufiger, dass ihre Bienen unter der Nosema-Plage leiden, einem Parasiten, der bevorzugt Magen und Darm der Arbeiterinnen befällt und ganze Völker sterben lässt. Prof. Dr. Karl von Frisch nimmt als Grund für die anhaltende Abnahme der Bienenanzahl in den Völkern den Befall der Flugbienen mit Mikroben an. Sie kehren, von ihnen befallen, nicht mehr vom Honigsammeln zurück und sterben weit entfernt vom Stock; vielleicht verlieren sie durch diese Krankheit auch ihre Erinnerung an den Heimweg und irren so von Blüte zu Blüte, bis sie schließlich vor Erschöpfung sterben. Da so viele Bienen nicht in den Stock zurückkehren, wird immer weniger Futter eingebracht, was zusammen mit den übrigen Folgen des Bienenschwundes zum Verhungern des Volkes führen kann. Karl von Frisch ist jüdischer Abstammung; seine Forschungen über die Bienen und ihre Krankheiten müssen den Nazis sehr wichtig sein, sonst würden sie ihn nicht an der Universität weiterforschen lassen. Bisher konnte ich die Nosema-Krankheit bei meinen Bienen Gott sei Dank noch nicht beobachten. Manche Kollegen berichten, dass in diesem Winter einige ihrer Völker binnen kurzer Zeit einfach abgestorben sind. Daher frage ich mich, ob meine Bienen an den Kalköfen noch gesund sind. Ich kann dort oben an der Grenze jetzt nicht kontrollieren, mit dem Pferdefuhrwerk wäre ich fast den ganzen Tag unterwegs; ich überlasse diese Völker im Winter meist sich selbst, womöglich sind sie deshalb widerstandsfähiger als meine Bienen hier unten im Tal.

Dienstag, 11. Januar 1944

Am Nachmittag gehe ich hinunter in die Stadt ins Café Blasius; ich nenne es Café, aber es gibt dort nur eine kleine, gemütliche Sitzecke am Ladenfenster unweit der Bäckereitheke. Die Verkäuferin steht hinter der Theke und sieht zu mir hin. Sie hat mich einmal gefragt, was ich in mein Heft schreibe. Ich habe ihr geantwortet, ich schriebe über meine Bienen, so wie ein Kaufmann müsste auch ich täglich Buch führen, die Bienen wären meine Angestellten, sie würden den Honig produzieren und ich würde ihn verkaufen und für sie sorgen. Die Verkäuferin ist eine etwas naive, aber gutmütige Person, die eine kleine Hasenscharte hat und näselnd spricht; manchmal redet sie mit sich selbst und zählt die Brote oder summt leise vor sich hin. Ich sitze gern hier, trinke Malzkaffee, blicke auf den mit Kopfstein gepflasterten Marktplatz mit dem alten Brunnen aus löchrigem Kalkstein und die umliegenden kleinen Geschäfte. Nicht weit entfernt befindet sich die Bibliothek; daneben verschwindet eine Gasse zwischen der Kirchhofsmauer und niedrigen Bruchsteinhäusern, die an ihrer Front Balkone mit schmiedeeisernen Geländern haben.

In der Bibliothek vergewissere ich mich bei jedem Besuch, ob eine Nachricht für mich hinterlegt worden ist. Von dieser Regel darf ich keinen Fingerbreit abweichen. Die Kassiber stecken in einem der rindsledergebundenen Bände, die die Menge geförderten Bleierzes und die Löhne der Arbeiter in den Jahren 1850–1888 auflisten; niemand interessiert sich für diese wertlosen Zahlenkolonnen.

Nach meiner Arbeit in der Bibliothek besuche ich die Gaststätte am Rauschen, die meine Cousine Sanny zurzeit alleine führen muss. Ihr Mann, Vallentin, wurde vor drei Jahren zur Wehrmacht eingezogen und kämpft jetzt im Osten. Schon lange hat Sanny nichts mehr von Vallentin gehört und macht sich große Sorgen; die beiden waren gerade ein Jahr verheiratet, als er eingezogen wurde. Sie ist die Einzige, die weiß, dass ich Juden zur belgischen Grenze bringe und damit etwas hinzuverdiene. Ich verlange zweihundert Reichsmark pro Person für den Transport – zuerst kommt doch immer das Geld, dann erst die Tugend –, aber ich brauche viel Geld für meine Antiepileptika; seit dem Krieg sind kaum noch Medikamente zu bekommen, besonders für jemanden wie mich, der keinen Wert für die Volksgemeinschaft hat, der nach der Ideologie des Regimes ein Schmarotzer ist und eigentlich vernichtet gehört.

Auch tagsüber höre ich jetzt immer häufiger Feindflugzeuge. Martin B-26 Marauder, Lightning-, Maryland- und Lancaster-Bomber. Ich erkenne sie an ihren ganz speziellen Fluggeräuschen. Es sind große Kampfflieger, die ihre Bomben über den Städten und den Industrieanlagen des Ruhrgebiets abwerfen werden. Sie fliegen so hoch, dass man sie mit bloßem Auge nicht wahrnimmt, nur das Sonnenlicht lässt sie mitunter als Silbersterne in den Wolkenlücken aufblitzen.

Mittwoch, 12. Januar 1944

Der Himmel ist grau wie Zement, die Wolken hängen tief, sodass man fürchtet, sich irgendwo weit entfernt am Horizont den Kopf zu stoßen.

Feindflugzeuge sind heute wegen der dichten Wolkendecke nicht unterwegs, aber der Krieg ist doch immerzu anwesend; ein schrecklicher Dämon, der seit Menschengedenken existiert, versteckt in einem Winkel lauert und jederzeit unerwartet hervorkommen kann, um blindwütig die Natur und ihre Kreaturen zu schänden.

Ich gehe nicht wie sonst um diese Zeit in den Schuppen, die Beuten zu reparieren, sondern sitze stattdessen vorm Fenster an meiner Schreibmaschine, träume, sehne mich danach, dass die Bienen wieder ausfliegen, Nektar und Blütenstaub sammeln werden, dass ihre kleinen Körper im Sonnenlicht glitzernd schweben und ich, neben ihren Fluglöchern auf einem Hocker sitzend, ihrem Summen lausche. Meine Finger zittern, während ich dies hier schreibe, ich spüre den Schwindel, dem früher oft ein epileptischer Anfall folgte. Draußen wirbeln Schneeflocken, die Schatten der Zweige schweben überm Schnee; eine der verwilderten Katzen aus der Scheune schleicht durch den Garten und verschwindet hinterm Bienenhaus. Ich habe mehr und mehr das Gefühl, in einem riesigen kalten Raum zu leben, aus dem es kein Entrinnen für mich gibt, in dem meine Erinnerungen langsam erstarren werden. Ich habe damit begonnen, in meinem Bienentagebuch nun auch wichtige Erlebnisse und meine geheimsten Gedanken zu notieren. *Arduum videtur res gestas scribere.** Ja, es ist gefährlich und schwierig, die Wahrheit aufzuschreiben.

Aber ich widme meine Notizen nur den Bienen, denn ich weiß, dass sie mich verstehen und niemals verraten werden.

* *Es erscheint schwierig, Geschichte zu schreiben.*

Donnerstag, 13. Januar 1944

Ich habe es heute nicht einmal bis in die Bibliothek geschafft, obwohl dort vielleicht eine Nachricht für mich deponiert sein könnte. Ich bringe nur noch wenige Flüchtlinge bis zur Grenze, der Fluchtweg ist in den letzten Jahren immer gefährlicher geworden. Vor dem Krieg nahm jemand, der das Reich illegal verlassen musste, den Linienbus nach Losheim oder Prüm. Er stieg unweit der Grenze aus, sprang über den Straßengraben und lief über die Felder und Wiesen in die Freiheit. Nach der Annexion Belgiens gab es diese Möglichkeit nicht mehr, die Organisation fand einen anderen, komplizierteren, aber relativ sicheren Weg. Ich wundere mich, dass ich immer noch von der Grenze rede, obwohl sie de facto nicht mehr existiert. Wenn jetzt Flüchtlinge kommen, steht in dem Buch, das ich gerade lese, am Rand mit Bleistift eine Signatur. Ich weiß nicht, wer die Signatur in das Buch schreibt; sie steht jedenfalls immer auf einer bestimmten Seitenzahl, und ich radiere sie aus, nachdem ich sie mir eingeprägt habe. Unter dieser Signatur finde ich dann einen Zettel vor, der mich über Treffpunkt, Uhrzeit und Anzahl der Flüchtlinge informiert. Habe ich die Flüchtlinge am angegebenen Ort abgeholt, führe ich sie auf dem langen Weg durch das Bergschadensgebiet zu ihrem Versteck, eine geheime Grotte unterhalb des Elefantenkopfes, die zwar auch auf viel kürzerem Weg direkt von meinem Haus aus erreichbar ist, was aber viel gefährlicher wäre. Wie die Wohnung einer Maus hat auch meine Höhle mehrere Ausgänge. In der Kindheit habe ich mit Alfons den Zugang zur Höhle im Garten zufällig entdeckt, und sie ist immer unser Geheimnis geblieben. Die Flüchtlinge bleiben unten im Versteck, bis ich die Anweisung bekomme, sie zur Grenze zu bringen. Wegen der Bienen muss ich noch vor Sonnenaufgang, bevor sie zum Sammeln ausfliegen, bei den Ruinen der römischen Kalkbrenneröfen im Grenzgebiet angekommen sein. Der Transport der Bienenvölker kann nur von den Abendstunden bis zum nächsten Morgen erfolgen. Die Flüchtlinge kauern während der Nachtfahrt in eigens von mir konstruierten Bienenkästen; um sie herum platziere ich zusätzlich Beuten mit besonders stechfreudigen Völkern. Im letzten Sommer transportierte ich ein kleines Mädchen. Unterwegs wurde ich von Feldgendarmen angehalten. Ich erklärte, dass ich meine Bienen zu ihren Weiden an der Grenze brächte, dass ich sie nachts in den Kästen transportieren müsse, weil sie tagsüber zum Sammeln ausflögen; daher sei es nur möglich, sie nach Anbruch der Dunkelheit, wenn sie alle wieder in ihren Stöcken seien, von einem Standort zu einem anderen zu bringen. In der Regel geben sich die Gendarmen mit meinen Erklärungen zufrieden, und ich werde nicht aufgefordert, meine Bienenkästen zu öffnen; ich zeige lediglich meinen Passierschein vor und darf weiterfahren. Damals aber untersuchten die Gendarmen das Fuhrwerk, verlangten, dass ich alle Beuten öffne. Ich warnte sie vor den Stichen der in ihrer Ruhe gestörten Bienen, doch die Gendarmen bestanden weiterhin darauf, in die Stöcke zu schauen. Mit Maschinenpistolen liefen sie um das Fuhrwerk herum und leuchteten mich zwischendurch immer wieder an, während ich die Zargen von den Ständen abhob. Abertausende Bienen strömten heraus und formierten sich zu einem großen, dunklen Schwarm. Das Mädchen kauerte regungslos im Versteck. Die Bienen flogen auf der Suche nach ihrer Königin in den Kasten, in dem die Kleine hockte. Sie hatten sie bald umhüllt und so unsichtbar gemacht. Bienen sind, wenn sie ausschwärmen, nicht aggressiv, sie wollen nur zu ihrer Königin und haben nichts anderes im Sinn, als sie zu beschützen, denn ohne sie ist ein Volk völlig hilflos und stirbt. Ich hatte der Kleinen vorsorglich Lockenwickler mit Königinnen am Kleid befestigt.

Freitag, 14. Januar 1944

Im Bienenhaus in meinem Garten kann ich zwanzig bis fünfundzwanzig Völker mit jeweils etwa 50000 Bienen halten, darüber hinaus bis zu vierzig Stöcke auf Feldern und Wiesen im Urftland. Meine Bienen gehören zur Art der Carnica, genauer zu einer Unterart der apis mellifera Carnica. Diese Art war ursprünglich in den Regionen südlich der Alpen beheimatet und dort wegen der geographischen Lage vollkommen standorttreu. Apis mellifera Carnica ist erst seit dem späten Mittelalter im Urftland als heimisch beurkundet und hat im Laufe der Jahrhunderte die hier ursprünglich bevorzugt lebende dunkle westliche Biene (apis mellifera Linnaeus), auch Braunelle genannt, fast gänzlich ersetzt. Gründe dafür waren die größere Volksstärke der Carnica und der höhere Honigertrag sowie eine geringere Stechlust. Carnica ist etwa so groß wie der Fingernagel eines kleinen Mädchens, ihr Körper ist bedeckt mit einem gefiederten, pelzartigen Chitin-Haarkleid. Sie hat schöne Facettenaugen, wundersame Sensoren für Schwingungen, Gerüche und Geräusche; in ihrem kleinen Gehirn entsteht so das Bild einer Welt, die ganz anders aussieht als die unserer Wahrnehmung. Im Winter ist die Anzahl der Carnica in all meinen Völkern auf rund ein Viertel reduziert; es leben jetzt gerade so viele Bienen, wie nötig sind, um die Königin und die bald zu erwartende Brut des Volkes zu ernähren und warm zu halten. Mit der Frühjahrsblüte explodiert die Anzahl der Bienen wieder. Das ganze Frühjahr und den Sommer über tragen sie Pollen und Nektar ein; die Sommerbienen sammeln so unermüdlich, dass sie schon nach wenigen Wochen vor Erschöpfung sterben und dann immer wieder durch eine neue Generation ersetzt werden.

Den Bauern überlasse ich einen Teil des im Sommer und Herbst geernteten Honigs, sie profitieren überdies durch die Bestäubung ihrer Weißkleefelder und Obstwiesen. Vater hatte bis zu seinem Tod über hundertdreißig Bienenvölker, ich besitze gerade noch achtzig, die alle von seinen Bienen abstammen. Vielleicht sind unsere Bienen die Nachfahren der Völker des Ambrosius und vielleicht besitze ich die Bienen gar nicht, sondern sie besitzen mich; vielleicht sind wir alle, auch die Bienen, Teil eines geheimnisvollen und erbarmungslosen unsterblichen Organismus.

Montag, 17. Januar 1944

Ich entdecke in der Bibliothek weitere Aufzeichnungen des Benediktinermönches Ambrosius. Vielleicht gelingt es mir, genügend Material zusammenzutragen; ich möchte ein kleines Buch über unseren Vorfahren schreiben. Ich suche dafür nach Texten in alten Klosterbüchern. Die meisten handeln vom monastischen Leben im Benediktinerorden, es sind Messbücher oder Schriften antiker und scholastischer Philosophen. Wenn ich Texte von Ambrosius finde, sind es zumeist vergilbte, zerrissene und wieder zusammengefügte Pergamente über ihn und seine Bienen, Palimpseste, welche zusammengefaltet zwischen den Blättern in Leder gebundener Folianten die Jahrhunderte überdauert haben. Vermutlich hat Ambrosius oder einer seiner Mitbrüder sie vor langer Zeit dort versteckt. Ich habe Schwierigkeiten, die Pergamente zu übersetzen; die Schriftstücke sind in einem eigenwilligen Latein oder Griechisch verfasst. Ambrosius vergleicht in seinen Texten das Leben im Kloster mit dem eines Bienenstocks. Wenn es erlaubt ist, Kleines mit Großem zu vergleichen, dann entsprechen die einzelnen Pflichten und Arbeitsbereiche der Mönche innerhalb ihrer Gemeinschaft der Lebensweise der Immen, ihrer Organisation und ihren speziellen Funktionen in ihrem Volke. Ambrosius sieht sogar eine Analogie zum menschlichen Geist – im Bienenstaat gehe es zu wie im Menschenkopf, in dem seiner Ansicht nach die gleichen Kräfte wirken, die mit der gesamten göttlichen Natur in Einklang stehen. Er weiß bereits einiges über die Fortpflanzungsweise der Bienen, unterscheidet Arbeiterinnen, Baubienen, Ammenbienen, Wächterbienen und männliche Drohnen. Das für ihn noch ungeordnete und doch zielgerichtete Treiben der Bienen im Inneren des Stockes erklärt er mit göttlichem Licht, welches das weltliche Dunkel geistig durchdringt, erleuchtet und Neues entstehen lässt. Die Christen hatten immer schon eine besondere Beziehung zu Bienen; so besagt eine Legende, dass aus der Lende des ans Kreuz geschlagenen Christus Blut auf die Erde tropfte, von dessen Süße angelockt, Bienen herbeigeflogen seien und die Tropfen aufgesammelt hätten. Die antike Vorstellung, sie zeugten nicht ihre Brut, sondern sammelten sie von den Blüten, ließ die Biene bei den Christen auch zum Symbol der Jungfräulichkeit werden; als einziges Lebewesen sei sie gänzlich unverändert, ohne das Stigma der Erbsünde, aus dem Paradies in unsere Welt hinübergekommen – das Bienenvolk wäre demnach wohl so vollkommen und unsterblich wie die reine menschliche Seele. Geist und Natur wirkten im Bienenvolk zusammen, ihr Ausfliegen vergleicht Ambrosius schließlich euphorisch mit einem göttlichen Traum, der die Natur erst zum Leben erweckt. Blumen entwickelten ihre Farbenpracht allein der Bienen wegen; sie sind somit die ersten Künstlerinnen, die Gottes Schönheit in der Natur bezeugen. Dann folgen einige Anmerkungen über die praktische Bienenzucht, die unter anderem die Vermehrung der Völker und das für Ambrosius noch rätselhafte Schwarmverhalten behandeln. Er experimentiert mit neuartigen Verfahren der Zeidlerei, stößt jedoch damit bei seinen Mitbrüdern auf wenig Verständnis. Er hat bereits eine Ahnung davon, dass es durchaus möglich sein könnte, an den Honig der Bienen zu gelangen, ohne die Völker dabei zu zerstören.

Die Pergamente, die ich bis jetzt finden konnte, sind Handschriften, kurze, zumeist aus dem Zusammenhang gerissene Fragmente. Die Eintragungen auf dem ersten Palimpsest scheinen von der Heimat des Knaben Ambrosius in den italienischen Alpen zu handeln. Der Mönch berichtet von seiner ersten schicksalhaften Begegnung mit Johann von Erkelenz, dem Vertrauten und Schreiber des Kardinals Nikolaus von Kues. Da die Blätter keine eigene Paginierung haben, muss ich die passenden Anschlüsse finden oder sie thematisch zusammenfügen.

Fragment I

Kloster Steinfeld, Anno 1489

Ambrosius Arimond

Es war der strengste Winter, den ich in meinen jungen Jahren erlebt hatte. Die Hänge meiner bergigen Alpenheimat starrten damals über Monate hinweg von ungeheuren Eis- und Schneemassen. Auf dem Saumpfade zum Timmelsjoch hinauf konnten weder Mensch noch Tier ohne Gefahr auf Leben und Tod auch nur einen Schritt tun. Zu den Schertentagen wurde das Wetter milder. Erste Sonnenstrahlen schauten zaghaft über die hoch aufragenden Gipfel und schmolzen Eis und Schnee zum großen Teile hinweg; glucksende Bächlein rannen nun allenthalben unter glitzernden Schneefeldern hinab in die Täler des Moos und Ingrimm. Ich spürte damals eine mir unerklärliche Ungeduld und Freude wie noch niemals zuvor. Ich dachte, ohne zu wissen, warum und weshalb, etwas werde mit mir geschehen, welches mein weiteres Schicksal bestimmte. Meine geliebte Mutter war im Jahre zuvor plötzlich verstorben und hatte noch auf ihrem Sterbebett von einem seltsamen Traume erzählt, in dem der Heilige Christophorus mich, ihren einzigen Sohn, bei der Hand genommen und von ihr weggeführt habe, weit weg in unbekannte Länder. Zuletzt küsste sie meine Finger, sank mit einem Seufzer zurück und schloss für immer ihre milden, liebevollen Augen. Ich kam in jenen Tagen nicht dazu, darüber nachzusinnen, was es mit meinem von Mutter prophezeiten Schicksale für eine Bewandtnis habe; ich musste von nun an so viele Dinge tun, denen ich vor Mutters Tod noch gänzlich enthoben gewesen war. Ich war damals weder des Lesens noch des Schreibens kundig, und wie alle anderen armen Seelen unseres kleinen Bergdorfes war ich nur ein roher, ungebildeter, sündiger Mensch. Ich wusste gar nichts von der Welt außerhalb unseres Tales, das rundum begrenzt war von hohen, mächtigen Bergketten. Ich kümmerte mich mit dem alten Mäthi zusammen um unsere Bienenstöcke, versorgte die Kühe im Stall, die ich bald wieder auf die Almwiesen bringen würde, und ging Vater im Gasthaus und in der Küche zur Hand, bediente eilfertig die wenigen Gäste, die um diese Jahreszeit zu uns kamen. Wenn ich zu dieser Zeit aus der kleinen, verqualmten Gaststube nach draußen trat, tauchte hinter dem in bedrohlicher Düsternis aufragenden Gebirg die Sonne auf, die den Gletschern einen trügerisch schönen Silberglanz verlieh, der zusammen mit den weißen Wolkenwirbeln ins Tal hinunterfloss. Bald wieder, so betete und hoffte ich inständig, würden meine Almwiesen und Lärchenbäume ergrünen und die blühenden Almrosen die Bienen wieder aus ihren Körben locken. Alsbald schon legte sich das erste Sonnenlicht wie ein wärmendes Linnen wellend über Täler und Wiesen, endlich erblickten wir wieder die Spitzen der hoch in den blauen Himmel aufragenden Berge. Die Kraxenträger kämen dann wieder wie jedes Frühjahr den Berg vom Passeiertal herauf, auch Kaufleute und Viehtreiber aus dem Moos und dem fernen Merano. Sie hatten sich vielleicht jetzo schon von dort auf den beschwerlichen Weg gemacht, um am Ende über gewundene Saumpfade an tiefen Abgründen und an glitzernden Gletscherseen vorbei durch das Ötztal nach Zwieselstein auf die andere Seite der Alpen zu gelangen, in eine mir damals noch unbekannte Welt, von der ich nur aus Erzählungen der Treiber und Träger wusste. Sie transportierten in den Sommermonaten Flachs, Vieh, Speck, Schmalz und den Honig unserer Bienen übers Gebirg hinweg, tauschten ihre Ware in den Dörfern jenseits der Alpen gegen Branntwein, Essig und vieles mehr, kletterten sodann wieder über die Berge zurück in ihre angestammten Heimatdörfer, verkauften dort die getauschten Waren und verdienten so ihren kärglichen Lebensunterhalt. Niemand kannte die Berge und ihre Fährnisse so gut wie die Kraxenträger, niemand wusste wie sie, wie wetterwendisch die Berge sein konnten, dass bei jedem Schritt und Tritt, den man höher hinauf gelangte, die tödlichste Gefahr lauerte. Sie kehrten bei uns ein, um am nächsten Morgen noch vor den ersten Sonnenstrahlen den Anstieg zum Timmelsjoch zu wagen. Mir oblag es damals, ihre Saumtiere und die Lasten tragenden Ochsen zu versorgen, derweil mein Vater und unsre zwei Mägde sich nach besten Kräften mühten, die vom Anstieg ermüdeten Männer zu bewirten.

Mittwoch, 19. Januar 1944

Gestern hatte ich nach langer Zeit wieder einen epileptischen Anfall; er kündigte sich an wie ein Windhauch, als triebe ich an einem Sommertag auf einem Segelboot langsam aufs Meer hinaus. Ich wusste, ich verliere bald die Besinnung. Ich war im Schuppen gestürzt, hatte mich an der Stirn verletzt, mir die Lippe blutig gebissen. Als ich zu mir kam, hatte ich einen Lockenwickler in der Faust. Ich weiß nicht, wo ich ihn gefunden habe, wie er in meine Hand gekommen ist. Er ist aus Metall, hat einen gebördelten rotgoldenen Rand und im Inneren, hinter dem Drahtgitter, befand sich eine tote Königin, von der nur noch der hohle Chitinkörper, der Kopf und die Flügel übrig waren. Ich entfernte die Korkstopfen und holte die Königin vorsichtig aus ihrem Gefängnis heraus; sie hatte noch ihr kleines gelbes Pünktchen im Nacken, das von Vater stammte, und war so leicht, dass ein Lufthauch sie von meiner Hand wehte. Ich muss den Lockenwickler kurz vor dem Anfall gefunden haben, als ich im Schuppen nach etwas suchte. Ich kenne diesen Lockenwickler nicht, habe niemals einen solch schönen besessen.

Als Maria meine Verletzungen sah, fragte sie, was passiert sei. Sie umsorgte mich in einer Weise, die ich von anderen Frauen nicht kannte. Ihre Berührungen waren völlig unbekümmert und von einer beruhigenden Selbstverständlichkeit.

Mutter war eine strenge und gottesfürchtige Frau. Im Winter ging sie frühmorgens barfuß über den Schnee zur Kirche und betete dort für mich. Die Ärzte wollten damals eine Lobotomie bei mir vornehmen, dabei sollten zwei lange Stahlnadeln hinter meinen Augäpfeln ins Gehirn eingeführt und die kranken, für die Anfälle verantwortlichen Nervenfasern durchtrennt werden. Mutter holte mich jedoch vorher aus der Krankenanstalt. Sie versuchte fortan, meine Gesundheit mit ihren eigenwilligen Methoden zu stärken. So weckte sie mich jeden Morgen um fünf Uhr, stellte mich in die Zinkwanne und wusch mich mit kaltem Wasser ab. Dann rieb sie mich mit einem Tuch aus Sackleinen trocken und steckte mich wieder ins Bett. Ich durfte noch eine halbe Stunde liegen bleiben. Nach dem Frühstück ging ich zur Schule. Ich war ein guter Schüler mit einer besonderen Begabung für Sprachen. Nach meinem zehnten Geburtstag musste ich die Kneipp-Güsse selbst durchführen. Mutter kontrollierte manchmal, ob das Wasser auch kalt genug war. Nach meinem zwölften Lebensjahr hatte ich jahrelang keine epileptischen Anfälle mehr.

Immer wieder wird in der Geschichte unserer Familie von dieser verrückten Krankheit berichtet. Auch der Benediktinermönch soll an ihr gelitten haben. Während eines Anfalls ist der Kontakt zwischen den Gehirnzellen gestört, was zur Folge hat, dass auch die Aufgaben, für die sie zuständig sind (z.B. Sprache, Motorik und Bewusstsein), sich während einer Attacke verändern.

Das Gesetz der Nazis zur Verhütung erbkranken

Nachwuchses bezeichnet als Erbkrankheiten angeborenen Schwachsinn, manisch-depressives Irresein, erbliche Epilepsie, erblichen Veitstanz, erbliche Blindheit, erbliche Taubheit, schwere körperliche Missbildung und schweren Alkoholismus. Die Entscheidungen zur Zwangssterilisation und zur Euthanasie liegen beim Amtsgericht. Ich wurde im nahe gelegenen Krankenhaus sterilisiert. Dass ich nicht wie andere in eine Anstalt überführt und dort umgebracht wurde, hing wohl mit der Stellung meines Bruders zusammen. Alfons ist mit seinen Abschüssen ein Held des Nationalsozialismus; einmal war er mit seinem Geschwader sogar in der Wochenschau zu sehen.

Sonntag, 23. Januar 1944

Der Anfall heute hat wieder nur wenige Sekunden gedauert; deswegen komme ich vorerst ganz gut damit zurecht. Es ist nur schwer zu beschreiben, was ich dabei fühle; es ist wie das Abgleiten in eine seltsam fremde Welt. Ich zwang mich, nachdem ich meine Medikamente genommen hatte, anständig zu essen; danach erledigte ich die notwendigen Arbeiten im Haus und sah nach den Bienen. Anschließend versuchte ich, die Texte des Ambrosius weiter zu übersetzen, legte mich aber bald wieder ins Bett und schlief unruhig bis in die Abenddämmerung.

Ich denke die letzte Zeit darüber nach, was ohne das Stigma meiner Krankheit aus mir geworden wäre. Vielleicht wäre ich jetzt wie mein Bruder. Ich wollte früher immer so sein wie er. Aber *Sors est sua cuique ferenda.** Man sollte sich nicht einbilden, sein Schicksal und das, was man denkt und fühlt, selbst bestimmen zu können. Doch das Leben hier befriedigt mich nicht mehr, obwohl es ja die einzige Möglichkeit für mich ist zu überleben.

Wegen meiner Epilepsie wurde ich nicht zum Militär eingezogen, und auch bei der letzten Mobilisierung, bei der sie selbst alte Männer und Kinder rekrutierten, wurde ich wieder einmal ausgemustert. Manche im Ort verstehen das nicht, denken, ich drücke mich vor dem Dienst. Ich war immer ein Außenseiter, vielleicht durch die Krankheit, die mich schon während meiner Jugend zum Einzelgänger

* *Sein Schicksal muss jeder ertragen.*

werden ließ, mich vom Leben in meinem Heimatort entfremdete. Lange Zeit blieb ich durch die neuen Medikamente von schlimmeren Anfällen verschont, aber nun kommen sie offensichtlich wieder. Ich merke es daran, dass die Finger meiner linken Hand hin und wieder unkontrolliert zucken. Da ich Linkshänder bin, ist es mir dann unmöglich, Notizen zu machen. Es ist Jahre her, dass ich einen wirklich schweren Anfall erleben musste; den letzten hatte ich, als ich in Ägypten lebte.

Ich gehe in der Nacht durch den Garten zum Bienenhaus, lege mein Ohr an einen Stock und höre das leise Singen der Winterbienen. Sie hängen alle dicht gedrängt zusammen, sind gesund. Tagsüber summen Bienen auf eine andere Weise als in der Nacht, und im Sommer anders als im Winter; ihr Chor klingt wie eine gleichmäßig schwingende Melodie, die von ihren zarten Flügelchen erzeugt wird.

Montag, 24. Januar 1944

Vergangene Nacht träumte ich von einem Morgen in Al-Minya. Ich hörte den strengen Ruf des Muezzin, spürte wieder die seidene Luft und roch wieder die Frau, die neben mir lag. Ihr Gesicht hatte mich, als wir auf der Terrasse des Café Esplanade saßen, an das Gesicht Amaunets erinnert, die ich auf dem Relief einer Nekropole in der Mittagshitze gesehen hatte. Ihre dunklen Augen mit den langen Wimpern waren mir aufgefallen, als ich sie neben der Darstellung eines Imkers bei seiner Arbeit entdeckte.

Die Sonnenstrahlen fielen durch die Vorhänge auf den abgetretenen Teppich meines kleinen Zimmers, das ich damals bewohnte, während ich einige Jahre als Hauslehrer der Kinder eines deutschen Geschäftsmannes arbeitete, der mir genügend Zeit ließ, Arabisch zu lernen, mich mit ägyptischer Geschichte zu beschäftigen und das Land bis zu den Nubiern zu bereisen.

Im Traum lief ich zum Fluss, traf am Ufer Männer, die ihre Bienenstöcke, aus Ton geformte Rohre, auf kleine Boote luden, mit denen sie in der Nacht stromaufwärts ruderten. In Oberägypten ist die Biene mellifera Lamarckii heimisch; sie hat sich den heißen Temperaturen angepasst, ist eine kleine Biene, viel feingliedriger als mellifera Carnica. Sie ist von auffallender Schönheit, hat rötliche Leibringe, weiße Filzbinden und eine leuchtende Spitze am Hinterleib. Die Bienen strömen im Morgendämmern aus ihren Tonröhren, sammeln Nahrung und kehren am Abend zu den Booten zurück. In der Nacht rudern die Imker dicht am Ufer weiter flussaufwärts, um in den frühen Morgenstunden wieder zu ankern und ihre Bienen mit den ersten Sonnenstrahlen ausschwärmen zu lassen. So fahren sie mit ihren Völkern immer weiter flussaufwärts, bis alle Waben mit Honig gefüllt sind, ihre Boote unter dem Gewicht der süßen Last so tief im Wasser liegen, dass sie umkehren und sich von der Strömung des Flusses nach Hause treiben lassen.

Dienstag, 25. Januar 1944

Heute ist Alfons' Geburtstag. Ich habe ihn schon so lange nicht mehr gesehen. Als mein Bruder gerade laufen gelernt hatte, löste ein Bienenstich unter seinem linken Auge eine schlimme allergische Reaktion aus; er wurde kreidebleich, sank ohnmächtig zu Boden und lag wie tot im Gras neben dem Bienenhaus. Er wäre beinahe am Gift dieses einen Stiches gestorben, der einen kaulquappengroßen Fleck hinterließ und noch immer unter seinem Auge gut erkennbar ist. Meine Eltern hatten Alfons nach dem Vorfall sorgsam vor den Bienen geschützt. Er ist nie mehr in die Nähe der Stöcke gegangen. Ich dagegen hatte keine Stiche zu befürchten; die Bienen können ruhig auf meinem Hals, meiner Stirn, ja sogar auf meinen Lippen herumkrabbeln, Angst muss ich vor ihnen keine haben – vielleicht weil sie fühlen, dass ich ihnen niemals etwas antun könnte, vielleicht auch weil sie glauben, ich sei ein Teil ihres Volkes. Als ich klein war, befürchteten meine Eltern, ich könnte wie Alfons allergisch auf ihre Stiche reagieren. Eines Tages setzte Vater eine Biene auf meinen Oberarm, ich spürte, wie ihr Stachel eindrang und einen leichten Schmerz verursachte, sah, wie die Haut ein wenig anschwoll und sich rötete. Ich vertrug das Gift jedoch gut, das leichte Brennen, das sich um die Stichstelle herum ausbreitete, war mir sogar in gewisser Weise angenehm. Das war das Einzige, das mich Alfons überlegen machte. Der Umstand, dass mein Bruder niemals zu den Bienen gehen und Vater helfen konnte, entfremdete Alfons mit der Zeit von ihm.

Mittwoch, 26. Januar 1944

Alfons' jüngsten Brief erhielt ich vor drei Monaten aus seinem neuen Stützpunkt. Kurz vor Vaters Tod war er nochmals für einige Tage daheim gewesen. Danach wurde seine Staffel nach Catania auf Sizilien verlegt, dann nach Maloi und Saloniki auf der Peloponnes und zuletzt nach Gazala in Libyen. Er flog zu dieser Zeit eine Dornier Do 217, einen zweimotorigen Bomber, der auch zur Fernaufklärung und als Nachtjäger eingesetzt wird; er hatte eine kleine Skizze seines Flugzeuges für mich angefertigt. Alfons war damals sehr ernst und wortkarg, von seinen Einsätzen redete er überhaupt nicht mehr. Wie immer hatte er mir Medikamente mitgebracht, Luminal, das er über einen befreundeten Militärarzt besorgt hatte; er versprach, mir weiterhin diese Tabletten zu schicken. Abends saßen wir in seinem Zimmer und schmökerten in seinen Zukunftsromanen. Er träumte noch davon, Sternenfahrer zu werden, irgendwann bald nach dem Krieg; er erzählte, die Nazis würden jetzt schon Raketen bauen, mit denen später auch Menschen, genau wie bei Hans Dominik, zum Mond und zu anderen weit entfernten Planeten des Sonnensystems fliegen könnten.

Am nächsten Morgen, einem heiteren Frühlingstag, fuhren wir zu unserem Sportflugplatz. Mit einer Junkers hoben wir von der holprigen Startbahn ab, schwebten bald überm Urftland; der Flugschatten des Hochdeckers glitt über Wiesen und Hügel hin und scheuchte die Viehherden auseinander. Wir stiegen höher, kreisten bald über Kall und drehten ein paar Runden über unserem Elternhaus; wir blickten auf den großen Garten, auf die Obstwiese mit den blühenden Apfel- und Mirabellenbäumen, auf das unter dem dichten Blätterdach der Esche versteckte Bienenhaus. Wir flogen weiter über die Sandsteinfelsen zum Bergschadensgebiet hinüber, einer Wildnis mit Höhlen und Grotten, die Hänge bewachsen mit krüppligen Kiefern, alten Fichten und Birken. Wir sahen die Wellen weißen Schlackensandes, die anmuteten wie die Dünen einer arabischen Wüste. Weiter nach Westen erstreckte sich eine Steppenlandschaft mit niedrigem Buschwerk; die Dörfer lagen wie einzelne Streusel auf einem Kuchen. Wir folgten mäandernden Flüssen, immer weiter in Richtung belgische Grenze, wo meine Bienenstände in der Nähe der Ruinen römischer Kalkbrennereien stehen, inmitten von Wiesen, die eingerahmt sind von Wacholder- und Weißdornhecken. Von dort machten wir einen Abstecher nach Malmedy und statteten unseren Verwandten einen Besuch ab – überm Hof unseres belgischen Vetters Louis ließen wir den Motor aufheulen, sodass er mit seiner Frau Emma nach draußen rannte, die uns mit ihrem Kopftuch fröhlich herumspringend zuwinkte. Alfons behauptete, er lebe eigentlich nur dann, wenn er fliege, und alles, was er mache, laufe auf diese schwebende Zeit hinaus. Auf der Erde sei er nichts anderes als ein Vogel im Käfig. Über Politik wollte Alfons nicht mit mir reden – dieses ganze Nazigetue nahm er gar nicht ernst, er behauptete, es ginge ihm nur um seine Fliegerei. Ich wollte mich damals nicht mit ihm streiten, und wir redeten nicht mehr daüber. Als wir von unserem Flug zurückkehrten, saß Vater auf seinem Stuhl am Bienenhaus. Alfons wagte es wegen seiner Bienenangst nicht, zu ihm hinzugehen. Vater war damals schon siebzig Jahre alt; er hatte im Ersten Weltkrieg gedient, war verwundet zurückgekehrt mit einem Granatsplitter im Rücken und einer Narbe auf der Wange, die unter dem stoppeligen Barthaar fast verschwand. Er trug ständig einen Filzhut mit einer kleinen Feder eines Eichelhähers. Von Jupp, wie er Hitler nannte, hielt er nichts.

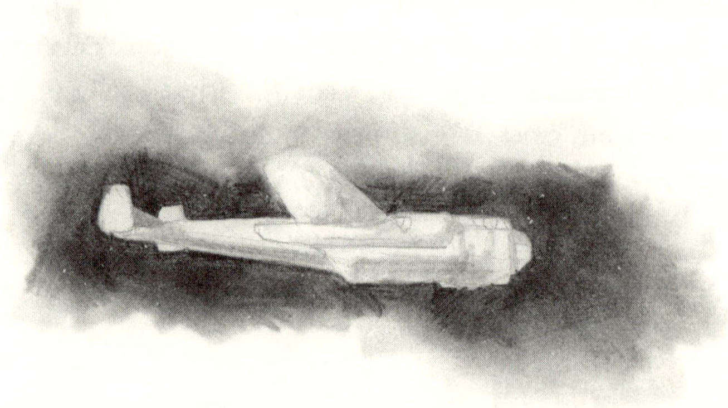

Dornier Do 217:

Besatzung: vier Mann, Antrieb: zwei Sternmotoren Bramo, je 1000 PS, Bewaffnung: zwei MGs, schwenkbar in Seiten-, Bug-, Rücken- und Bauchstationen, Bombenlast: 1000 kg

Donnerstag, 27. Januar 1944

Es ist furchtbar kalt, über die Höhenrücken der Eifel rasen eisige Sturmwinde, die alles mit einer weißen Kruste überziehen. Die Bienenkästen auf den Feldern werden immer wieder vom Sturm frei geweht, sie sind nicht, wie es doch zu wünschen wäre, unter einer wärmenden Schneedecke ausreichend isoliert. Ich fürchte, meine Völker könnten erfrieren; daher spanne ich am Nachmittag den Schlitten an und fahre zu den Trachten. Die Kälte lässt mir die Härchen in den Nasenlöchern gefrieren. Ich sitze in eine Decke gewickelt auf dem Bock und habe meinen Schal fest um den Mund geschlungen, dicke Fäustel an, in denen ich die Zügel halte. Der Sturm hat sich mittlerweile gelegt, am Himmel schweben große Schleierwolken, durch die nun wärmende Sonnenstrahlen dringen und ein Gewebe aus Licht an den Himmel zaubern. Milliarden feiner Kristallnadeln glitzern auf den Feldern, der Schnee unter ihnen erscheint wie blank geschliffenes Metall. Bei den Bienenstöcken am See entdeckt der Hund eine Fährte, wühlt und schnüffelt und folgt einer Spur im tiefen Schnee, verschwindet schließlich hinter einem Hügel. Ich kratze indessen Eisschorf aus den Fluglöchern, vernehme das leise Surren der Bienen, ein warmer Hauch von Wachs und Honig strömt nun durch die von mir noch im Herbst verkleinerten Löcher; einen Moment ist mir, als erblühten in der eisigen Luft Blumen und verströmten ihren Duft genau wie an einem warmen Frühlingstag. Ich friere, schaufle einen hohen Wall aus Schnee in der Hoffnung, er schützt die Beuten vor dem eisigen Wind und verhindert, dass die Fluglöcher wieder zuwehen und mit Eis verkrusten.

Der Hund bellt aufgeregt und beginnt ängstlich zu jaulen; ich rufe ihn zurück, er aber folgt nicht. Erst als ich beim Pferd bin, kommt er angerannt und springt auf den Schlitten.

Samstag, 29. Januar 1944

Ich bin gestern ins Café Blasius gegangen, habe dort wie zumeist einen Malzkaffee getrunken und ein Stück Kuchen gegessen, der seit einiger Zeit nur noch aus Mohrrüben oder Kartoffeln gebacken wird. Magdalena, die Frau eines früheren Kollegen, war im Laden; sie trug einen fellbesetzten Mantel und einen grauen Hut. Sie schaute mich nicht an, tat so, als gäbe es mich überhaupt nicht, obwohl ich drei Lockenwickler von ihr besitze, die allerdings zu klein und ungeeignet für den Transport meiner Königinnen sind. Sie ignorierte mich, redete mit der Verkäuferin über entfernte Verwandte aus der Stadt, die bei ihr untergekommen seien, über ihren Mann, der als Offizier diene und dessen Urlaub gerade wieder abgelehnt worden sei. Als sie den Laden verließ, streifte mich kurz ihr kühler Blick – nichts mehr von dem, was einmal zwischen uns gewesen war. Schön ist es, wenn Venus kommt, wenn sie geht, ist es traurig.

Es hatte wieder zu schneien begonnen; ich schaute auf den Marktplatz, die Apotheke, das Schuhgeschäft Joisten, den Konsum mit seinen leeren Regalen, blickte zum Eingang der alten Leihbibliothek. Auf der Straße liefen fremde Menschen, die aus den Städten aufs Land geflohen waren, bei ihren Verwandten Unterschlupf gefunden hatten.

Später besuchte ich die Bibliothek, aber ich habe auch diesmal keinen Zettel vorgefunden. Ich weiß immer noch nicht, wer die Person ist, welche die Nachricht in meinem Buch versteckt. Den ersten Kontakt mit der Organisation hatte ich schon zu Beginn des Krieges; ich fand damals auf meinem Lesetisch zwischen den Schreibutensilien ein zusammengerolltes Papierstückchen, auf dem man mich bat, in einem Buch mit einer bestimmten Signatur nachzuschlagen. Es war eine kluge Idee, denn es handelte sich um einen der zahlreichen in Rindsleder gebunden Folianten, in denen die Mengen des geförderten Bleierzes und die Löhne der Arbeiter verzeichnet sind – kein Mensch hätte ein Interesse gehabt, einen solchen Band auch nur in die Hand zu nehmen. In ihm lag dann aber für mich eine Nachricht mit detaillierten Instruktionen. Offensichtlich wusste die Organisation von meinen guten Ortskenntnissen, meiner politischen Einstellung und meiner kostspieligen Krankheit und hatte vor diesem Hintergrund den Plan entwickelt, mit meiner Hilfe Flüchtlinge über die Grenze zu bringen. Ich wurde aufgefordert, diese erste Nachricht, wie alle folgenden auch, nach dem Lesen sofort zu vernichten. Das ist seither mein einziger Kontakt zur Organisation gewesen. Ich habe keine Ahnung, mit wem ich zusammenarbeite, ich möchte es auch nicht wissen. Würde ich verhört und gefoltert, ich könnte die Schmerzen nicht ertragen und würde bestimmt alles verraten.

Sonntag, 30. Januar 1944

Am späten Sonntagnachmittag bin ich bei Sanny in der Gastwirtschaft gewesen. Als ich kam, war der Frühschoppen vorbei, die letzten Gäste hatten sich auf den Heimweg gemacht. Sanny hatte die Tische abgeräumt und die Gläser gespült und in die Vitrine gestellt. Dann hatte sie sich neben den Ofen am Eingang gesetzt. Als ich die Tür geöffnet hatte und im Dunkeln zwischen dem Eingang und dem dicken Filzvorhang stand, hörte ich das Klappern ihrer Stricknadeln. Ich blieb in dem kleinen Zwischenraum stehen, es roch nach schalem Bier; in der stickigen Luft stand der Geruch von Schnaps, Zigaretten und dem Kalk, den die Zementwerksarbeiter auf ihrer nassen Kleidung in den Gastraum getragen hatten. Der Filzvorhang hatte die verschiedenen Gerüche und alle Erinnerungen gespeichert. Ich sah mich als kleinen Jungen die Gaststätte betreten oder im Fluss am Rauschen baden oder mit Sanny auf dem Balkon über dem Saalanbau in einem Sommerregen herumspringen. Am liebsten hätte ich hier für immer verharrt und dem leisen, gleichmäßigen Klicken von Sannys Nadeln gelauscht. Sie strickte einen Pullover für ihren Mann, es war bereits der dritte oder vierte. Manchmal bittet sie mich, einmal reinzuschlüpfen, ihn anzuprobieren, ich habe ungefähr dieselbe Größe wie Vallentin; aber er muss wohl ungleich lange und viel kürzere Arme haben als ich – irgendetwas stimmt mit den Pullovern nicht, die Sanny dauernd strickt. Vallentin hat sie früher immer brav angezogen, auch wenn er darin etwas seltsam aussah. Wenn er aus dem Krieg zurückkommt, wird er für sein ganzes Leben mit diesen Pullovern versorgt sein. Als ich den Vorhang schließlich zur Seite schiebe und eintrete, nickt Sanny mir zu. Ich ziehe einen Stuhl heran und setze mich zu ihr, beuge mich vor und reibe meine Hände überm warmen Ofen. Ich freue mich immer, Sanny anzuschauen. Wenn sie durch die Gaststätte geht, um zu bedienen, sehe ich ihr heimlich zu; ihre beschwingten Bewegungen lassen sie in meinen Augen tanzen. Ihre Schönheit soll sie von unserer Urgroßmutter aus Malmedy haben; alle behaupten, sie sehe ihr zum Verwechseln ähnlich mit ihren langen Wimpern, den grünen Augen, den Locken, der Art, wie sie leicht stockend redet. Sanny beginnt leise zu summen, ihr mich verwirrender Duft mischt sich mit dem Geruch der verbrennenden Kohle im Ofen, den anderen Gerüchen aus der Gaststätte. Ich glaube, es ist der Duft der Frauen, der erst den verlockenden Körper entstehen lässt, den ich begehre; aber Sanny ist meine Cousine. An der Theke hockt als einziger Gast Kleenbeen, ein Kriegsinvalide, der seit dem Frühjahr 43 wieder zu Hause ist, nachdem er an der Ostfront einen Arm verloren hat; der leere Ärmel steckt in der Jackentasche. Kleenbeens runder Kopf erinnert an eine Futterrübe, die kleinen, versoffenen Mausaugen wie Löcher darin, überall die wirren Wurzelhärchen, die Knorpelohren, die vom Alkohol glühenden Wangen, als würde eine Flamme den Kopf rot leuchten lassen. Er pflegt den ganzen Tag über an der Theke zu hocken, bis er abends nach oben auf sein Gastzimmer wankt, sich dort aufs Bett fallen lässt und sich schwitzend und unruhig hin und her wälzt. Es liegt neben dem Zimmer, in dem ich mich am liebsten mit Maria treffe, weil es da ein großes, bequemes Bett gibt und man von dem kleinen Balkon zum Rauschen sehen kann.

Montag, 31. Januar 1944

Das Thermometer ist auf zehn Grad unter null gefallen, und der Schnee liegt so hoch, dass er bis zum Küchenfenster reicht. Das Wasserfass unter der Traufe hat eine dicke Eisschicht; ich zerschlage sie, stecke einen alten Zaunpfahl in das Fass, damit das Wasser nicht bis zum Boden gefriert und es zum Bersten bringt. Danach hole ich Holz aus dem Schuppen und schichte es neben dem Ofen auf. Ich kümmere mich wie jeden Morgen um den Stall und gebe dem Pferd Heu. Jetzt gehe ich ins Städtchen hinunter. Ich freue mich auf den Platz am Ofen in der Gaststätte, den Geruch des Tabaks und einen wärmenden Schnaps. Die Straße dorthin ist zu jeder Jahreszeit beschwerlich. Im Sommer, wenn es stark geregnet hat, muss ich auf der ungepflasterten Strecke durch tiefe Löcher und Kuhlen voller Wasser waten, jetzt im Winter sacke ich bis zu den Knien in ihnen ein. Es ist wahrhaftig kein Vergnügen, durch den Schnee zu stapfen, besonders vor Tagesgrauen und nach Anbruch der Nacht.

Kleenbeen hockt bereits an der Theke; wie meist am Morgen schlürft er zwei rohe Eier aus einem Wasserglas, schläft dann mit dem Kopf auf dem Tresen, bis ein Gast die Schänke betritt, der mit ihm zusammen trinkt. Tagsüber verkehren Bahnbeamte, Bauern und Arbeiter, die am Westwall Schanzarbeiten machen, bei Sanny in der Gastwirtschaft; es ist auch jetzt, mitten im Krieg, eigentlich immer Betrieb. Es wird viel erzählt, aber ich benutze lieber meine Ohren als meine Zunge. Molitor schaut nach seinen Fischzügen vorbei, stellt seine Fliegenrute an die Theke und verbringt zusammen mit Zeiser, den Arbeitern aus der

Molkerei und den wenigen noch verbliebenen Zementwerkern die Nachmittage und die Abende hier. Lünebach sitzt neben mir an einem Tisch, flüstert, er habe in der Nähe seines Hofes Stiefelspuren gefunden und aus seinem Hühnerstall seien Eier verschwunden. Niemand spricht es laut aus, aber alle denken an den amerikanischen Soldaten. Lünebach war ein Freund meines Vaters; ich darf daher sein Land als Bienenweide nutzen. Als Kind habe ich ganze Tage auf seinem Hof verbracht, weil ich mit Kurt, einem seiner Söhne, befreundet war. Ich weiß, es gibt viele Orte auf seinem Land, wo man sich verstecken kann. Er gilt als einer der größten Bauern in der Gegend, beschäftigt viele Zwangsarbeiter, behandelt sie aber gut, sogar die Russen.

Später kommen Feldjäger, die immer noch nach dem Soldaten suchen. Sie streiten mit den Gendarmen der Polizeistation, die verlangen, dass auch sie sich an die Sperrstunde halten. Mich lassen sie wegen meines Bruders zumeist in Ruhe; nur wenn einer nicht von hier ist, werde ich mitunter angepöbelt. Einmal schlugen mich draußen Soldaten nieder und traten noch auf mich ein, als ich längst am Boden lag.

Als alle nach Hause gegangen sind und Sanny die Tür hinter ihnen abgeschlossen hat, tanze ich mit ihr im dunklen Saal; wir drehen uns eng umschlungen wie ein Liebespaar nach einer Melodie, die sie mir leise ins Ohr summt. Dann fragt sie, ob ich auch die Heimchen im Saal zirpen höre. Es gibt doch keine Heimchen mitten im Winter sage ich; sie lacht und sieht mich an und antwortet: «Wenn's aber warm genug ist.» Als ich sie küssen möchte, schüttelt sie den Kopf, legt ihn an meine Brust und weint. Ich ärgere mich über mich selbst.

Am Morgen blickte ich aus dem Fenster des Gastzimmers, der Fluss war zugefroren; Schnee tanzte schwerelos in der grauen Luft überm Wehr. Ich hörte Sanny auf der Saalbühne Klavier spielen. Auf meinem Nachttisch lag ein Lockenwickler, in dessen Inneren sich noch das Bürstchen befand; als ich es herauszog, entdeckte ich kastanienrote Haare, die sich an ihm verfangen hatten.

Dienstag, 1. Februar 1944

Als ich heute Morgen auf dem Weg zur Bibliothek an meiner ehemaligen Arbeitsstätte vorbeiging, standen die Schüler der unteren Klassen in Zweierreihen vor der Treppe zum Eingangsportal; die Hakenkreuzfahne wurde gehisst und das Deutschlandlied gesungen. Die Mädchen trugen dunkelblaue Röcke, weiße Blusen, schwarze Dreieckstücher und braune Jacken. Die gesunden Schüler im wehrfähigen Alter und viele Lehrer sind mittlerweile eingezogen, einige bereits in Russland oder in Afrika gefallen, ihre leeren Särge waren feierlich auf dem Friedhof hinter der Kirche beigesetzt worden. Hier im Ort leben fast nur noch Frauen und Kinder, Verwaltungsbeamte, Wachsoldaten, dazu gefangene Polen, Russen und Ukrainer, die im Zementwerk, in Zeisers Mühle oder auf den Höfen der umliegenden Dörfer schuften.

Das, was ich notiere, ist nur eine Projektion meines Lebens, es ist weniger und doch gleichzeitig mehr, als ich selbst bin, wie auch die gesprochene Sprache immer mehr ist als ihre schriftliche Wiedergabe, die aber auf der anderen Seite doch vielleicht eine tiefere Wirklichkeit aufzeigt, ebenso wie eine Landkarte niemals die tatsächliche Landschaft selbst darzustellen vermag.

Während meiner Lehrtätigkeit gab es an der Schule fünfhundert Schüler und fünfunddreißig Lehrer, zumeist Studienräte; einige meiner Kollegen hatten noch am Ersten Weltkrieg teilgenommen, die meisten traten nach der Machtergreifung in die Partei ein. Ich unterrichtete Geschichte und Latein und war immer sehr gerne Lehrer; zuletzt jedoch verspürte ich einen starken Widerwillen beim

Betreten des Schulgebäudes. Im Flur zu den Klassenräumen hatte man die Wände mit nordischen Göttern bemalt, am Ende des Ganges empfing uns eine große Kriegerstatue, aus glänzendem grauen Granit gehauen, vor der die Schüler und auch wir Lehrer den Arm zum Führergruß zu heben hatten. Schließlich wurde ich gezwungen, meine Arbeit aufzugeben. Ich vermisse sie; einige Schüler waren begabte Söhne von kleinen Bauern aus den Dörfern der Umgebung, ich habe sie besonders gerne unterrichtet.

Donnerstag, 3. Februar 1944

Es hat die ganze Nacht geschneit, ich habe gut geschlafen. Nach dem Aufstehen sehe ich nach den Bienen und bleibe eine Weile bei ihnen stehen; jedes Volk hat seinen eigenen Duft und seine besondere Melodie, ein leises an- und abschwellendes Raunen, als würden sich zahllose Stimmen leise und vertraut unterhalten. Ich erledige notwendige Arbeiten im Haus und im Stall. Danach stapfe ich durch den hohen Schnee hinunter ins Städtchen. Ich frage im Postamt nach einem Brief von Alfons, aber es scheinen überhaupt keine Nachrichten mehr von der Front durchzukommen – ich mache mir Sorgen um meinen Bruder, weiß nicht einmal, wo er jetzt stationiert ist. In meinem letzten Brief musste ich ihn erinnern, mir wieder Medikamente zu schicken. Es wird immer schwerer für mich, hier im Ort welche zu bekommen. Der Apotheker fragt mich jedes Mal nach einem Rezept, obwohl er doch weiß, dass ich mit meiner Krankheit keinen Doktor aufsuchen kann und die Ärzte verpflichtet sind, Volksschädlinge wie mich dem Gesundheitsamt zu melden.

Maria begegnet mir auf dem Marktplatz. Ich verspreche ihr, am Abend vorbeizukommen, weil ich fürchte, sie macht mir sonst auf der Straße eine Szene. Immer wieder wirft sie mir vor, ich schliefe noch mit anderen Frauen. Ich habe Maria bei Sanny in der Gaststätte kennengelernt, sie kellnert dort und hilft in der Küche. Mir gefallen ihre gutmütigen Augen und ihr dichtes, dunkles Haar. Man sieht jetzt schon, dass sie in einigen Jahren fülliger sein, dicke Schenkel und einen breiten Hintern haben wird. Ihr Vater war Tagelöhner auf einem Gutshof. Mit siebzehn hat sie einen derben Zementwerker geheiratet, ist mit ihm nach Kall gezogen und hat bereits drei Kinder geboren, eines ist kurz nach der Geburt gestorben; ihr Mann wurde schon zu Beginn des Krieges eingezogen und hat seither nur einige Wochen Heimaturlaub gehabt. Ich treffe sie meist in meinem Zimmer des Gasthauses. Ich möchte nicht, dass sie zu mir nach Hause kommt, möchte keine allzu große Nähe; sie soll nicht zu viel von mir erfahren oder gar ein Teil meines Lebens werden. Sie erzählt mir Dinge, von denen ich nichts wissen will, redet von Liebe. Ich kränke sie mitunter, wenn ich ihr sage, es gebe keine Liebe, sondern nur Verführung und Begierde, und unsere Lust habe mit Tugend nichts gemein. Sie weiß nichts von meiner Krankheit, nur dass ich keine Kinder zeugen kann, früher als Lehrer am Gymnasium gearbeitet habe, nun Bienen züchte.

Freitag, 4. Februar 1944

Die Leihbibliothek befindet sich im ehemaligen Verwaltungsgebäude des Bleibergwerks. Nach der Machtergreifung und der Umwandlung des Klosters in eine Kaderschmiede wurde der gesamte Bestand der Klosterbibliothek auf Anordnung des damaligen Abtes durch eine Schenkung in unsere Bibliothek überführt, um die wertvollen Bücher des Klosters davor zu bewahren, vernichtet zu werden, und sie in sicherer Obhut zu wissen. So beherbergt nun eine kleine Provinzbibliothek eine bedeutende Sammlung mittelalterlicher Schriften, für die sich jetzt im Krieg außer mir niemand interessiert. Ambrosius scheint, als er die Philosophie des Cusanus kopiert hat, neben anderen antiken Autoren auch Neuplatoniker wie Proklos studiert zu haben. Die Schrift «De beryllo» des Cusanus ist von Ambrosius mit eigenen Bemerkungen versehen. Erkenntnis soll man mithilfe einer neuen Brille erlangen, deren Gläser aus dem durchsichtigen Edelstein Beryll gefertigt sind; mit ihr könne man erkennen, was zuvor unsichtbar war.
Wir sehen Gleiches und Ungleiches, Ähnliches und Unähnliches, wir betrachten denkend die absolute Ähnlichkeit des Unteilbaren. Wir sehen die verschiedenen Stufen der Ähnlichkeit, bilden ein Konzept der herausgelösten und in diesem Sinne absoluten Ähnlichkeit und erkennen sie als die größte und kleinste Ähnlichkeit zugleich.

Die Bücherei hatte nie viele Besucher, aber jetzt im Krieg kommen kaum noch welche. Die Bibliothekarin, Fräulein Elisabeth, war früher im Sekretariat meines Gymnasiums beschäftigt gewesen; danach arbeitete sie bis zu ihrer Pensionierung im Bürgermeisteramt, und man erzählte sich, sie habe ein Verhältnis mit dem Bürgermeister gehabt. Sie ist eine zierliche, grauhaarige Frau mit einer knochigen Nase und schmalen Lippen; früher waren sie voller und immer rot geschminkt. Als Schüler war ich eine Zeit lang in sie verliebt, etwas Unbekanntes, für das ich damals noch gar keine Erklärung hatte, zog mich an. Die Liebe schweift nur umher und verweilt an keinem Ort – vielleicht stimmt das ja tatsächlich. Hin und wieder besuchte sie Vater, aber ich wusste nicht recht, was sie bei ihm wollte.

Im Erdgeschoss der Bibliothek steht die Unterhaltungsliteratur, im ersten Stock befinden sich die Bestände der Bergwerksgesellschaft und das Vermächtnis der Klosterbibliothek. Ich sitze oft stundenlang an meinem Tisch, der in einem schmalen Gang zwischen den Regalen vor einem kleinen Fenster steht, von dem aus ich zum Bahndamm und zum Sägewerk hinübersehen kann. Ich fühle mich wohl hier, wie die Bienen jetzt auf ihren Waben. Es kommt mir so vor, als hätten wir denselben Arbeitsplatz. Unsere Beschäftigung erfüllt uns ganz und lässt uns alle Gefahren und Bedrohungen vergessen. Ich schaue auf die in die Ferne führenden Gleise, die glitzernde Urft, die unterhalb des Bahndamms zum Wehr fließt. Manchmal träume ich dort an meinem Tisch davon, zum Bahnhof zu laufen, in den Zug zu steigen und einfach wegzufahren; aber ich kann meine Bienen nicht verlassen, niemand würde sich um sie kümmern, und sie wären verloren. Ich wüsste auch nicht, wo sonst ich in Deutschland jetzt leben könnte – überall wütet der Krieg, selbst das nahe gelegene Köln ist bis auf den Dom und den Bahnhof verwüstet und niedergebrannt. Schon als Kind war ich gerne in der Bibliothek, ich liebe den säuerlichen Geruch des verstaubten, sich zersetzenden Papiers, die lückenlos mit alten Büchern gefüllten Regale, dicke Folianten über den Bergbau im Urftland und Werke antiker Schriftsteller aus der ehemaligen Klosterbibliothek. Ich suche nach Schriften, die im Zusammenhang mit dem Leben des Benediktiners Ambrosius stehen. Vater hat mir immer wieder erzählt, dass einer unserer Vorfahren ein Mönch gewesen sei, der sich in eine junge, sehr schöne Frau verliebt, daraufhin das Kloster verlassen, eine Familie in einem der Höhendörfer im Urftland gegründet und fortan von der Bienenzucht gelebt habe. Vater war sich ganz sicher, unsere Liebe zu den Frauen und zu den Bienen gehe auf diesen Vorfahren zurück und unsere Völker seien die Bienen des Ambrosius, es seien ganz besondere, unsterbliche Bienen.

Montag, 7. Februar 1944

Ich arbeitete übers Wochenende an der Übersetzung eines lateinischen Fragments. Ambrosius befand sich noch im Jahre 1490 im Kloster, wo er im dortigen Skriptorium im Auftrag des Abtes Johann von Erkelenz Traktate des bedeutenden Cusanus kopierte. Bruder Ambrosius beschreibt Cusanus als einen Mann von kräftiger Statur, dessen Vorfahren noch Moselfischer gewesen seien und der neben seiner Klugheit auch Sinn für praktische Dinge gehabt habe. Er hatte kluge Augen und hitzige rote Wangen; er liebte es, im Auftrag der päpstlichen Kurie weite Reisen zu unternehmen, auf denen er seinen philosophischen Gedanken nachhängen und sie auf dem Pferde sitzend entfalten konnte.

Mitunter finde ich kleine Textstellen, die Ambrosius wohl wichtig gewesen waren, weil er sie sorgfältig aus dem großen Konvolut des Nachlasses exzerpierte.

Für Cusanus ist die Welt Mittelpunkt und Peripherie zugleich, die Antipoden sehen den Himmel oben genau wie wir; wo jemand ist, wähnt er sich im Mittelpunkt. Wer das erkannt hat, erkennt wirklich, korrigiert den täuschenden Augenschein. Für den Verstand ist es klar, dass die Erde sich bewegt, für die Augen nicht. Bewegung können wir nur erfassen, wenn wir sie mit etwas vergleichen, das fest steht; wüssten wir nicht, dass das Wasser fließt, und sähen wir nicht die Ufer, während sich ein Schiff mitten auf dem Fluss befindet, wie könnten wir bemerken, dass es das Schiff ist, das sich bewegt.

In einer Schrift aus dem Jahre 1463, kurz vor seinem Tod, beschreibt Cusanus den Menschen als Geographen und Kartenmacher, der in einer Stadt mit fünf Toren, den fünf menschlichen Sinnen, sitzt. Durch diese Tore kommen Boten aus der ganzen Welt, die ihm das Wissen über den Himmel und die Erde zutragen, das er anschließend in seine Karte überträgt. In seinem letzten Lebensjahr vertraute Cusanus seinem Sekretär Johann von Erkelenz sein Vermächtnis an. Er sollte sein Herz nach seinem Tod über die Alpen zurück in seine Heimatstadt bringen.

Ambrosius berichtet in einem längeren lateinischen Fragment von der für ihn schicksalhaften Begegnung mit dem Sekretär Johann von Erkelenz, seinem Mentor und späteren Abt des Klosters Steinfeld.

Fragment II
Kloster Steinfeld, Anno 1489

Ambrosius Arimond

Just zu Mariä Lichtmess anno 1465, in den frühen Morgenstunden, als ich gerade aus dem Haus getreten war, um am Brunnen Wasser zu schöpfen, näherte sich aus dem Passeiertal von Moos her kommend ein herrschaftlicher Tross unserer Taverne. Ich dachte, der König oder Papst Pius II. daselbst oder einer der Heiligen, von denen unsere verstorbene Mutter so oft erzählt hatte, säße in der prächtigen Sänfte, die von sechs Männern getragen wurde. Lastenträger, Soldaten mit Lanzen und Schwertern, zu Fuß und auf Pferden, bewachten ein schweres, von Ochsen gezogenes Fuhrwerk. Auf ihm befand sich, wie ich später erfahren sollte, die wertvolle Bibliothek des verstorbenen Kurienkardinals Cusanus, einst Bischof von Brixen, Generalvikar von Rom, päpstlicher Legat, Freund und Berater des Heiligen Vaters. Der Kardinal war einer der größten Gelehrten des Abendlandes. Er hatte als Erster erkannt, dass die Welt unendlich sein müsse, in diesem unendlichen Universum wären sodann alle Widersprüche und Gegensätze aufgehoben, sodass weder Kreaturen der Schöpfung untereinander noch die Dinge Vorrang vor einem anderen beanspruchen könnten – alles, was in dieser Welt existiere, sei somit gleichermaßen wahrhaftig. Auf dem Wagen befanden sich alle Handschriften des Cusanus, wertvolle astronomische Bücher und Instrumente, die gesamten Werke Platons, die «Metaphysik» des Aristoteles in den lateinischen Übersetzungen von Bessarion, weiterhin die großen Lehrer des Mittelalters, die Schriften Meister Eckharts, der heiligen Hildegard, des Thomas de Aquino, der Kommentar des Albertus Magnus zu Dionysius

Areopagita, das Testament des Cusanus sowie 1224 Goldtaler für die Errichtung eines Hospizes in Cues, dem an der Mosel gelegenen Heimatstädtchen des Kardinals. Das Wertvollste aber war das Herz des Cusanus daselbst, das aufbewahrt und sicher geborgen, umhüllt von einer Bleikapsel, in einer goldenen Schatulle ruhte. Cusanus war zu seinen Lebzeiten engster Berater des Papstes gewesen, hatte in seinem Auftrag die vatikanischen Konzile geführt. Der Papst hatte im Jahre 1464 erneut zum Kreuzzug gegen die ungläubigen Osmanen aufgerufen, Ancona war Versammlungsort für das Kreuzzugsheer und die Flotte. Auf der Reise dorthin war der Kardinal in Todi in Umbrien plötzlich gestorben. Sein unstetes Leben im Dienste der Wissenschaft und der Kirche fand mit seiner Beisetzung in S. Pietro in Vincoli zu Rom sein Ende. Das Herz des Cusanus aber sollte dorthin zurückgebracht werden, wo es dereinst zu schlagen begonnen hatte; es sollte für alle Zeiten im Boden des Chorraums der Kreuzkapelle zu Cues ruhen. Dies war der letzte Wille und das Vermächtnis des Kardinals gewesen. Die Kirche, die Bibliothek und das Hospiz, die Cusanus in seiner Heimatstadt erbauen ließ, hatte er selbst noch nie gesehen. Aber sein Herz sollte nach langer, beschwerlicher Reise über die Alpen und nach allen Fährnissen endlich zum vorherbestimmten Ort gelangen. Ich ahnte damals noch nicht, welche Rolle der allmächtige Schöpfer mir dabei zugedacht hatte. Ich stand wie erstarrt vor unserem Hause, sah den herrschaftlichen Tross langsam vorbeiziehen. Ich erinnere mich an die schmale, hagere Gestalt in der Sänfte, die kühlen Augen des Johann von Erkelenz, die mich erzittern ließen, als sie mich von der Sänfte herab eindringlich musterten, so als wollte er sich meine Gestalt für immer einprägen, als hätte er in diesem Moment bereits geahnt, dass Gott beschlossen hat, unser beider Schicksal unauflöslich aneinanderzuketten, dass ich ein Werkzeug Gottes in seiner Hand sein würde. Noch im Verlaufe des Mittags, als der Tross längst in den Bergen verschwunden war und ich mit Mäthi bei den Bienen arbeitete, veränderte sich das Wetter jäh, die Bergketten waren bald von Nebelschwaden und düsteren Wolken umhüllt, die Temperaturen sanken stetig, bis alles, selbst die Luft, gefroren schien. Der Passweg führte den Tross jetzt am Rande eines tiefen Kratertals vorbei, welches umringt war von einem Kranz schneebedeckter, bedrohlicher Bergspitzen.

Mittwoch, 9. Februar 1944

Ich habe die gestrige Nacht wieder mit Maria verbracht. Sie hat geweint, weil sie ihr Gewissen quälte. Während wir uns vergnügten, gab es nur uns beide; in diesen Momenten können wir uns vergessen, sind nur liebende Körper ohne Vergangenheit und Zukunft, reduziert auf ein raum- und zeitloses Tun, vielleicht ist das schon Glück genug. Ist es vorbei, macht sie sich jedoch die schlimmsten Vorwürfe und ist so verzweifelt, dass es mir unmöglich ist, sie zu trösten; aber ich kann niemanden trösten, nicht einmal mich selbst. Vielleicht vermeide ich es deswegen in letzter Zeit, sie zu treffen.

Rings um die Stöcke sehe ich heute Morgen viele winzige, dunkle Pünktchen im Schnee, die von meinen Bienen stammen. Sobald die Temperatur draußen über zehn Grad beträgt, machen die Bienen ihre Reinigungsflüge. Sie müssen in diesen Momenten furchtbar frieren; kurz danach aber fliegen sie wieder in den Stock zurück und wärmen sich bei ihren Schwestern.

Der Sandstein hinter unserem Haus am Ende des Gartens schützt die Bienenstöcke vor Stürmen und speichert die Wärme sehr gut; deswegen hat Vater das Bienenhaus direkt an den Fels gebaut.

Freitag, 11. Februar 1944

Am See hat sich jemand an meinen Bienenstöcken zu schaffen gemacht. Ich habe dort insgesamt zwölf Völker, bei dreien wurde Honig gestohlen; danach hatte man die Zargen wieder fachmännisch eingebaut. Da nur ein Teil des Wintervorrats aus den Beuten entnommen wurde, konnten die Bienen bis jetzt ganz gut überleben. Vielleicht hat einer der Imkerkollegen den Honig entnommen; bei manchen von ihnen sind im letzten Jahr weit über die Hälfte der Völker an der Nosema-Krankheit eingegangen. Vielleicht war es auch der amerikanische Soldat, der den Absturz der Mitchell überlebt hatte. In der Gaststätte jedenfalls geht das Gerücht immer noch um, er halte sich irgendwo im Bergschadensgebiet versteckt. Die Spuren führten über die verschneiten Höhen bis hinunter zur Landstraße und verloren sich dann in der Dämmerung. Ich befürchtete, der Soldat könnte die Höhle gefunden haben und sich dort versteckt halten. Auf meinem Weg dorthin rutschte ich in eine der vielen Pingen und hatte große Mühe, wieder aus ihr herauszuklettern. Der Eingang zur Höhle liegt verborgen hinter Kieshalden, und von dort geht es in einem grottenartigen Abstieg steil hinab bis zum Ufer des Sees, an dem mein Floß liegt. Da die Luftschichten sich nicht austauschen können, ist es im Winter in der Höhle wärmer als draußen. Ich setzte mit dem Floß über bis zum Lagerplatz und lief von dort durch den Schacht, dessen Ausgang hinter dem Bienenhaus im Garten liegt.

Es ist gut zu wissen, dass alles unentdeckt geblieben ist. Kurz bevor die Flüchtlinge kommen, bringe ich immer ausreichend Lebensmittel nach unten zum Lager. Ich befürchte nun, dass meine Spuren im Schnee entdeckt werden könnten, und bin froh, als es am Abend wieder zu schneien beginnt.

Samstag, 12. Februar 1944

Neben der ehemals jüdischen Metzgerei befindet sich das SA-Haus; davor steht ein Wachposten, ein dürrer Soldat, der den Sturmriemen seiner Kappe unter seinem pickligen Kinn festgezurrt hat und mit einem Karabiner bewaffnet ist. Er steht wie erstarrt da, lediglich seine Augen bewegen sich, wenn jemand vorübergeht. Der Hund läuft an ihm vorbei, schnüffelt, und ich rufe ihn zu mir, weil ich befürchte, er könnte ans Wachhäuschen pinkeln. Der Hund markiert ständig; überall hinterlässt er gelbe Punkte und Striche im Schnee, im Sommer verschwindet er mitunter für Tage auf seiner Suche nach läufigen Hündinnen. Er ist so verrückt, dass er sogar in offene Fenster springt. Die Straße ist matschig, und die nasse Kälte lässt mich frösteln; ich wechsele zur anderen Straßenseite und laufe über die Brücke die Bahnhofstraße hinunter. Die Häuser sind noch vom Aufmarsch zum Jahrestag der Machtergreifung mit Reichs- und Hakenkreuzfahnen beflaggt. Im Schaufenster der Sattlerei steht auf Brokatstoff Jupps goldener Gipskopf, daneben sind Flugzeugmodelle der deutschen Luftwaffe ausgestellt: Jagd- und Kampfflugzeuge, Nachtjäger, leichte sowie schwere Bomber mit einer Bombenlast von über 1000 Kilo (Dornier Do 335, Messerschmitt Me 410, Junkers Ju 87), die Heinkel He 177, das Flugzeug, das mein Bruder zuletzt flog, daneben Postkarten von Alfons, lachend in Paradeuniform, auf denen er das Flugzeugführerabzeichen und das Ritterkreuz mit Schwertern trägt, das er für seine Tapferkeit im Polenfeldzug verliehen bekam. Auf einem eingerahmten Zeitungsausschnitt wird groß gemeldet, er habe als Gruppenkommandeur bereits den hundertsten Luftsieg errungen und mit seinem Jagdgeschwader die Zahl seiner Abschüsse auf über tausend erhöht. Eine Karte zeigt den Frontverlauf und die eroberten Gebiete. Nach dieser Karte kämpfen sie immer noch vor Stalingrad, als würde man die Stadt schon bald erobern. In Wirklichkeit sind unsere Truppen fast überall auf dem Rückzug. So haben die Alliierten bereits die Gustav-Linie durchbrochen, Monte Cassino war gefallen und der Weg nach Rom frei. Im «Stürmer» las ich, dass sie jetzt Raum gegen Zeit tauschen, in der sie Kräfte mobilisieren wollen, um dann mit einer großen Gegenoffensive zurückzuschlagen. In klaren Nächten kann man am Horizont den roten Widerschein brennender Städte sehen.

Heinkel He 177:

Besatzung: vier Mann, Antrieb: Doppel-V12-Kolbenmotoren Daimler Benz, je 2950 PS, Bewaffnung: sieben MGs, je ein MG schwenkbar in Seiten-, Bug-, Rücken- und Bauchstationen, Bombenlast: 48 × SC-50-Bomben

Montag, 14. Februar 1944

In Dreierreihen üben die Jungen auf dem Sportplatz Marschieren und Exerzieren. Stolz tragen sie ihre Jacken mit der Siegrune auf dem Oberarm, das schwarze Halstuch mit Lederknoten und schwarze Hosen. Franz ist auch unter ihnen. Marias Sohn kommt hin und wieder zu mir, wenn ich bei den Bienen arbeite. Ich erzähle ihm von dem Leben und den Geheimnissen der Bienen; er interessiert sich dafür, aber mehr noch für die praktischen Dinge, wie man zum Beispiel den Honig erntet und Königinnen züchtet. Franz ist ein aufgeweckter Junge. Bis zu einem bestimmten Zeitpunkt sind wohl alle Kinder so, alles an ihnen wirkt klar und rein wie eine blanke Schultafel für unendlich viele schöne, abenteuerliche Geschichten. Ich wüsste gern, was mit uns geschieht, dass wir unseren staunenden Geist langsam verlieren, bis das Rätselhafte der Dinge, die uns umgeben, irgendwann ganz verschwunden zu sein scheint. Ich bedauere seit einiger Zeit, dass ich niemals Kinder haben werde, dass es irgendwann so sein wird, als hätte ich gar nicht existiert – als gäbe es die schöne Göttin Amaunet nicht, damals in der Hitze der Dünen am Meer, später im Schatten der bunten Vorhänge meines Zimmers, das Rauschen der Papyrusstauden am Nilufer bei Al-Minya, Mosaikstückchen von Erinnerungen, wie der erste Sprung in den Rauschen, der Duft des nassen Grases dort, die Süße des Honigseims und vor allem die Lust an der Liebe –, dass dies alles verloren sein wird, als wäre es nie geschehen.

Als ich bei Blasius im Café am Fenster sitze, marschieren das Jungvolk und die Hitlerjugend singend durch die Straßen. Ich beobachte, wie ein Mann in einem langen Ledermantel zur Bibliothek hinübergeht; sein Gesicht kann ich nicht erkennen. Er ist nicht aus unserer Gegend, mir fällt auf, dass er ein Bein nachzieht und, sich am Geländer haltend, die Eingangsstufen zur Bibliothek hinaufmüht. Er verschwindet schließlich hinter der schweren Eichentür im Inneren des Backsteingebäudes. Einen Moment bin ich versucht, dem Mann zu folgen, um zu erkunden, was er in der Bibliothek vorhat. Doch dann denke ich, es sei besser, nichts darüber zu wissen.

Später gehe ich zur Bibliothek, um nachzusehen, ob ich eine Nachricht bekommen habe. Wieder nichts! Ich setze mich an meinen Platz und mache mich daran, das neue Fragment weiter zu übersetzen. Außer mir und Fräulein Elisabeth scheint sonst niemand mehr in der Bibliothek zu sein. Aber dann glaube ich zu hören, wie jemand zwischen den Regalen herumgeht, glaube, ihn sogar atmen zu hören. Als ich mich umdrehe, geht wer eilig die Treppenstufen hinunter. Ich höre Getuschel, es sind die Stimmen Fräulein Elisabeths und eines mir unbekannten Mannes.

Mittwoch, 16. Februar 1944

Die ganze Nacht hindurch regnete es; ich bin vom lauten Prasseln auf dem Blechdach der Scheune aufgewacht, schlief aber bald darauf wieder ein. Am frühen Morgen begann es zu schneien, und als es hell wurde, tauchten auf dem Fels die Bäume aus dem Nebel auf. Ich stellte mir vor, wie schön es wäre, mit einer Frau aufzuwachen, die sich mit ihrem warmen Körper an mich schmiegt. Flugzeuge wagten sich bei diesem Wetter nicht durch die niedrig hängenden, dichten Wolken, aber man hörte ein leises, bedrohliches Grummeln.

Als ich ins Städtchen hinunterging, begegnete mir keine Menschenseele. In einem Garten hing Wäsche an der Leine, eine einfache Wehrmachtsuniform, Hemden und Unterhosen; Moritz Genz wird wohl auf Heimaturlaub sein. Von den Johannisbeersträuchern, Brombeerhecken und den alten Obstbäumen tropfte tauender Schnee. Auf der Hochwasser führenden Urft trieben große Eisschollen, und auf einer dieser Schollen stand ein Graureiher, der wenige Meter vor dem Rauschen träge die Flügel ausbreitete und mit kurzen, kräftigen Flügelschlägen von seiner kleinen Insel abhob, dann dicht über das Wasser segelte, bis er aufstieg und auf einer der am Ufer stehenden Erlen landete, wo er wie erstarrt auf einem dürren Ast hocken blieb.

Erst in der Mitte des Ortes begegneten mir Menschen. Ich traf Fräulein Elisabeth auf dem Marktplatz; wir sprachen jedoch nicht miteinander, sondern grüßten uns nur im Vorübergehen. Danach bereute ich, sie nicht angesprochen zu haben. Wenn ich in die Bibliothek komme, reden wir manchmal über Belanglosigkeiten; ich werde das Gefühl nicht los, wir schaffen es mit jedem überflüssigen Wort, das zu verbergen, was wir glauben verschweigen zu müssen, was besser ungesagt bliebe.

Am Abend fallen die Temperaturen und der Regen verwandelt sich wieder in Schnee.

Donnerstag, 17. Februar 1944

Ich will mir die Haare schneiden lassen, warte im Salon und blättere in alten Zeitschriften; ich sehe zu, wie Delamot den Nacken eines Bahners ausrasiert, wie er den Schaum vom Rasiermesser an seinem Daumen abstreift und ins Becken klatschen lässt. Ich blättere kurz im «Völkischen Beobachter» und falte die Zeitung angewidert zusammen. Der Bahner erzählt Delamot, die Personenzüge zwischen Köln und Trier führten seit einigen Tagen zusätzlich einen offenen Güterwagen mit, auf dem ein schweres Maschinengewehr montiert ist. Er berichtet, der Zug sei gestern von Feldjägern durchsucht worden; man sei hinter Juden her, die über die Grenze nach Belgien abhauen wollen, und fahnde immer noch nach dem Amerikaner. Sie reden von Heinz Mainz, der kürzlich in Russland gefallen ist, und Leo Everhard, und ich erfahre, Johannes Eppers, einer meiner Schüler, sei bei einem Rückzugsgefecht verwundet worden und werde seither vermisst. Delamot rasiert immer noch den Nacken des Bahners; schließlich legt er sein Rasiermesser auf das Glasregal über dem Becken, holt den Handspiegel und zeigt ihm seinen ausrasierten Nacken. Ich höre, wie das Glöckchen an der Tür zum Damensalon bimmelt und jemand den Laden betritt. Draußen fahren Militärtransporter auf der verschneiten Straße. Ich sehe im Spiegel, wie Delamot den Mund verzieht und die Augen nervös zusammenkneift; er nimmt dem Bahner den weißen Umhang ab, bürstet kurz über die Uniformjacke, begleitet ihn zur Kasse und öffnet ihm höflich die Tür. Bevor ich an der Reihe bin, kehrt er die Haare zusammen. Ich weiß, dass er sie jetzt in das Loch unter dem Eimer kehren wird, dass auch meine Haare später dort landen, sich mit den Haaren meines Bruders Alfons und denen meines Vaters und so vieler anderer unten im Keller vermischen werden. Ich denke an all die schönen Lockenwickler im Damensalon und die Haare der Frauen dort; ich denke, dass ich jetzt etwa so alt bin wie Ambrosius, als er das Kloster verlassen musste. Ich denke wieder an Al-Minya im oberen Niltal, an die wunderbare Wärme, die um diese Jahreszeit dort herrscht, an Amaunet mit der roten Krone. Ich sehe diese Frau wieder vor mir und habe den Eindruck, ganz in ihrer Nähe zu sein, ihren Körper riechen zu können. Während Delamot mir die Haare schneidet, betrachte ich mich im Spiegel und wundere mich über den Flaum an den Rändern meiner viel zu großen Ohren, über mein vielleicht kluges, aber auch ängstliches Gesicht, sehe meine schwarzen, an den Spitzen sich wellenden Haare, die Delamot gerade abschneidet, meine dicken Brauen über den Augenhöhlen. Ich höre nicht richtig zu, während Delamot redet und dabei um mich herumtänzelt; mir kommt es vor, als spräche er gar nicht mit mir, sondern nur mit meinem Spiegelbild.

Freitag, 18. Februar 1944

Am Vormittag beginnt es wieder zu schneien, der Himmel erscheint wie bröseliger Schieferstein. Es ist so kalt geworden, dass mir die Spucke auf den Lippen gefriert. Ich ziehe zwei paar lange Unterhosen und zwei Unterhemden an, dann eine Hose und Pullover, einen Schal, eine Wollmütze und dicke Handschuhe. Als Erstes gehe ich nach draußen und erledige mühsam meine täglichen Arbeiten.

Am Nachmittag muss ich die Völker auf den Wiesen Lünebachs inspizieren. Ich befürchte, meine Bienenkästen auf den Feldern sind wieder zugeweht. Ich spanne das Pferd vor den Schlitten und fahre los. Als ich zu Marias Haus komme, wartet dort schon Franz auf mich. Ich halte an, lasse ihn aufsteigen, wickele eine Decke um ihn und gebe ihm die Zügel in die Hand. Der Rheinländer, ein alter Kaltblüter, kennt den Weg zu den Bienen; er ist so störrisch, dass er sich nur schwer irgendwo anders hinlenken ließe. Von seinem dunklen Fell hebt sich die helle Mähne ab, an den Fesseln sind Haarbüschel, an denen zu Eis gefrorener Schnee hängt. Wir halten an der Straße und klettern den Hang hinauf zu den Beuten, die, wie ich richtig angenommen habe, völlig zugeweht sind. Wieder sind einige der Beuten aufgebrochen; auf den Feldern entdecke ich Stiefelspuren. Jemand hat sich durch den Schnee geschleppt, muss mehrmals hingefallen sein. Ich schicke Franz zum Gespann zurück und folge einige Hundert Meter den Spuren, die zum Bergschadensgebiet hinüberführen; doch irgendwann gebe ich auf, auch weil ich nicht weiß, was ich machen würde, wenn ich den Dieb tatsächlich erwischte.

Auf der Rückfahrt sind plötzlich Flugzeuge am Himmel. Wir verstecken uns hinter einer Schneewehe. Gemeinsam blicken wir in das wolkenlose Blau. Ich identifiziere die einzelnen Maschinentypen, erkläre dem Jungen die Eigenarten der verschiedenen Flugzeuge, wovor man sich bei ihnen in Acht nehmen muss. Ich bitte Franz, die Augen zu schließen und nur auf die Geräusche zu achten, das Röhren und Heulen der Motoren und das dumpfe Dröhnen, dessen Schall den Körper tief im Inneren vibrieren lässt und einen in den Schnee hineindrückt, winzig und ängstlich macht. «Wenn du weißt, welche Geräusche die jeweiligen Flugzeuge machen, kannst du dich vor ihnen verstecken, noch bevor sie dich sehen», schreie ich gegen den Lärm an. Als es wieder still geworden ist, so still, dass man das leise Knistern der tauenden Schneekristalle am Ohr hört, erzähle ich dem Jungen von meinem Bruder, dass ich immer an ihn denken muss, wenn ich Flugzeuge am Himmel sehe.

Montag, 21. Februar 1944

Rosenmontag

Am Wochenende hatte ich einen leichten epileptischen Anfall; zunächst ein unbestimmtes Vorgefühl, aber ich blieb bei Bewusstsein. Ich hatte wieder das Kribbeln und das leise, kaum wahrnehmbare Rauschen und zarte Summen im Kopf, und dann stellten sich wieder diese Halluzinationen ein – ich reise in Sekundenschnelle durch mein ganzes Leben, sehe Dinge, von denen ich nicht sicher bin, ob sie jemals geschehen sind, es sind Begebenheiten, von denen oft nur eine leise Ahnung zurückbleibt. Ich fühle dann sogar so etwas wie ein Bedauern, dass das Ganze vorüber ist. Solange die Anfälle kurz währen, komme ich damit zurecht, erhole mich relativ schnell. Wenn aber mehrere kurz hintereinander auftreten sollten oder ein Anfall mehr als fünf Minuten dauert, besteht die Gefahr eines Grand mal – ich leide dann unter heftigen Krämpfen, danach unter Vergesslichkeit oder starken Konzentrationsstörungen. Ich habe eine furchtbare Angst davor, dann mein Verhältnis zur Realität zu verlieren, dass es auf eine irreversible Schädigung meines Gehirns hinauslaufen könnte, dass ich schließlich an einem Anfall sterbe.

Dienstag, 22. Februar 1944

Als ich heute die Bücherei besuchte, war zu meiner Verwunderung eine neue Aufsicht an Elisabeths Platz. Ich starrte die Neue völlig verblüfft an. Sie senkte den Blick, wobei sich aus ihrer Frisur einige Haare lösten, die sie sofort hinters Ohr strich. Sie hat große Augen und lange Wimpern, einen erhabenen Punkt an der Oberlippe, ganz in der Nähe ihres linken Mundwinkels; irgendetwas war in dieser Frau verborgen, einen solchen Punkt hatte ich schon einmal gesehen. Sie riss mich unsanft aus meinen Träumen, als sie mir untersagte, den Hund mit hoch zu nehmen. Bisher durfte er mich immer begleiten; er lag dann brav unter meinem Lesetisch oder trottete manchmal zu Fräulein Elisabeth hinunter und lief hinter ihr her, als würde er etwas erschnüffeln. Die neue Bibliothekarin hatte mich so verwirrt, dass ich den Hund anstandslos vor die Tür brachte und ihm befahl, am Eingang zu warten. Er muss dann doch in der Stadt herumgestreunt sein, jedenfalls erwartete er mich später bei Sanny in der Gastwirtschaft.

Mir war, als wäre ich meiner Geliebten aus Al-Minya nach langer Zeit wieder begegnet. Ich kehrte aufgeregt in die Bibliothek zurück, und tatsächlich stand sie immer noch hinter der Ausleihe und hatte meine Karteikarte vor sich. Das bestellte Buch aus der Universitätsbibliothek München sei eingetroffen: «Tierpsychologische Untersuchungen», Prof. Dr. Karl von Frisch. Sie müsse mich aber darauf aufmerksam machen, dass die Leihfrist einiger Bücher schon lange überschritten sei. Ich blieb stumm. Bis jetzt war das keine Frage gewesen, kein Mensch hatte ein

Interesse an diesen Büchern, die ich bisher entleihen konnte, solange ich wollte. Wir kennen uns, dachte ich, ich weiß, dass wir uns kennen, und ich denke das auch jetzt noch, da ich dies mitten in der Nacht in einem seltsam erregten Zustand notiere.

Sie trug ein Parteiabzeichen mit goldenem Eichenlaub am Revers. Ich sah sie bestimmt zu lange an, aber ich konnte nicht anders, ich musste sie betrachten. Ich versicherte, die Bücher umgehend zurückzugeben, erzählte, ich züchte Bienen; Professor Karl von Frisch forsche an der Universität München über die Nosema-Plage, die alle Bienenbestände des Reiches bedrohe und damit die Versorgung mit Nahrungsmitteln gefährde, denn Bienen bestäubten über achtzig Prozent der Obstbäume. Ich erzählte ihr weiter von meinen Studien, davon, dass ich es vorziehe, in der Bibliothek zu arbeiten, und dort auch gelegentlich Schülern Nachhilfe in Latein gebe. Ich erfuhr, sie teile sich von nun an die Arbeit mit Fräulein Elisabeth, komme aus Berlin, weil ihr Mann hierher versetzt worden sei, und sei froh, eine Beschäftigung gefunden zu haben. Ich ging dann an meinen Platz und las den Aufsatz über die Tanzsprache der Honigbienen. Karl von Frisch glaubt, beweisen zu können, dass Bienen mittels einer symbolhaften Tanzsprache untereinander kommunizieren. Letzten Sommer habe ich ihm einen Brief geschrieben, in dem ich von der hier heimischen Biene berichtete; ich teilte ihm meine Vermutungen über die Ansiedlung einer speziellen Unterart der mellifera Carnica in unserer Region im späten Mittelalter mit, dass vielleicht bei dieser Varietät eine Resilienz vorliege, da hier bisher noch kein einziger Fall von Nosema aufgetreten sei. Der Professor hat nicht auf meinen Brief geantwortet, was vielleicht mit dem Krieg zusammenhängt oder damit, dass er meine Ausführungen für zu unbedeutend oder gar falsch hält.

Während ich seine Forschungsergebnisse studierte, entnahm die Bibliothekarin Bücher aus einem Regal; ich hörte das Rascheln ihres Rockes, glaubte wahrzunehmen, wie ihre Strümpfe beim Gehen sich an den Innenseiten ihrer Schenkel rieben. Ich erinnerte mich an Al-Minya, wie ich ihr dort begegnet war, an das kleine Hotelzimmer, wo ihr weicher Körper sich auf mich schob, ihre Lippen sich auf meine drückten und sie leicht wie der jetzt fallende Schnee auf mir lag.

Ein Zug fuhr am Stellwerk vorbei in den Bahnhof ein. Reisende liefen über den Perron. In langer gerader Linie verliefen zwei Schienenstränge bis zum Stiftsberg und verschwanden dort in der Dunkelheit. Ich erinnerte mich daran, wie ich als Junge mit Alfons zusammen durch den Tunnel gelaufen war und wir uns an die Mauer drückten, wenn eine Lokomotive an uns vorbeiraste. Ich dachte jetzt, wie es sei, mit ihr wegzugehen, einfach in den nächsten Zug einzusteigen, mit ihr endlich das Urftland und meine Bienen zu verlassen. Es fiel mir schwer mich zu konzentrieren, mir war so schwindlig, als hätte ich gerade wieder einen Anfall gehabt und sei aus einem verrückten Traum erwacht. Ich ging nach unten, legte von Frischs Buch auf die Theke. Sie wendete sich mir zu, blickte mich dabei lange an. Ich war verlegen, mir fiel nichts ein, was ich sagen könnte. Was ist mit Ihnen?, fragte sie besorgt. Wollen Sie das Buch mitnehmen? Sie werden es doch sicher wiederbringen. Sie lächelte dabei amüsiert, und ich wusste nicht, warum, kam mir vor wie ein Schuljunge. Ich bedankte mich für ihr Angebot und antwortete, ich würde gerne in der Bibliothek arbeiten; schon wegen des Lateinunterrichtes sei ich ja regelmäßig hier.

Auch heute hatte ich keine Nachricht vorgefunden; ich vermute, es ist jetzt unmöglich geworden, dieses Land zu verlassen.

Donnerstag, 24. Februar 1944

Die Hitlerjugend und die Jungpimpfe sammelten schon wieder fürs Winterhilfswerk, einige meiner Lateinschüler waren unter ihnen; der arrogante Sohn des Apothekers und der des Bürgermeisters, drei Söhne von wohlhabenden Bauern aus den Höhendörfern nahe der Grenze, die allerdings nur im Winter an meinem Unterricht teilnahmen. Franz zog mit einem anderen Jungen zusammen den Handwagen durch dichtes Schneegestöber, sie fragten in den Häusern nach Papier, Kleidung und Metallteilen. Als die Pimpfe die offene Tür eines verlassenen Hauses entdeckten, rannten sie hinein, tobten ungestüm durch die Räume; sie rissen die Tapeten von den Wänden, die Lampen herunter, die sie anschließend krachend aus den Fenstern warfen, liefen dann polternd die Treppe zum Speicher hinauf, stemmten die Falltür hoch und kletterten, wie Franz mir erzählte, neugierig auf den Dachboden. In einem Karton lagen Silberteller, Leuchter, Gebetsriemen und bunt bestickte Gewänder. Sie zogen sie an, nahmen die Teller und Leuchter, die sie aneinanderschlugen, und tanzten singend auf den staubigen Dielen umher. Der Sohn des Bürgermeisters hatte die Juden Schweine genannt; sie seien gar keine Menschen, jedenfalls keine wie wir. In einer Kiste fanden die Jungen ein leeres Schmuckkästchen, auf dessen Deckel sich ein in grauen Stein gravierter sechszackiger Stern befand; man hatte es Franz überlassen, wohl weil es wertlos war. Er hatte es mir stolz gezeigt und erzählt, er habe in der Kiste auch alte Fotos gesehen. Kinder in komischen Badeanzügen und Badekappen am Stausee, Frauen bei der Kartoffelernte, junge Männer und Mädchen beim Kirmesfest vor dem Karussell; später tanzen sie im Saal eines Gasthauses, unter dessen hoher Decke bunte Girlanden und Lampions hängen. Frauen beim Turnen am Reck, einen vornehmen Mann in Knickerbockern stolz auf einem Pferd sitzend. Bilder von Offizieren, Bauern auf Viehmärkten, Müttern mit ihren Babys auf dem Arm, lachende Männer, die ihre Hüte schwenken, Bilder vom Umzug des Schützenvereins.

Bei der Volkszählung im Mai 1933, bei der mich die Kreisbehörde als Zählungsbeauftragten für den Ortsteil Kall Heistert benannt hatte, wurde erstmals nach acht Jahren die gesamte Bevölkerung des Reiches erfasst. In der Ergänzungskarte zur Volkszählung mussten unter anderem Angaben über Beruf, Bildung sowie Abstammung und Geburtsort, auch im Ausland, eingetragen werden. Jedermann war verpflichtet, die hierzu erforderlichen Angaben wahrheitsgemäß zu machen. Nach diesen mir zugänglichen statistischen Daten lebten damals im Amtsbezirk Kall und den kleinen Dörfern des Urftlands dreihundertzwölf Juden. Vierzig Kinder waren im schulpflichtigen Alter. Elf der erfassten jüdischen Familien gehörten nach Stand und Vermögen dem gehobenen Bürgertum an. Es waren Ärzte, Juristen und einige reiche Viehhändler. Die anderen Juden waren Schuhmacher, Uhrmacher, Metzger, Bauern, Bergleute, Zementwerker oder Tagelöhner. In Kall gab es vier Metzgereien, davon gehörten zwei jüdischen Familien, die anderen wurden von Christen betrieben, aber die Religionszugehörigkeit spielte keine Rolle. Die jüdischen Metzger konnten nicht allein von ihren verhältnismäßig wenigen Glaubensbrüdern leben. Sie hatten selbstverständlich auch viele christliche Kunden. Erst als die ersten Boykottwachen vor jüdischen Geschäften standen, verloren sie ihre arische Kundschaft. Sie zogen nach Köln oder Bonn, hofften damals noch, in einer großen Stadt Zwangsmaßnahmen besser ausweichen und Demütigungen leichter ertragen zu können. Andere emigrierten, wie ich annehme, sofort in die europäischen Nachbarländer, nach Palästina oder in die USA. 1939 gab es noch fünfundzwanzig jüdische Familien im gesamten Urftland. Die letzte Deportation fand am Mittwoch, den 12. Juli 1942 statt. Auf dem Bahnsteig in Kall standen damals frühmorgens achtzehn Männer, Frauen und Kinder. Sie waren zuvor von Gendarmen mit einem Lastwagen aus den kleinen Dörfern der Umgebung nach Kall gebracht worden. Am Ende des Zuges waren zwei besondere Waggons angekoppelt; in ihnen hockten die Juden auf dem Boden, ein Teil ihres Gepäcks, der nicht mehr in den Zug passte, Kopfkissen, Kartons und einige Koffer, blieb auf dem Bahnsteig zurück.

Montag, 28. Februar 1944

Die vergangenen Tage keine Einträge gemacht – ich weiß nicht, warum. Bei dem milderen Wetter konnten die Bienen kurze Reinigungsflüge machen, nun ist es über Nacht wieder kälter geworden. Die Königin hat inzwischen wohl mit der Eiablage begonnen, täglich legt sie über tausend Eier. Nachdem sie sich auf dem Grund der Zellen in Larven verwandelt haben, werden sie von den Ammenbienen mit Brei gefüttert; sie beginnen sich zu häuten, während ihre Pflegemütter über ihnen einen rätselhaften Tanz vollführen. Ich habe keine Vorstellung davon, wie die Bienen sich in der Dunkelheit miteinander verständigen; mit ihren scharfen Augen müssten sie eigentlich auf visuelle Wahrnehmung fixiert sein. Vielleicht nutzen sie auch alle ihre Sinne simultan zur Verständigung, den Tastsinn an den Enden ihrer Fühler und Fellhärchen, mit denen sie auch die kleinste Erschütterung auf den Waben wahrnehmen, den Geruchssinn, den Geschmackssinn und ihr Gehör. Obwohl sie gar kein Organ zum eigentlichen Hören besitzen, scheinen sie doch Töne mit ihren Fühlern wahrzunehmen, sie auf verschiedene Weise selbst erzeugen zu können. Womöglich haben sie Sinne, die wir gar nicht kennen; vielleicht können sie feinste Schwingungen sehen, vielleicht Gefühltes hören, Düfte ertasten und Gesehenes riechen. Wenn im Frühling und Sommer das Sonnenlicht durch die Ritzen ihres Stockes dringt, haben sie vielleicht eine Ahnung von der unsichtbaren Welt, in der sie bisher gelebt haben.

Dienstag, 29. Februar 1944

Am Nachmittag gehe ich in die Bibliothek, um den Aufsatz von Professor Karl von Frisch nochmals durchzuarbeiten. Er will mit seinen Experimenten nachgewiesen haben, dass Bienen einander den genauen Ort der Futterquelle und deren Entfernung mit abstrakten Symbolen mitteilen; er behauptet, diese Sprache entschlüsselt zu haben. Schon Ambrosius hatte das merkwürdige Verhalten einer in den Stock zurückkehrenden Biene beobachtet; sie drehe sich im Kreise, wackele mit dem Hinterteil hin und her und werde dabei von den anderen Bienen genau beobachtet. Sie berühren die Tänzerin mit ihren Fühlern und weichen nur ein Stückchen zurück, wenn sie sich um sich selbst dreht. Von Frisch ist der Ansicht, die Bienen kommunizierten mit ebendiesem Sprachballett. Vielleicht sind es aber gar nicht die einzelnen Bienen, sondern vielmehr ihr gesamter Organismus, der mit sich selbst spricht, ähnlich wie auch unsere Worte und Sätze in der Dunkelheit unseres Gehirns entstehen, wenn Verbindungen von Nervenzellen auf unerklärliche Weise Bedeutungen erzeugen, obwohl sie sich ständig verändern und gleichsam zu flüssigen Hieroglyphen werden. Ich glaube nicht, dass die Bienen über abstrakte Symbole verfügen, mit denen sie untereinander kommunizieren, ich glaube nicht einmal, dass wir selbst dazu in der Lage sind. Vielleicht ist dies alles nur eine Projektion unseres Geistes auf eine für uns im Dunkeln liegende Welt.

Am Abend wieder an die Bibliothekarin gedacht, die, wie ich erfahren habe, Charlotte heißt – ein schöner Name.

«Rêve! Extase! Bonheur!» Ich habe die verrückte Vorstellung, sie schon lange, eigentlich schon immer zu kennen, bilde mir ein, ihr in Al-Minya begegnet, ihr dort durch die schmalen, verwinkelten Gassen gefolgt zu sein – träume das immer und immer wieder. Sie bleibt irgendwann stehen, als ich schon glaube, sie verloren zu haben, kommt auf mich zu und legt ihr Gesicht an meine Brust. Wir verbringen die Nacht zusammen in meinem Hotel. Am Morgen wache ich schlaftrunken auf, sehe über mir ihr schönes Gesicht, ihre dunklen Augen mit den langen Wimpern; sie umarmt und küsst mich. Ich erinnere mich an zwei Leberflecken auf ihrem Körper, an seinen wunderbaren Duft.

Donnerstag, 2. März 1944

Sanny sagt, als ich allein mit ihr in der Gaststätte bin und ihr von Charlotte erzähle, sie sei die Frau des NSDAP-Kreisleiters, es gebe doch jetzt bestimmt genügend Frauen für mich in Kall. «Warum ausgerechnet auch noch die eines Goldfasans, oder willst du von ihr nur Lockenwickler?», meint sie lachend und fordert mich auf, ich solle doch vorsichtiger mit meinen Frauengeschichten sein. «Du hast eine Menge Feindinnen hier, die nicht verstehen, dass ihre Männer und Söhne im Krieg ihr Leben dem Vaterland opfern, während du rumpussierst und sicher lebst und keine Angst haben musst.» «Ach Sanny», antworte ich, «Leichtsinn ist eben süß.»

Mitten in der Nacht wache ich nassgeschwitzt auf, glaube, keine Luft mehr zu bekommen. Ich schließe die Augen, versuche mich zu beruhigen; schließlich stehe ich auf, nehme meine Medikamente. Sie werden nicht bis zum Ende des Krieges reichen, falls Alfons mir nichts mehr schicken sollte. Der Apotheker verlangt jedes Mal einen höheren Betrag für das neue Antikonvulsivum (Luminal), das mir so gut hilft, meine epileptischen Anfälle zu unterdrücken. Ich befürchte, ohne sie könnte man auf meine Krankheit wieder aufmerksam werden, mich wieder wegschaffen wie damals – ich hätte niemals hierher zurückkehren dürfen. Ich habe Angst, den Verstand zu verlieren.

Fragment III

Kloster Steinfeld, Anno 1489

Ambrosius Arimond

Die Männer aus dem Dorfe, die den Tross begleitet hatten, waren zurückgekehrt und saßen nun in unserem Gasthaus. Sie fürchteten die Berge bei diesem Wetter, niemand von ihnen wäre freiwillig noch einen Schritt weiter hinaufgestiegen. Für sie war das Timmelsjoch das Maul eines teuflischen Ungeheuers; diesem Maul entstieg in der Winterzeit ein eisiger Nebelhauch, und der Rachen war pures Eis. Trotz allem, so erzählten sie, sei Johann von Erkelenz mit seinem Tross unbeirrt Richtung Pass weitergezogen. Die Maultiere trotteten den immer steiler werdenden Anstieg hinauf; dichte, bedrohliche Wolken hatten sich jetzt überm dunklen Gebirg zusammengezogen. In der hereinbrechenden Nacht konnte man kaum noch seinen Vordermann erkennen. Die Männer steckten bald bis zur Hüfte im Schnee und lösten immer wieder kleine Schneebretter aus, die endlich als gewaltige Lawinen ins Tal stürzten. Auf dem Weg zur Passhöhe brachen die Ersten zusammen; sie blieben einfach erschöpft liegen und ergaben sich willenlos ihrem Schicksal. Pferde rissen ihre Reiter mit in den Abgrund, die Schreie der Stürzenden hallten schaudererregend aus den Schluchten wider. Zuletzt kroch man auf Händen und Füßen vorwärts oder stützte sich auf die Schultern seines Kameraden. Wenn der Fuß auf dem glatten Boden ausglitt, verlor man das Gleichgewicht, rutschte ab und fiel den Hang hinunter in die Tiefe, wo man für immer unter den Schneemassen verschwand. Sie schafften es nicht einmal bis zur Passhöhe, das Fuhrwerk mit der Bibliothek und dem Herz des Cusanus war im weißen Abgrund verschwunden. Unter Felsen geduckt, hinter Steinen versteckt und in Schneekuhlen liegend, versuchten die wenigen Überlebenden, dem strengen Frost zu widerstehen. Die Lanzen und das Holz der Sänfte reichten gerade aus, um ein kleines Feuer zu unterhalten, an dem Johann von Erkelenz in seine Pelze gehüllt und von den Kleidern seiner erfrorenen Dienerschaft gewärmt als Einziger die Nacht wie durch ein Wunder lebend überstand. Am Morgen hatte dichter Nebel über den Bergen gelegen; die Krähen hockten bereits auf den Erfrorenen, und die Temperaturen stiegen plötzlich wieder an. Mit jedem Schritt sank der Sekretär tiefer in den Schnee ein, während er sich wie ein Blinder durch den Nebel vortastete, mit Gottes Hilfe den Weg zum Joch hinunter fand und irgendwann glücklich das eisige Ufer des Gletschersees erreicht hatte. Ein Maultier, das in den See eingebrochen war, schrie erbärmlich, bevor es in der Tiefe versank. Jetzt herrschte Totenstille, und durch die Nebelschwaden konnte von Erkelenz die Umrisse des vom tiefen Sturz zerbrochenen Fuhrwerks erahnen. Als er versuchte, aufs Eis zu gelangen, um wenigstens die Schatulle mit dem Herzen des Cusanus zu bergen, musste er bald erkennen, dass dies für ihn unmöglich sei; er würde gewiss im Eis einbrechen, versuchte er, den Wagen zu erreichen. Weinend sank er auf die Knie und flehte betend um ein Wunder.

Freitag, 3. März 1944

Die Wehrmacht lässt den alten Stollen an der Sötenicher Straße zu einem Behelfsbunker herrichten. Lange Zeit war der Eingang zugemauert. Nun reißen Zwangsarbeiter die Mauer ein, holen Schutt aus dem Schacht und schaufeln ihn auf Wagen. Wer sich einen Moment von der Arbeit ausruht, erhält mit dem Gewehrkolben einen Schlag ins Kreuz. Die dünne Arbeitskleidung schlottert um die ausgemergelten Körper der Arbeiter. Am Abend werden sie wieder in den Baracken am Sägewerk eingesperrt.

In Schaufenstern und an Telegrafenmasten hängen seit einigen Tagen Merkblätter mit Anweisungen, wie man sich bei Luftangriffen zu verhalten habe.

Maria hatte bereits im Bett gelegen, kam im Nachthemd zur Tür. Sie zog mich schnell ins Haus; wir standen eine Weile im dunklen Flur und küssten uns. Sie zitterte vor Kälte, und es bereitete mir Freude, mit meinen Händen die gespannte und feste Haut ihres nackten Körpers zu berühren, zu spüren, wie sie fröstelte und es mir wärmer wurde. Es hatte wieder zu schneien begonnen.

Als ich Maria verließ, stapfte ich müde durch den frisch gefallenen Schnee nach Hause; erschöpft fiel ich ins Bett und schlief sofort ein. Doch bald wurde ich von dem fernen Brummen feindlicher Flugverbände geweckt, die den Geräuschen nach weit über einer dichten Wolkendecke fliegen mussten. Ich schlief wieder ein und stand gegen fünf Uhr in der Früh auf; ich sah, dass unten in der Stadt noch alle Fenster verdunkelt waren, hörte das Rauschen des Windes in den weiten Ästen der großen, alten Esche vorm Haus und das Tropfen des tauenden Schnees.

Avro 683 Lancaster:

Besatzung: sieben Mann, Antrieb: vier Rolls-Royce-Motoren, je 1280 PS, Bewaffnung: acht Browning MGs, Bombenlast: 6350 kg

Dienstag, 7. März 1944

Letzte Nacht habe ich wieder heimlich einen von Marias Lockenwicklern aus ihrer Kommode stibitzt, ein einfaches, silbernes Drahtröhrchen mit einer Holzkugel an einem Gummi; sie eignen sich besonders gut als Transportbox für meine Königinnen, außerdem lassen sie sich ausgezeichnet mit einer Sicherheitsnadel an der Kleidung der Flüchtlinge befestigen. Pro Flüchtling benötige ich in der Regel vier Lockenwickler, die ich jeweils mit einer Königin bestücke. Ich befestige je einen an Schulter und Brust und einen an den Jackenärmeln; das genügt, um den ganzen Körper mit einer Traube von Bienen bedecken zu lassen, wie ein Kleid aus braungoldenen, summenden Perlen.

Ich kann nichts anderes tun, als die jetzige Welt mir so tief einzuprägen, dass ihr wirkliches Wesen und das mögliche Glück darin für mich sichtbar werden. Ich frage mich, was genau die Bienen von ihrer Welt erzählen, wenn sie in der Dunkelheit des Stockes auf ihren Waben tanzen.

Ungeduldig warte ich darauf, dass es endlich wärmer wird, wenigstens warm genug, damit ich die Beuten im Bienenhaus kurz öffnen kann, um einen Blick auf die Rahmen zu werfen, zu sehen, wie meine Völker über den Winter gekommen sind. Wenn es wieder kälter werden sollte, werden alle Eier und Maden erfrieren. Die Brut braucht Temperaturen von circa achtunddreißig Grad, und die Winterbienen müssen jetzt ihre ganze Energie aufwenden, um diese Wärme zu erzeugen. Einige Hundert von ihnen stecken mit dem ganzen Körper im Inneren der verdeckelten Waben. Durch ständiges Vibrieren ihrer Brustmuskulatur erzeugen sie so zusätzliche Wärme, die aus winzigen Löchern in den Zellendeckeln in den Stock strömt, während ihre auf den Waben hockenden Schwestern mit rasend schnellen Flügelbewegungen, kleinen Ventilatoren vergleichbar, die Wärme im Staat verteilen.

Sonntag, 12. März 1944

Gestern Abend war ich in der Gastwirtschaft. Die Feldjäger und die Soldaten der Wachmannschaften lümmelten herum, sie hatten ihre schmutzigen Stiefel unflätig auf den Tischen liegen. Die Suche nach dem amerikanischen Soldaten haben sie jetzt offensichtlich aufgegeben; sie nehmen an, er sei sehr wahrscheinlich in einem Stollenloch verschüttet. Das Gebälk der alten Stollen ist morsch, und plötzlich kracht man unversehens ein, stürzt in einen Hohlraum, und die nachfallende Erde begräbt einen unter sich. Die Feldjäger redeten noch immer vom Sieg, obwohl die Russen schon in Polen stehen. Niemand mit Verstand kann noch an einen Sieg glauben. Ich muss irgendwann während eines Anfalls bewusstlos vom Hocker gefallen sein und hilflos zuckend vor der Theke gelegen haben. Später wachte ich im Gästezimmer auf und hörte das Rauschen des Wehrs. Die Fenster waren zugefroren; durch die Eisblumen schien die aufgehende Sonne, die den Staub auf dem Schreibtisch an der Wand mit ihren blassen Strahlen in der kalten Zimmerluft umherwirbelte. Ich wollte nicht mehr aufstehen. Ich träumte von Charlotte.

Sanny erzählte mir später, Soldaten hätten mich auf das Zimmer getragen; sie hätten gedacht, ich sei völlig betrunken. «Verstanden haben sie dein Gerede Gott sei Dank nicht», sagte sie und ermahnte mich wieder einmal, doch in Zukunft vorsichtiger zu sein. Einige von den Kerlen seien sehr gefährlich, man könne keinem mehr trauen.

Beim Bienenhaus, versteckt hinter Weißdornhecken, befindet sich im Sandstein der geheime Einstieg zu den Bergwerksschächten, den ich als Junge zusammen mit Alfons entdeckt habe. Der Spund, den ich später vergrößerte, hatte einen Durchmesser von nicht viel mehr als fünfzig Zentimetern. Wir bildeten uns damals ein, wir hätten den Eingang zu einer anderen Welt, den Weg zum Mittelpunkt der Erde gefunden, wo riesige Pflanzen und längst ausgestorbene Tiere lebten, wo es wertvolle Mineralien gab, unterirdische Meere, die noch kein Schiff jemals befahren hatte, mit eigenen Gestirnen, unter denen die Menschen wie in einem Paradies lebten.

Zunächst versuchten wir, die Öffnung mit einer Karbidlampe auszuleuchten, konnten jedoch nur wenige Meter weit sehen. Weil ich der schmächtigere war, kroch ich als Erster, die Lampe vor mir herschiebend, hinein; oben kratzte der Sandstein an meinem Rücken, unten schoben sich meine Ellenbogen, mein Bauch und meine Beine durch den Sand. Nach zwanzig Metern weitete sich die Röhre, und bald konnte ich mich wieder aufrichten. Alfons folgte mir. Wir waren in einem der alten Stollen unterm Urftland, der uns immer weiter in den Berg hineinführte und an einem senkrecht in die Erde fallenden Schacht endete, in den Eisenhaken einzementiert waren. An ihnen befestigte Alfons einen Strick, hängte die Lampe an seinen ledernen Gürtel und seilte sich vorsichtig ab. Die Sandsteinwände schimmerten dunkelrot im Licht seiner Lampe. Schließlich stand Alfons in einer riesigen Kathedrale, von deren Deckengewölbe Bleikristalle und Pyrit wie Sterne funkelten. Ich folgte meinem Bruder nach unten. Etwa zehn Meter von unserem Standort entfernt entdeckten wir die ruhige Fläche eines Sees. Vorsichtig gingen wir bis zum Ufer, wo uns im Schein der Lampen unsere grauen Spiegelbilder aus dem kristallklaren Wasser anblickten, um Jahrzehnte gealtert.

Der Weg zurück war für uns recht leicht; zufällig hatten wir einen Schrägstollen gefunden, über den wir schnell und sicher nach oben gelangen konnten. Jeder von uns hatte nur einen Gedanken: hierher zurückzukommen und zu erkunden, was jenseits des Sees auf uns wartete.

Eine Woche später kehrten wir zurück; wir hatten uns Stämme besorgt, Nägel und Seile, die wir bis zum Schacht schleppten, dort hinunterwarfen, um dann durch den Schrägstollen zur Sohle zu eilen. Am Ufer des Sees zimmerten wir unser Floß, das uns in die neue Welt tragen sollte.

Noch einmal eine Woche später war es so weit. Wir schoben die Argo, wie wir damals unser Floß nannten, vorsichtig ins Wasser. «*Velis et remis*»,* rief ich, und wir fühlten uns damals als die einzigen Freien unter lauter Sklaven. Geräuschlos glitten wir über den spiegelglatten See. Wenn wir unsere Stangen auf den Seegrund stießen, bildeten sich bunte Sandwölkchen. Der Schein unserer Lampen warf Reflexionen an die Gewölbe, eine Strömung trieb uns immer weiter in den Berg hinein, bis wir zu einer Grotte kamen und dort an Land gingen.

Wir waren ganz in der Nähe des Elefantenkopfes angekommen – hatten damals also von unserem Garten aus

* *Mit Segeln und Rudern.*

einen geheimen Zugang zum Zentrum des Bergschadensgebietes entdeckt. Wie wichtig diese Entdeckung für mich noch werden würde, wusste ich damals natürlich nicht.

Dienstag, 14. März 1944

Ich werde morgens gegen vier Uhr vom Grollen über uns hinwegdonnernder Flugzeuge wach. Flakscheinwerfer auf dem Eisenbahntunnel tasten den Himmel ab; in ihren Lichtbahnen tauchen für einen Moment die Bomberverbände auf. Da ich danach nicht mehr schlafen kann, versuche ich, die Texte des Ambrosius zu übersetzen; es fällt mir schwer, so gut ist mein Griechisch nicht mehr. Es scheint, als seien die Notizen des Benediktiners nur die Vorarbeiten zu einem längeren Werk, das niemals geschrieben worden ist. Johann von Erkelenz ist nun Abt des Klosters hier in der Nähe, und Ambrosius ist neben seiner Tätigkeit als Schreiber des Abtes mit der klösterlichen Bienenzucht betraut.

Meine Bienen sammeln die süßen Ausscheidungen der Läuse auf Fichten-, Kiefern- und Tannennadeln und auf den Blättern von Eiche und Ahorn; sie sammeln feinen Obstblütennektar, den kräftig-herben Nektar des Löwenzahns, der Sonnenblumen, den der Linden- und Kastanienblüten. Amalthea ernährte mit ihrer Schwester den Säugling Zeus, indem sie ihm Honig und Milch in seinen Mund träufelten. Honigseim diente auch als Opfergabe für die Göttinnen Ceres und Hekate, und der Zorn der Erinnyen und Manen wurde mit der süßen Speise besänftigt. Alexander der Große veranlasste, dass sein Leichnam, wie die der großen Pharaonen, mit Honig und Propolis einbalsamiert wurde.

Lünebach erzählte heute Abend, der amerikanische Flieger habe wahrscheinlich einige Zeit in dem alten Sprengbunker gehaust, der auf seiner Wiese in der Nähe des Steinbruchs steht. Ich kenne diesen Sprengbunker gut, denn wir haben als Kinder oft darin gespielt. Er diente uns als Raumkapsel, mit der wir zu den Sternen reisten. Wenn wir die Kühe Lünebachs gehütet hatten, übernachteten wir dort, schauten durch das Loch oben in seiner Spitze zu den Sternen und stellten uns vor, wir seien ganz allein auf dem Weg ins weite All. Alfons hatte aus seinen Weltraumbüchern vorgelesen. Die irdische Atmosphäre lag bereits weit hinter uns, die Erde kaum mehr zu sehen. Wir erhöhten jetzt noch einmal die Geschwindigkeit, flogen in den immer heller werdenden Sonnenschein.

Freitag, 17. März 1944

Das Urfttal ist seit Tagen voller Nebel und Kalkstaub, Schnee rutscht vom Dach und platscht auf den Steinweg am Haus; die Urft hat Hochwasser und überschwemmt die Auen. Es stinkt nach der Gülle, die aus den Misthaufen auf die Straßen in den tauenden Schnee rinnt.

Nach dem Frühstück inspiziere ich vorsichtig einige Beuten im Garten. Die Völker sind noch zusammengeballt, die Sackleinen über den Rahmen kaum erwärmt. Das Brutnest dürfte daher recht klein sein. Beim Anheben der Zargen zeigt mir das Gewicht, dass noch ausreichend Winterfutter vorhanden ist, ich jetzt nicht zufüttern muss. Ich verstecke das vollgeschriebene Notizbuch in einem der Bienenkästen, bin jedes Mal erleichtert, wenn ich es endlich im sicheren Gewahrsam meiner Bienen weiß.

Nachdem ich bei den Stöcken auf Lünebachs Land gewesen war, bin ich aus Neugierde zum Sprengbunker am Steinbruch gegangen; er ist nicht sehr weit von meinen Beuten entfernt und steht dicht am Rand des stillgelegten Steinbruchs bei Keldenich. Es ist eine zylindrische Eisenkapsel, die tatsächlich wie die Spitze einer Rakete aussieht. Im Sprengbunker stand ein alter, wackliger Stuhl, auf dem ich einige Zeit saß und meine Notizen machte, während der Hund herumschnüffelte und zu jaulen begann.

In der Nacht einen leichten Anfall gehabt; seit Anfang des Jahres sind es insgesamt fünf gewesen, von denen einer längere Zeit dauerte, vielleicht eine Minute, in der ich in einer anderen Welt zu sein schien, einer Welt, in der eine Minute Stunden oder Tage dauern kann. Es gibt etwas, das mich in diese Welt zieht – vielleicht ist es Charlotte, der ich dort zu begegnen glaube, von der mir aber nur eine Ahnung bleibt. In den letzten Jahren hatte ich überhaupt keine Anfälle mehr; wieso jetzt wieder? Vielleicht hat die Wirkung der Medikamente nachgelassen, oder es liegt am immer lauter und bedrohlicher werdenden Lärm der Flugzeuge und meiner Angst. Als Kind wurden bei mir die Konvulsionen sogar schon durch lautes Sprechen ausgelöst, daher meine ständige Flucht in die stille Welt der Bücher. Die Ärzte vermuteten nur eine temporäre, juvenile Form der Epilepsie, weil ich ab dem Alter von zwölf Jahren lange Zeit von Anfällen verschont geblieben war.

Samstag, 18. März 1944

Gestern Abend erschien Vincentini, einer meiner ehemaligen Schüler, unerwartet in der Gaststätte; er war auf Heimaturlaub. Wie er erzählt, war er in den ersten Kriegsjahren in Italien und Griechenland stationiert gewesen und ist jetzt an der Ostfront. Er behauptet, der Krieg sei längst verloren, Jupp habe sich inzwischen in seiner Wolfsschanze verkrochen. «Wenn Demokrit noch lebte, würde er weinen», zitierte er Horaz. Eigentlich heißt es, «er würde lachen», aber Vincentinis Formulierungen hatten, auch wenn sie falsch waren, immer ihren Reiz. Er trägt jetzt eine Wehrmachtsuniform, eine silberne Scharfschützenschleife und die Nahkampfspange; er hat zwei Bussardfedern an seiner Kappe, und am Revers seiner Uniformjacke steckt eine kleine goldene Gondel aus Venedig. Er hockt verschmitzt grinsend, seine Zigarre paffend, zwischen Zeiser und mir, erzählt von seinen Heldentaten, die er an der Front vollbracht hat, fährt sich mit den gespreizten Fingern durch das schwarze, lockige Haar und klopft mir vertraulich auf die Schulter. Vincentini war auf der Oberschule in einer meiner ersten Klassen, war zwar klug und gewitzt, aber unglaublich faul; deswegen hatte er unser Gymnasium vor dem Abitur verlassen, sich mit allerlei Arbeiten durchgeschlagen, und wir alle glaubten, er habe nur auf den Krieg gewartet, um in fremden Ländern Abenteuer zu erleben. Er erzählt weiter, er habe Alfons in einer Trattoria in Salerno getroffen. Der große Kampfflieger, der «Held des Reiches», ruft er so laut, dass auch die Wachsoldaten es mitbekommen. Sie stehen bald um uns herum und lauschen, was Vincentini dazu bringt, immer tolldreistere Versionen seiner Erlebnisse zum Besten zu geben; ich weiß, dass es Geschichten sind, und er weiß genau, dass ich das weiß. Er zwinkert mir zu, setzt dann noch einen drauf, indem er den Arm hochstreckt und immerzu zackig «Heil Hitler» brüllt, die Soldaten brüllen jedes Mal mit, während Vincentini mir ernst in die Augen schaut. Ich beneide ihn, wünschte, auch so gesund und unbekümmert zu sein wie er. Sie geben ihm Runde um Runde aus, wollen immer neue Heldentaten von ihm hören, wie er dem Jupp begegnet ist, wie er hoch dekoriert wurde, weil er fünfhundert Russen von einem Glockenturm aus mit einem Schnellfeuergewehr die Köpfe weggeschossen hat. Er wird jedoch in Wahrheit irgendwo weit hinter der Front seinen Dienst in der Etappe versehen und irgendwelche unwichtigen Dinge organisiert haben. Wenn jemand diesen Krieg überlebt, dann er.

Als der Sonderzug mit Jupp durch den Ort fuhr, war ich noch Lehrer am Gymnasium, alle Schüler hatten damals freibekommen. Die Bahnhofstraße und die Häuser an den Gleisen waren mit Hakenkreuzfahnen beflaggt. Veteranen aus dem Ersten Weltkrieg standen mit ihren Orden an der Brust in der ersten Reihe.

Vor ihren Stöcken schwebten tanzend die Bienen im Sonnenlicht, das den roten Fels mit seinen weißen Kieselsteinen aufleuchten ließ. Neugierig erkundeten sie ihre Umgebung, denn sie waren zum ersten Mal in ihrem Leben in dieser hellen, gleißenden Welt, es schien, als wollten sie sich diese Gegend genau einprägen.

Musikkapellen spielten auf. Die Menschen hatten sich auf die Treppen ihrer Häuser gestellt, hingen in den Fenstern, um einen Blick auf ihren Führer zu erhaschen. Unten an den Gleisen hatten sie alle den Arm zum Gruß erhoben, jubelten und schrien aus ihren schon heiseren Kehlen «Heil» und nochmals «Heil». Jupp stand mit ernstem, steinernem Gesicht am offenen Fenster des dritten Waggons, den rechten Arm ausgestreckt, mit dem er aber plötzlich wild um sich zu fuchteln begann. Es sah aus, als würde er dic Menschenmenge, die wie von Sinnen schrie, gar nicht wahrnehmen.

An der Theke hocken Kleenbeen, Zehner und Lünebach, Caspary und Molitor. Caspary besitzt ein Bauunternehmen; da mit Aufträgen am Westwall eine Menge zu verdienen ist, war er schon früh in die Partei eingetreten. Molitor war bis zur Schließung des Bergwerkes Direktor der Bleigruben.

Jetzt, wo die jungen Angler alle im Krieg sind, gehörten, wie er sagt, die Fische der Urft und der Kyll ihm ganz allein. Seine Fliegenrute lehnt neben ihm an der Theke, und den Korb mit den gefangenen Fischen hat Sanny gleich nach seinem Eintreffen in die Küche zu Maria gebracht. Jetzt riecht man die brutzelnden Forellen, und Maria kommt auch schon, um sie Molitor an einem Tisch zu servieren. Manchmal grapscht er dabei an ihr herum, versucht, mit seiner linken Hand unter ihre Schürze zu langen. Ich fresse meine Wut in mich hinein, später im Bett werde ich noch den widerlichen Geruch der gebratenen Fische an Marias Händen riechen.

Irgendwann in den späten Abendstunden treffen die Feldgendarmen und Wachsoldaten ein, stellen ihre Karabiner an die Wand, setzen sich hin und lassen sich bedienen. Sie reden wieder von einem abgestürzten Flugzeug. Ich verschwinde in die kleine Küche, gehe von dort durch den dunklen Flur hinauf zu unserem Zimmer.

Als sie endlich kommt, dreht sie das Licht an. Ich sehe zu, wie sie ihre Bluse aufknöpft, aus dem Rock schlüpft und die Strümpfe von ihren Beinen rollt. Dann dreht sie das

Licht wieder aus und kriecht zu mir ins Bett; wir zittern vor Kälte. Auf der Straße grölen die Feldgendarmen, einer von ihnen schlägt immerzu auf das eiserne Brückengeländer.

Wieder zu Hause, höre ich im Radio auf BBC, Maschinen der US Air Force haben Berlin angegriffen.

Frühling 1944

Montag, 20. März 1944

Fast täglich überfliegen nun alliierte Verbände das Urftland. Ihre Ziele sind vorerst kriegswichtige Industrieanlagen im Ruhrgebiet, bedeutende Verkehrsadern und die großen Städte.

Ich sitze auf einer leeren Beute vor dem Fels außerhalb der Flugbahn der Sammlerinnen; sie könnten vielleicht irritiert sein, stünde ich ihnen im Wege. Sie müssen jetzt ihren Honigvorrat auffüllen, weil so, wie die Wetterprognosen aussehen, bald wieder eine Kälteperiode kommen wird, in der sie den Stock nicht verlassen können. In diesem Falle kann ich hier Zuckerwasser nachfüllen; aber die Völker an der belgischen Grenze müssen sehen, wie sie allein mit der Kälte zurechtkommen.

Ich hoffe immer noch auf eine gute Honigernte.

Am Nachmittag gehe ich zur Bibliothek, um zu schauen, ob ich eine Nachricht bekommen habe. Das Buch, das ich gerade las, lag nicht mehr auf meinem Arbeitstisch. Charlotte muss es wohl weggeräumt haben, Fräulein Elisabeth lässt meine Bücher nämlich immer liegen. Tatsächlich fand ich mein Buch im Regal, aber keinen Hinweis auf eine Signatur darin. In den letzten Jahren um diese Zeit hatte ich regelmäßig eine Nachricht vorgefunden. Sie wissen ja, dass ich Mitte April zu meinen Bienen an der Grenze fahren werde.

Mittwoch, 22. März 1944

Als ich heute aus der Bibliothek komme und die Bahnhofstraße hinunter zur Gastwirtschaft gehe, zähle ich hoch am Himmel zwölf britische Martin A-22. Diese Kampfbomber sind besonders gefährlich, weil sie neben der enormen Bombenlast zusätzlich über schwenkbare Maschinengewehre in Seiten-, Bug-, Rücken- und Bauchstationen verfügen. Außerdem entdecke ich viermotorige Lancaster und Liberator; sie fliegen viel höher als die britischen Bomber und erscheinen am blauen Himmel wie flimmernde Silberfischchen. Begleitet werden sie von einer Schar wendiger Mosquitos, deren Aufgabe es ist, sie vor Angriffen unserer Jäger zu beschützen. Über einem Zielgebiet angekommen, markieren die Mosquitos die Abwurfstellen, indem sie mit Leuchtmitteln Kreise in die Luft zeichnen, in welche die schweren Bomber hineinfliegen, um von dort ihre Spreng- und Brandbomben abzuwerfen. Vor einigen Tagen wurden Köln und Berlin wieder von solchen Verbänden angegriffen. Fast alle großen Städte sind mittlerweile zerstört, sind nur noch riesige Trümmerfelder. Tausende Bewohner fallen jedem Angriff zum Opfer; es ist, wie ich auf BBC höre, das strategische Ziel dieser Angriffe, die Bevölkerung in Angst und Schrecken zu versetzen. Die Flugzeuge interessieren sich noch nicht für uns; sie fliegen noch hoch über uns hinweg, haben jetzt Wichtigeres zu tun, als sich um die paar Menschen eines abgelegenen Provinzstädtchens zu kümmern.

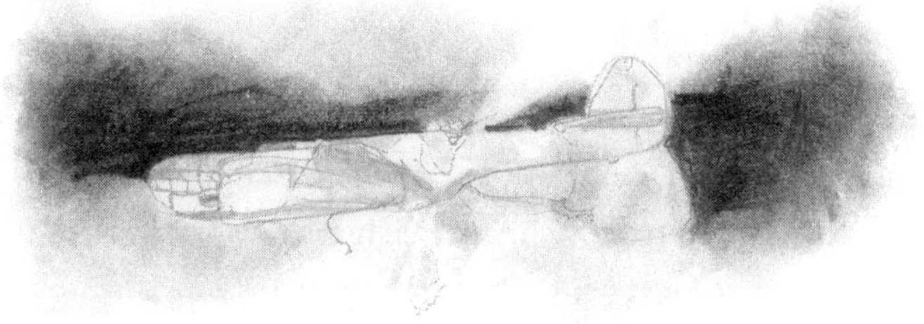

Martin A-22 Maryland:

Besatzung: drei Mann, Antrieb: zwei Pratt & Whitney-Motoren, je 1050 PS, Bewaffnung: sechs MGs, Bombenlast: 970 kg

Donnerstag, 23. März 1944

Es ist zwei Uhr in der Früh, ich kann nicht schlafen. Ich habe das Gefühl, ein warmer Windhauch zöge durch meinen Kopf, früher ein sicheres Zeichen eines baldigen Anfalls, der aber Gott sei Dank ausbleibt. Ich stehe auf, stelle mich ans Fenster. Ich denke an Charlotte und frage mich, warum sie mich so fasziniert. Ich muss sogar an sie denken, wenn ich mit Maria oder mit einer anderen Frau zusammen bin. Ihren Mann, den Kreisleiter, habe ich vor einigen Wochen bei einem Aufmarsch der NSDAP gesehen, ein dicker Goldfasan, der um einige Jahre älter als sie zu sein scheint. Er trug ein Monokel, das er mit einem Zucken des Gesichts fallen ließ und das dann vor seinem Bauch an einem dünnen Kettchen hin und her pendelte. Sie wohnen in der Villa des jüdischen Tabakfabrikanten, in einem großen Park, der bis ans Ufer des Stausees reicht. Ich lege mich wieder ins Bett und träume von den Goldfasanen. Sie haben blasse Gesichter, um ihre eidottergelben Augen liegt ein Kranz kahler Haut. Sie tragen langfedrige, schillernde Hauben, die bis in den ausrasierten Nacken fallen; Breecheshosen und Uniformjacken, breite Lederriemen, die ihre Bäuche nur schwer bändigen. Sie schmücken sich mit Parteiabzeichen und Orden, geben schrille Kehllaute von sich. Die Unterseite ihres Gefieders spielt ins Bräunliche. Ihre metallisch glänzenden Armschwingen laufen an den Enden spitz zu. Sie bilden sich ein, sie könnten fliegen und die Welt tausend Jahre beherrschen. Ihre dürren Beine sind schuppig und hornfarben, die langen, gekrümmten Fänge stecken in blank gewienerten Lederstiefeln. So jemand hat eine Frau wie Charlotte.

Die Winterbienen werden bald sterben, sie sehen erbärmlich aus. Nach den langen, frostigen Monaten ist ihre ganze Lebenskraft verbraucht; geschunden von der Arbeit im Dienst für ihr Volk, sind ihre kleinen Leiber ganz kahl geworden, die Flügel abgenutzt und eingeknickt. Von ihren Schwestern aus dem Stock geworfen, werden sie von Amseln und Eichelhähern gefressen. Die ihnen jetzt folgenden Sommerbienen sind etwas dicker und haben einen glänzenden braunen Pelz, werden jedoch im Gegensatz zu ihren Schwestern nur vier Wochen alt.

Vincentinis Heimaturlaub ist vorüber; am Sonntag ist er zurück an die Front. Die letzten Abende verbrachte er in der Gaststätte und erzählte wieder von seinen Kriegserlebnissen. Dabei provozierte er die Feldgendarmen, die es jedoch nicht wagten, sich mit einem hochdekorierten Frontsoldaten anzulegen. Ich glaube, er hatte ein Verhältnis mit Sanny, er hat ihr schon immer gefallen. Von Vallentin kommt keine Nachricht, sie befürchtet, er könnte gefallen sein.

Am Abend bei Sanny redet man von einem deutschen Soldaten, der gestern tot aufgefunden worden ist; es soll einer der Feldgendarmen sein, die vor Monaten nach dem Flieger der abgestürzten Mitchell gesucht haben. Da der Soldat spurlos von seiner Einheit verschwunden war, hatte man angenommen, er sei desertiert; aber nun stellt sich heraus, dass er getötet worden ist. Dem Wachsoldaten wurden mehrere Stiche ins Schulterblatt versetzt, dann zertrümmerte man ihm noch mit einem Stein den Schädel. Bereits verwest und von Füchsen angefressen, hat er in einer Senke ganz in der Nähe des Waldstücks gelegen, in dem die Mitchell abgestürzt war. Die Feldgendarmerie wurde nach dem Fund sogleich wieder in Alarm versetzt. Überall sind sie nun unterwegs; die Maschinenpistolen im Anschlag suchen sie mit Spürhunden nach dem Amerikaner. Ich glaube, irgendjemand muss ihn versteckt halten, sonst hätte man ihn schon längst gefunden.

Immer noch keine Nachricht in der Bibliothek. Vielleicht gibt es die Organisation gar nicht mehr, vielleicht hat sie sich aufgelöst oder ist längst enttarnt worden.

Es ist wärmer geworden; die Königin beginnt verstärkt mit der Eiablage, und die Baubienen sorgen jetzt für immer mehr neue Brutzellen. Sie hocken im Zelleninneren und nehmen sich so selbst als Maßstab für die Wabengröße. Ihr Baumaterial sind winzige Wachsplättchen, die sie selbst herstellen; das Wachs dafür wird von Drüsen unter ihrem Bauch produziert. Die Bienen haken sich mit ihren Vorder- und Hinterbeinen ineinander und geben die Blättchen mit den Rüsseln weiter zu den Arbeiterinnen, die den Wabenbau vollenden.

Franz ist gekommen; er steht an der Werkbank im Schuppen, kramt in der Zigarrenkiste mit den Lockenwicklern und fragt, was ich damit mache. «Ich brauche sie als Transportkammern für die Königinnen», antworte ich. Er nimmt einzelne Lockenwickler aus der Kiste, hält einen seiner Mutter gegen das Licht, als blicke er durch ein Prisma. Er erkennt ihn nicht als den ihren, aber vielleicht ist er ihm doch in irgendeiner Weise vertraut; er legt ihn zurück und greift in die anderen Lockenwickler. Ich bitte ihn schroff, sie zurückzulegen, möchte nicht, dass er mir so nahekommt. Ich nehme ihn beim Arm und zeige ihm die Pergamente, an denen ich gerade arbeite. Er fragt mich, was das für eine Sprache sei, aber ohne auf meine Antwort zu warten, bittet er mich, doch von den Bienen zu erzählen. So will er wissen, wie es möglich ist, dass eine Königin die Gefangene ihres Volkes sein kann. Ich muss ihm die Antwort schuldig bleiben, ihr Leben birgt auch für mich zu viele Geheimnisse und *Quodque parum novit, nemo* *docere potest.*[*] Ich verspreche, ihm bald eine Königin zu zeigen, wenn es endlich warm ist und wir ohne Gefahr für die Bienen den Stock öffnen können.

* *Niemand kann lehren, wovon er wenig versteht.*

Donnerstag, 30. März 1944

Der Himmel hat sich seit gestern wieder zugezogen, er war den ganzen Tag bedeckt von einem eigenartigen, undurchsichtig hellen Grau. Es gibt Momente, in denen alles bedeutungslos erscheint, und es gibt nicht einmal Worte, um dies zu beschreiben. Die Eichelhäher fliegen übers Bienenhaus hinweg zu den Kiefern auf dem Fels, auf dem jetzt in der Abenddämmerung Rehe stehen. Als Kind bin ich auf meine Lieblingskiefer geklettert und habe hinunter auf den friedlichen Ort im Tal geschaut. Die Nachrichten von Gefallenen nehmen kein Ende, und trotzdem glauben alle noch an den Sieg. Wie trügerisch ist doch das Hoffen des Menschen. Wieder ist auch einer meiner Schüler gefallen; Friedrich, noch keine achtzehn Jahre alt. Das Geläut von Totenglocken und die vielen Beerdigungen, die nichts Feierliches mehr haben wie noch zu Beginn des Krieges, es sind zu viele geworden.

Russische Kriegsgefangene, die am Nachmittag wie Vieh mit der Bahn gebracht worden sind. Von meinem Platz in der Bibliothek konnte ich sehen, wie man sie aus dem Güterwaggon trieb. Ihre Köpfe waren geschoren, ihre dürren Körper sahen elend aus. Sie mussten auf dem Bahnsteig antreten und liefen in Zweierreihen zu den umzäunten Baracken am Sägewerk.

Montag, 3. April 1944

Von Freitag auf Samstag war Schnee gefallen, der aber am Sonntag wieder taute; es bildeten sich nach Zementstaub riechende Nebelschwaden, die wie nasse Wolldecken über dem Urfttal lagen. Es waren keine Flugzeuge zu sehen; dumpfes, vibrierendes, an- und abschwellendes Motorenbrummen verriet, dass sie hoch oben unterwegs waren.

Meine Bienen frieren bestimmt.

Ich war in der Bibliothek und habe kurz mit Charlotte gesprochen. Ich kann es kaum erwarten, sie zu sehen; ich denke viel zu viel an sie, habe immer wieder diese fixe Idee, sie zu kennen.

Für die Ostertage folgende Bücher ausgeliehen: «De divinis nominibus» von Dionysius Areopagita, «In metaphysicam Aristotelis commentaria» von Thomas de Aquino und von Cusanus «Apologia doctae ignorantiae». Ich beschäftige mich wieder mit den Fragmenten, füge die übersetzten Teile zusammen wie Puzzlestücke. Arbeite bis spät in die Nacht. Bevor ich zu Bett gehe, umwickele ich zwei Briketts mit nassem Zeitungspapier und werfe sie in den Ofen, warte, bis sie anbrennen, und stelle den Zug klein. Morgen früh wird noch Glut vorhanden sein, und ich kann das Feuer mit etwas Holz wieder entfachen. Hätten es die Bienen doch auch so warm wie ich!

Auch heute keine Nachricht der Organisation vorgefunden. Ich glaube fast, dass ich dieses Jahr meine erste Fahrt zu den Bienenweiden an der Grenze allein unternehmen werde. Dabei brauche ich doch das Geld für meine Medikamente; der Apotheker verlangt immer mehr.

Fragment IV
Kloster Steinfeld, Anno 1489

Ambrosius Arimond

Tagelang war der Sekretär des Cusanus durch die Schneelandschaft unserer Berge geirrt. Mit der Hilfe Gottes hatte er unser Gasthaus erreicht. Vater fand ihn zitternd vor der Tür liegen, eingehüllt in seine dicken Pelze; bald waren die beiden umringt von den neugierigen Gästen, die Vater nach draußen gefolgt waren. Man brachte den halb Erfrorenen in den Gastraum, legte ihn neben dem Ofen auf einen Tisch und trug ihn bald danach hinauf in eine der Kammern, in der sonst die Kraxenträger nächtigen. Ich sah am nächsten Morgen seine hagere Gestalt, wie er mit gefalteten Händen fiebernd im Bett lag und in vielen mir damals unbekannten Sprachen betete. Über der Stuhllehne hing sein Ornat, ein breitkrempiger Hut mit Bändern und Quasten, sein Rochett aus weißem, verziertem Leinen, und neben der Tür stand ein großer, golden verzierter Hirtenstab. Ich brachte ihm heiße Brühe, und die Magd rieb seinen von Krämpfen geschüttelten Körper mit dem Honig unserer Bienen ein. Er war völlig ausgezehrt; an seinen erfrorenen Fingern trug er goldene Ringe, um den Hals mit dem spitzen, behaarten Kehlkopf lag eine Kette, an der ein mit Edelsteinen verziertes Kreuz hing.

Die folgenden Tage wurden wieder bitterkalt. Der Gastraum und unsere Kammern waren voller Kraxenträger, die auf einen Wetterumschwung warteten, um den Pass zu überqueren. Da das Wetter sich jedoch vorerst nicht ändern wollte, traten sie bald wieder den Heimweg ins Tal an. Eine Woche lang lag seine Eminenz schon im Fieberdelirium. Wir schickten nach dem Pfarrer, der ihm die heiligen Sakramente spendete; er unterrichtete Va-

ter, welch hoher Kirchenmann bei uns läge und welche Ehre es sei, ihn pflegen zu dürfen. Mir oblag es neben unserer Magd, mich um den siechen Gast zu kümmern, der immer noch zitternd, fiebernd und phantasierend im Bett lag. Als die Magd ihm einen stärkenden Hirsebrei brachte, verlangte er von ihr, sich zu entkleiden und sich neben ihn zu legen, um ihn zu wärmen und die Schwäche aus seinem Körper zu ziehen. Ich hatte Angst vor diesem hochwürdigen Kirchenmann, aber irgendetwas zog mich immer wieder in seine Kammer, seinen seltsamen Reden zu lauschen. Er sprach mit Gott und den Heiligen und seinem Bischof Nikolaus von Kues, redete von einem Fuhrwagen, dem Herzen des Cusanus, von Truhen und Ledersäcken mit wertvollen Büchern, die bald für immer im See versinken würden, sprach von Kreuzzügen, von Jerusalem und dem Heiligen Land. Er umklammerte dabei den fülligen Körper der vor Angst zitternden Magd wie ein Krötenmännchen, das sich zum Laichgewässer tragen lässt. Immer wieder wachte er kurz aus seinen Fieberträumen auf, versuchte sich aufzurichten, blickte nach draußen und fragte, wie das Wetter sei, und fiel erschöpft wieder ins Bett zurück, zufrieden, wenn man ihm sagte, es würde noch frieren. Nach sieben Tagen ging es ihm besser; als ich wieder einmal das Zimmer betrat, lag er auf dem Rücken der Magd, entleerte sich in ihr und ließ sodann erschöpft und angewidert von ihr ab, stieß sie aus dem Bett und schlief danach tief und fest und ganz ohne Fieberträume. Als er endlich wach geworden war, griff er mit seinen von Erfrierungen schwarzen Fingern nach mir und rief, nachdem er mich eingehend betrachtet hatte, glücklich und voller Freude, Gott habe mich geschickt und Großes mit mir vor. Der hochwürdige Sekretär erholte sich nun zusehends, stand bald auf und fing an, noch wankend, im Zimmer umherzugehen. Dabei blickte er immer wieder zu den Bergen hinauf, kniete vor dem Fenster und betete inbrünstig. Es wurde endlich wärmer, worüber Johann von Erkelenz sich jedoch überhaupt nicht freuen konnte, unruhig und unleidlich wurde. Die ersten Bienen aus unseren Stöcken flogen nach draußen; ich musste Mäthi, unserem Knecht, bei der Arbeit an den Stöcken zur Hand gehen. Mitten in unserem Tun überraschte uns der Sekretär mit dem Plan, eine Mannschaft zusammenzustellen, mit der er sich zum Gletschersee aufmachen wollte. Er verlangte von Vater, der früher selbst ein erfahrener Kraxenträger gewesen war, die Expedition zu leiten und für das Gelingen die Verantwortung zu übernehmen. Vater weigerte sich zunächst vehement, musste aber einwilligen, als der Sekretär gedroht hatte, ihn für immer zu verfluchen und dafür zu sorgen, dass er niemals seine geliebte Frau im Paradies wiedersehen würde.

Dienstag, 4. April 1944

Als ich gestern in der Poststation war, lag dort ein Brief von Alfons, den er schon vor drei Monaten abgeschickt hatte. Er erkundigt sich, wie es mir geht; der Sanitätsarzt, der für mich immer die Medikamente besorgt hatte, sei gefallen. Er hofft, dass ich mit denen, die ich noch habe, irgendwie zurechtkomme. Im Moment geht es mir gar nicht so schlecht.

Alfons schreibt von einem Flug über die Alpen, von seiner Stationierung am Golf von Salerno, im Süden Italiens, von einer Frau, die er dort kennengelernt hat und bei deren Familie er mehrmals eingeladen war. Er erwähnt ihre pechschwarzen Haare, die weiße Haut, ihre vollen Lippen, dass sie ständig mit nackten Füßen auf Zehenspitzen umhergeht, wie er sie mit ihren Freundinnen in einer kleinen Bar kennengelernt hat, dass sie Deutsch mit ihm spricht. Alles klingt so, als sei er in sie verliebt. Aber schon in wenigen Wochen soll seine Staffel wieder verlegt werden, wohin, darf er mir nicht mitteilen. Wer weiß, wo er sich gerade befindet. Und er ist Vincentini tatsächlich in einer Trattoria begegnet. Er habe Urlaub beantragt, wolle nach Hause kommen und erzählen, er habe so viel Papier gar nicht, um alles aufzuschreiben.

Von der Post ging ich gleich zur Bibliothek und habe nach dem Lateinunterricht mit Charlotte gesprochen. Sie fragte mich, warum ich sie so ansehe, und ich habe ihr nicht darauf geantwortet. Ich hatte natürlich einen Grund, nur wagte ich nicht, ihn auszusprechen.

Nachts taucht im Kreuzungspunkt der Scheinwerfer ein Bomberverband auf. Die oben auf dem Bahntunnel stationierte schwere Flak versucht, ihn unter Beschuss zu nehmen. Die Flugzeuge sind längst verschwunden, bevor das Würzburgradar sie orten konnte.

Mittwoch, 5. April 1944

Es ist endlich wärmer geworden, der Tau lässt das Gras und die Erde duften. Die Sonne scheint, und der Himmel strahlt blau, so blau, dass es blendet.

Die Bienen fliegen jetzt unentwegt aus; sie brauchen Nektar und Blütenstaub, den sie eifrig von Weiden, Haselnuss, Löwenzahn, Spitzahorn und Weißdorn sammeln. Die Brut scheint sich nun gut zu entwickeln. Durch die rege Legetätigkeit der Königin und den rasch ansteigenden Schlupf der Jungbienen wächst die Bienenpopulation ständig an. Neben den Sammelflügen nimmt nun auch ihre Baulust wieder zu. Unablässig errichten sie neue Wabenwohnungen, kleine sechseckige Bauten, die mich an die Mietskasernen der großen Städte erinnern.

In den Stöcken auf Lünebachs Land und bei meinen Lieblingsvölkern im Bergschadensgebiet entferne ich altes, noch verdeckeltes Winterfutter, um zu vermeiden, dass es von den Bienen in die neuen Honigräume gebracht wird.

Immer mehr Arbeiterinnen werden geboren, die nur die Aufgabe haben, ihr Volk zu umsorgen und dann zu sterben. Bei den gut entwickelten Völkern setze ich Stockwerke mit Waben ein, damit sie sich weiter ausdehnen können und Platz für neue Brut vorhanden ist.

Seit einiger Zeit lassen die Flaksoldaten Fesselballons aufsteigen; in den herabhängenden Stahlseilen sollen sich die Tiefflieger verheddern.

Donnerstag, 6. April 1944

Gründonnerstag

Morgen an Karfreitag werde ich endlich zu meinen Bienen an der belgischen Grenze fahren, um dort nach dem Rechten zu sehen. Einige Beuten hatte ich im Winter in einer Feldscheune untergebracht; sie gehört Heribert Brück, mit dessen hübscher Schwester Anna ich zur Schule gegangen bin. Ich werde die Stöcke zu den Bienenweiden bringen, auf die Kleefelder und Magerwiesen bei den Ruinen der römischen Kalköfen. Wie immer werde ich sie in den Hang stellen, auf dem jetzt Knabenkraut, Adonisröschen, Huflattich und Löwenzahn blühen. Wenn ich zur Grenze fahre, mache ich immer eine Rundreise zu all meinen Völkern, übernachte, je nachdem, wie das Wetter ist, entweder auf dem Fuhrwerk, in einer Gaststätte oder bei befreundeten Bauern. Fünf Mal im Jahr mache ich diese Reise, im Frühjahr nach der Winterruhe, um zu sehen, wie die Bienen durch die kalte Jahreszeit gekommen sind, dann zur Schwarmzeit, der Honigernte im Frühsommer, schließlich dann, im Sommer, und, um die Völker winterfertig zu machen, im späten Herbst.

Schon als Kind habe ich in den Ferien mit Vater diese Tour gemacht, hinten auf dem Fuhrwerk gelegen und träumend in den Himmel geblickt. Im Herbst fuhr Vater immer allein, und manchmal blieb er sehr lange weg, vielleicht war er dann bei einer seiner Geliebten.

Da ich bisher noch keine Nachricht von der Organisation erhalten habe, werde ich diesmal ohne Flüchtlinge zur

Grenze fahren; bedauerlich, weil ich auf das Geld angewiesen bin, muss ich doch meine Medikamente jetzt wieder hier beim Apotheker kaufen.

Samstag, 8. April 1944

Noch vor Ostersonntag von meiner Fahrt zurück. Ich fand bei den Völkern im Höhengebiet noch keine Weiselzellen. Das deutet darauf hin, dass die Bienen keine Königinnen aufziehen und nicht schwärmen werden. Vielleicht war der vergangene Winter dort oben zu kalt. Insbesondere die Völker an der belgischen Grenze haben es bei zu niedrigen Temperaturen schwer, ihre Brut ausreichend zu wärmen, sie können dann keine Nachzuchtzellen für eine neue Königin anlegen. Die alten schienen auch noch ausreichend aktiv zu sein und genügend Eier zu legen. Den Völkern selbst ging es insgesamt gut, sie waren bereits eifrig dabei, Mittelwände auszubauen und Honigwaben anzulegen. Bei einigen besonders starken Völkern konnte ich sogar eine dritte Zarge aufsetzen. Ich reparierte alte Stöcke und verbrachte die Nacht auf dem Fuhrwerk. Überraschend besuchte mich Anna. Ich war wach geworden, als sie mich küsste. Sie kroch zu mir unter die Decke, die Kälte nahmen wir überhaupt nicht wahr. Als ich die Augen aufschlug, war es noch dunkel, und der Himmel war voller leuchtender Sterne. Annas Fahrrad lehnte nicht mehr am Fuhrwerk. Ich sah sie später auf der Rückfahrt auf dem Hof wieder. Sie trug ein Kopftuch und eine Schürze und Stiefel und lief gerade hinüber zum Kuhstall, um auszumisten. Auch ihr Mann ist beim Militär. Fast alle Familien haben Väter und Söhne im Krieg, auf manchen Höfen leben nur noch die Bäuerin, die Alten und die noch nicht wehrfähigen Kinder sowie polnische oder französische Arbeitsgefangene. Sie werden von den Bauern nicht so schlecht behandelt wie ihre Schicksalsgenossen in der Stadt; sie arbeiten zwar hart, dürfen aber zum Essen mit der Familie am Tisch sitzen. Ich freute mich darauf, heute Charlotte wiederzusehen, aber sie war entgegen meiner Erwartung nicht in der Bibliothek. Ich werde mich daher heute Abend noch mit Maria trösten.

Montag, 10. April 1944

Ostermontag

Heute Morgen schon wieder große Bomberverbände; sie flogen so hoch, dass ich trotz des wolkenlosen Himmels die einzelnen Typen mit bloßem Auge nur schwer identifizieren konnte. Ich war bei meinen Völkern am See und hatte keinen Feldstecher zur Hand, um die Hoheitszeichen ausmachen zu können. Als die Flugzeuge, unter ihnen erkannte ich einige große amerikanische Kampfflugzeuge vom Typ B-24 Liberator, endlich weg waren, erschienen Zirren wie auseinandergezogene Knäuel aus unendlich vielen weißen, ineinander verschlungenen Fäden.

In der Bibliothek finde ich am Nachmittag endlich eine Nachricht. Warum nicht früher? Es handelt sich um zwei Flüchtlinge, mehr könnte ich ohnehin nicht transportieren. Es werden sicher wieder Juden sein, die sich bis jetzt in Kellern ausgebombter oder leerer Häuser der Städte versteckten und so überleben konnten. Aber mittlerweile gibt es für sie diese Möglichkeit nicht mehr; die Gefahr, im Bombenhagel umzukommen oder aufgegriffen zu werden, ist für sie riesengroß geworden. In die Lager werden Einzelpersonen schon seit geraumer Zeit nicht mehr gebracht, sie werden jetzt gleich vor Ort erschossen. Wenn sie überleben wollen, müssen sie nun die Städte, am besten Deutschland überhaupt verlassen.

Ich habe von heute an Zeit, alle nötigen Vorbereitungen zu treffen, meine Bienenkästen für die Flucht zu präparieren. Das Geld für den Transport bekomme ich von den Flüchtlingen; ich brauche es so dringend.

Consolidated B-24 Liberator:

Besatzung: bis zwölf Mann, Antrieb: vier Pratt & Whitney-Doppelsternmotoren, je 1200 PS, Bewaffnung: zehn Browning MGs, Bombenlast: 3600 kg

Dienstag, 11. April 1944

Am Nachmittag wieder Fliegeralarm; alle suchen jetzt Schutz im neu hergerichteten, wie man sagt, ganz sicheren Bunkerstollen. Das Städtchen ist dann wie ausgestorben. Ich bleibe bei meinen Bienen, fühle mich sicher im Schuppen, der dicht hinter den Sandsteinfelsen steht und, bald auch vom Blätterdach der Eschen verdeckt, für die Flugzeuge völlig unsichtbar ist. Ich kann dort in Ruhe an den Verstecken für den Transport der Flüchtlinge arbeiten und muss nicht befürchten, dass jemand vorbeikommt. Ich habe eigens vier aufeinandersetzbare Kästen gezimmert, die von den Ausmaßen um einiges breiter und höher sind als die Standardbeuten mit den Bienenvölkern, die ich auf ein Podest stelle, sodass der Unterschied zwischen den Attrappen und den richtigen Beuten nicht ins Auge fällt. Ein ausgewachsener Mann kann sich ohne Weiteres in einen solchen falschen Stock hineinzwängen. Während der Fahrt auf dem Fuhrwerk ist es möglich, die obere Klappe zu öffnen; so können die Flüchtlinge Luft schnappen, nach draußen sehen oder auch das Versteck verlassen und sich unter einer Plane verkriechen. Wenn sich jemand dem Fuhrwerk nähert, fängt der Hund an zu bellen; es ist das Zeichen für die Flüchtlinge, sich schnell wieder in ihr Versteck zu begeben.

Mittwoch, 12. April 1944

Ich gehe nun täglich zur Bibliothek, um dort nach einer weiteren Nachricht zu sehen, muss wissen, wann genau die Flüchtlinge an der Übergabestelle am Malakow-Turm sein werden. Der stillgelegte Förderturm liegt inmitten des Bergschadensgebietes in der Nähe des Bleibergtrichters; es gibt nur einen befahrbaren Weg dorthin, der schließlich in einer Sackgasse am Trichter endet. Über Jahrzehnte haben Bergleute das riesige Loch mit einem Durchmesser von fünf Kilometern ausgehoben. Der Trichter führt in Terrassen bis zu einhundert Meter tief in die Erde hinein. Tausende von Arbeitern haben die bleierzhaltige Erde von einer Stufe zur nächsten im Rhythmus einer Trommel von Ebene zu Ebene nach oben geschaufelt. Im Trichter und auf den Bleisand- und Schlackenhalden gedeihen nun riesige Heidekrautfelder. Im Spätsommer ist es, als wäre das Blau des Himmels auf die Erde gefallen. Der Honig vom Heidekraut hat einen angenehmen, etwas herben Geschmack, und ich habe Kunden, die besonders diesen Honig mögen. Wenn die Bienen hier schwärmen und ins Bergschadensgebiet hinüberfliegen, um sich dort zu sammeln, muss ich sie meist verloren geben, weil die Gefahr selbst für mich viel zu groß ist, in einen der alten Stollen einzubrechen. Die Bienen suchen sich dann Nester in Baumlöchern oder Felsnischen und werden wieder zu Wildbienen.

Donnerstag, 13. April 1944

Am Abend betrunken zum Stausee gegangen, auf dem Bootssteg gesessen und schließlich beim leisen Plätschern der Wellen eingeschlafen. Als ich erwachte, schimmerte das Wasser im Mondlicht.

Am Nachmittag hatte ich in der Bibliothek wieder eine Nachricht vorgefunden. Mir wurde mitgeteilt, die Flüchtlinge bereits übermorgen, also am Samstagnachmittag, um fünf am Malakow-Turm abzuholen. Keinesfalls darf ich früher dort sein, damit sich die Fluchthelfer unerkannt entfernen können. Ich darf aus Gründen der Sicherheit immer nur die Flüchtlinge sehen, niemals ihre Helfer.

Auf dem Rückweg vom See kam ich an der Villa vorbei; ich blieb auf der Lichtung stehen und schaute zu den hell erleuchteten Fenstern. Als kleiner Junge hatte ich mit meinem Vater im Entree gestanden, eine Dame war die Treppe herabgekommen und hatte mir aufgetragen, den Honig zum Personal in die Küche zu bringen. Als ich zurückkam, sprachen die beiden in einer mir unbekannten Sprache. Ich stand fassungslos neben ihnen; mein Vater war mir in diesem Moment völlig fremd, und ich begann ihn zu hassen. Auch wenn ich damals kein Wort Französisch verstand, spürte ich, dass die beiden sehr vertraut miteinander waren. Auf meine Fragen antwortete mein Vater lediglich, er habe diese Sprache während seiner Kriegsgefangenschaft gelernt. Heute verstehe ich ihn, denn kein Liebender achtet darauf, was sich gehört.

Ein Auto fuhr in die Einfahrt. In einem der beleuchteten Fenster glaubte ich Charlotte zu erkennen.

Samstag, 15. April 1944

Heute habe ich eine etwa vierzigjährige Frau und ein Mädchen zum genannten Zeitpunkt am Turm übernommen; verängstigt hockten beide in nassen Klamotten unter einer Regenplane.

Ich führe sie über die schmalen, gewundenen Pfade den steilen Bleibergtrichter hinunter. Das Mädchen trägt viel zu große Gummistiefel, deren Schaft abgeschnitten ist und die sie immer wieder verliert. Die Frau sieht krank aus, ihr Gesicht ist aschfahl und die leise Stimme kaum zu verstehen; ihre gebrochene Nase ist schlecht verheilt. Sie muss sich schon während des Abstiegs hinunter zur Sohle mehrmals ausruhen. Unten befinden sich sechs meiner Völker. Von dort aus geht es weiter durch ausgedehnte Heidekrautfelder zum Elefantenkopf, unter dem sich der Eingang zum Versteck befindet. Alfons nannte den hohen Fels so, weil er dem Kopf eines Elefanten sehr ähnlich sieht. Ich weise die beiden an, dicht hinter mir zu gehen und nicht vom Pfad abzuweichen, weil man dann in einen der alten Stollen einbrechen könnte. Das Mädchen bleibt erschöpft stehen, sie hat wieder einen Stiefel verloren, weint und will nicht weiter. Ich ziehe ihr auch den anderen Stiefel aus und nehme die Kleine Huckepack. Obwohl bestimmt zehn Jahre alt, ist sie leicht wie eine Feder.

Wir erreichen schließlich den Eingang unterhalb des Elefantenkopfs, der bis an den unterirdischen See heranführt. Am Ufer steigen wir auf das Floß, mit dem wir dann bis zum Schacht fahren, wo sich eine karge Lagerstatt befindet. Für Proviant habe ich bereits gesorgt; notfalls ist es möglich, sich an dieser Stelle ein paar Wochen zu verstecken – es kann sein, dass sie hier eine lange Zeit ausharren müssen, bis ich endlich die Nachricht bekomme, in der steht, wann die Flüchtlinge an der Grenze erwartet werden.

Mittwoch, 19. April 1944

Da sich die schwach ausgewinterten Völker nur langsam entwickeln, sind die Sammlerinnen noch nicht bereit, die Erweiterungszargen anzunehmen, sondern lagern viel Blütenstaub und Nektar rund um die Brutnester ein; der Raum für die Eiablage ist eingeschränkt. Meine Hoffnung, doch noch etwas vom helleren Frühjahrshonig zu ernten, ruht jetzt auf der Robinien- und Hartriegelblüte, die später einsetzt.

Die Flüchtlinge sind nun seit drei Tagen im Versteck, ich versuche, sie so oft wie möglich zu besuchen, meistens morgens. Ich bringe ihnen über den kurzen Zugang vom Garten ihr Essen; es ist nicht viel, denn es wird immer schwieriger, Lebensmittel zu bekommen, die mittlerweile streng rationiert sind. Obwohl mein Garten mich zum großen Teil versorgt, so ist doch jetzt von allem zu wenig da.

Ich krieche durch den Spund hinter dem Schuppen in den Stollen; es ist der gleiche Weg, über den ich später auch die Flüchtlinge zum Fuhrwerk in der Scheune bringen werde. Ich bin lediglich zehn Minuten unterwegs. Die beiden hocken im Dunkeln, weil ich sie gebeten habe, mit dem Licht sparsam umzugehen. Ich bekomme mit, wie das Mädchen dauernd nach seinen Eltern fragt. Die Frau fleht mich an, sie endlich über die Grenze zu bringen. Sie hat große Angst und sagt immer wieder, sie würde lieber sterben, als nochmals den Nazis in die Hände zu fallen.

Donnerstag, 20. April 1944

Es regnet wieder; ich sitze im Café Blasius und blicke zum Marktplatz, wo Aufmärsche zu Jupps fünfundfünfzigstem Geburtstag stattfinden. Die Regale in der Bäckerei sind leer, weil kein Mehl vorhanden war, um Brot zu backen; aber es riecht zumindest immer noch ein wenig nach Sauerteig, gemahlenem Weizen- und Roggenmehl. Die Verkäuferin reicht mir einen wässrigen Ersatzkaffee aus Zichorien, der nur nach Wasser und den Bitterstoffen der gemeinen Wegwarte schmeckt. Unter der Hand bekomme ich ein kleines Stück Kuchen aus Rübenmehl, er ist ja mit meinem Honig gesüßt. Es kommt sonst keine Kundschaft, da es heute nichts zu verkaufen gibt.

Die Häuser um den kleinen Marktplatz und in der Bahnhofstraße sind beflaggt; natürlich hängt aus der Wohnung des Apothekers auch eine Parteifahne. Jedes Mal, wenn ich zu ihm in den Laden komme, behauptet er dreist, die Preise für die Medikamente seien wieder gestiegen, aber davon ganz abgesehen, dürfe er mir gar keine Medizin geben, was ja auch stimmt; für meinesgleichen gibt es kein Recht auf Hilfe, ich muss selbst schauen, wie ich hier überleben kann. Der Pharmazeut hat, wie er scheinheilig beteuert, große Schwierigkeiten, die teuren Antikonvulsiva zu besorgen; die Stoffe Phenobarbital und Phenytoin werden, so sagt er, nur noch in kleinen Mengen produziert, da es im Reich ja nun kaum noch jemanden mit meiner Krankheit gibt. Er ist ein dürrer Mann mit einem bohnenartigen Kopf, durch seine Nickelbrille blicken seine kalten Augen.

Ich hasse es, wie er seine beiden Hände mit den abgekauten Fingernägeln auf die Theke stützt, bin sicher, er hat einen Vorrat angelegt, weil er weiß, dass ich die Medikamente regelmäßig einnehmen muss.

Montag, 24. April 1944

Die Flüchtlinge sind jetzt die zweite Woche im Versteck, ich besuche sie so oft wie möglich. Das Mädchen liegt seit Tagen nur noch apathisch in den Armen seiner Tante. Ich befürchte, die Frau könnte das Versteck einfach verlassen, um endlich wieder einmal Tageslicht zu sehen, dann im Bergschadensgebiet in einen Stollen einbrechen oder aufgegriffen werden und mich verraten. Sie haben kein Bargeld, nur Schmuck, den ich nicht so gern nehme, weil ich damit wenig anfangen kann. Der Apotheker gibt mir für Schmuck schon lange keine Medikamente mehr. Einen Teil der Wertsachen verkaufe ich Sanny. Ich bekomme auch von ihr weniger, als sie wert sind, aber ich brauche dringend Geld.

Die Frau bittet mich, ihr Zigaretten zu besorgen. Dem Mädchen habe ich vor einigen Tagen eine der jungen Katzen mitgebracht, aber sie ist schon zu alt, um noch zutraulich zu werden. Sobald das Mädchen sie loslässt, läuft sie weg, verschwindet in der Dunkelheit und kommt nur noch, wenn sie Hunger hat.

Am Nachmittag gehe ich zur Bibliothek in der Hoffnung, endlich eine Anweisung vorzufinden, aus der ich erfahre, wann ich zur Grenze aufbrechen soll. Ich beobachte Charlotte, wie sie an ihrem Schreibtisch sitzt. Was ist das, was mich so an ihr fesselt?

Die Arbeiten am Transport-Versteck sind fast abgeschlossen. Ich werde neben den zwei Attrappen, in denen sich die Flüchtlinge befinden werden, drei weitere gut entwickelte

Völker mit insgesamt 120000 Bienen mitnehmen, eine richtig große Armee von Wächterinnen; wer kann uns da schon etwas anhaben, sage ich lächelnd dem Mädchen, um ihm etwas die Angst zu nehmen. Kopfzerbrechen macht mir allerdings die Frau.

Dienstag, 25. April 1944

Es ist neblig und kalt, mitunter fällt wieder Schnee. Meine Bienen benötigen den Honigvorrat jetzt in erster Linie als Brennstoff, als Energiequelle, um die nötige Wärme im Stock zu erzeugen; sie sind wie kleine Öfen, die dauernd befeuert werden müssen. Aufgrund des schlechten Entwicklungsstandes der Völker und der auch in den nächsten Tagen noch zu erwartenden kühlen Witterung, verschiebe ich das Einhängen der Brutableger um eine Woche und gebe Zuckerwasser hinzu, denn was die Natur verweigert, kann die Pflege verschaffen, sagte schon Cornelius Gallus.

Ich beobachte auf dem Nachhauseweg Luftkämpfe am Himmel über den Kroppeln; die wendigen, einmotorigen Jäger stoßen mit hoher Geschwindigkeit fast senkrecht auf die Feindflieger herab, ihre am Fahrwerk angebrachten Sirenen heulen dabei furchterregend.

Die amerikanischen Zigaretten, die ich bei Sanny besorgte, sind vermutlich von abgeschossenen Fliegern. Die Schachtel hat mich zwei Gläser Honig gekostet. In der Gaststätte wurde berichtet, man habe wieder einen amerikanischen Soldaten gefangen genommen und gleich getötet. Im Inneren des Verstecks ist es jetzt immer noch wärmer als draußen, aber es ist sehr feucht; die Frau hat geschwollene Finger, die sie kaum noch bewegen kann, es ist ihr nicht möglich, die Zigarette, die ich ihr gebe, allein anzuzünden. Sie fragt mich, wie das Wetter draußen ist, nimmt meine Hand, drückt und führt sie an ihre Wange, dankt mir immer wieder und möchte mich nicht loslassen. Ich will weg, sie weint.

Mittwoch, 26. April 1944

Es regnet immer noch. Die Bienen bleiben weiterhin im Stock, ihre Entwicklung verläuft schleppend. Sie mühen sich ab, die Wärme im Stock konstant hoch zu halten und die Brut so gut es geht zu versorgen, sind kaum mit der Honigproduktion beschäftigt. Viel Frühjahrshonig wird so in diesem Jahr wahrscheinlich nicht zusammenkommen.

Bei einer Stichprobenkontrolle keinerlei Hinweise auf Nosema; nur wenige Bienen gefunden, die eventuell von Tracheen befallen sein könnten, winzige, gelbliche Milben, die mit bloßem Auge kaum erkennbar sind. Sie setzen sich mit ihren Krallen in der Luftröhre der Bienen fest; diese werden flugunfähig, krabbeln verzweifelt vor dem Stock umher und zucken dabei jammervoll mit ihrem Hinterleib. Das Weibchen legt seine Eier ab und verlässt seinen Wirt. In einer langlebigen Winterbiene wurden bis zu einhundert Milben gefunden. Wahrscheinlich hat der späte Brutbeginn in diesem Jahr auch die Entwicklung der Parasiten verzögert.

Um die Mittagszeit war ich kurz im Versteck. Die Frau wusch sich gerade im See. Sie muss wohl den Schein meiner Lampe gesehen haben, denn sie verließ schnell das Wasser und bedeckte ihren Körper mit dem Kleid, das sie vor sich hielt. Sie redete von seltsamen grünlichen Erscheinungen an der Gewölbedecke, die sich wie kleine Blitze im Wasser spiegelten, fragte mich, ob gefährliche Fische im See lebten. Sie bat mich, bei ihr zu bleiben; ihre aufeinandergepressten Lippen zitterten. Ich hatte ihnen Steckrüben mitgebracht und ein wenig Schmalz und Brot; zu trinken brauche ich ihnen nichts zu bringen, das Wasser des Sees ist genießbar.

Am Nachmittag habe ich zwei Stunden Lateinunterricht im Lesesaal der Bibliothek gegeben. Danach unterhielt ich mich mit Charlotte; dabei entdeckte ich einige meiner versteckten Bücher auf ihrem Schreibtisch. Soweit ich sehen konnte, waren es Werke von Alfred Döblin, Sigmund Freud, Maxim Gorki und Rosa Luxemburg. Ich fühlte mich ertappt, doch Charlottes Bemerkung, sie habe die Bücher zufällig gefunden, beruhigte mich; sie hätten keine Signatur, und sie wundere sich, dass dies Fräulein Elisabeth nicht aufgefallen sei. Ich wechselte das Thema und erzählte von meiner Übersetzungsarbeit; Charlotte zeigte sich interessiert an meinen Studien, und so erklärte ich ihr, dass die hier heimische Bienenart vermutlich aus einer Region der italienischen Alpen stamme und schon im 16. Jahrhundert in unserer Gegend ansässig geworden sei, erzählte, dies hinge mit der Bienenzucht im nahe gelegenen Kloster zusammen, und dass ich vermute, die Art hier könne gegen die Nosema-Plage resistent sein.

Freitag, 28. April 1944

Die Sonne geht jetzt morgens um sechs Uhr auf, bald erreichen ihre Strahlen das Bienenhaus; ein milder, säuselnder Wind streicht über Gräser, die taunassen Spinnweben zwischen den Zweigen zittern, Vögel zwitschern, Mücken tanzen im Sonnenschein. Die Bienen sammeln jetzt von morgens bis abends unermüdlich Pollen und Nektar. Der eingebrachte Blütenstaub regt die Königin an, ihre Legeleistung nochmals deutlich zu erhöhen. Bei einzelnen Völkern habe ich bereits erste verdeckelte Drohnenbrut aus den Rahmen entfernt. Zu viele Drohnen sind nicht gut für den Stock; sie sind nur für die Fortpflanzung nützlich, liegen ansonsten nur herum und bedienen sich am Honig, verdrecken mit ihrem Kot den Bau. Das bedeutet, die Arbeiterinnen sind neben der Pflege der Brut verstärkt auch noch damit beschäftigt, den Bau von Verunreinigungen zu säubern.

Die Katze ist aus dem Versteck gekommen; sie sitzt jetzt am Stock unterhalb eines Flugloches, schlägt mit der Tatze nach den zurückkehrenden, vor dem Stock schwebenden Bienen. Die Wächterbienen sammeln sich, nehmen Anlauf, prallen dann mit rasender Geschwindigkeit gegen die Katze und traktieren sie mit Stichen an der Nase und am Auge. Wenn das Wetter so bleibt, werden bald alle Waben mit Brut und Nahrung gefüllt sein; dann beginnen die Arbeiterinnen mit dem Bau der Königinnenzellen. Innerhalb zweier Wochen wachsen darin neue Königinnen heran. Kurz bevor die erste schlüpfen wird, verlässt die alte Königin mit einem Teil des Volkes den Stock, um ein neues Volk zu gründen.

Nach dem Frühstück und der Arbeit an den Bienen gehe ich zur Bibliothek hinunter.

Noch immer ist keine Anweisung zur Übergabe der Flüchtlinge eingetroffen, und ohne diese Anweisung ist an einen Transport zur Grenze nicht zu denken. Es ist kalt und feucht in der Grotte, und bestimmt fällt es den beiden schwer, die Tage und Nächte so einsam auszuharren. Die Frau klammert sich jedes Mal an mich, wenn ich gehen will, weint und will mich partout nicht loslassen.

Am Abend besuche ich Maria; ihre Kinder sind über die Osterferien in einem der Höhendörfer bei ihren Großeltern, und wir können uns in ihrem Haus vergnügen. Von Marias Schlafzimmer aus hört man vorbeiratternde Züge, die unablässig Kriegsmaterial für die Westfront bringen; Panzer und Geschütze rollen von den Güterzügen auf die Rampe. Zwangsarbeiter laden die ganze Nacht Waffen und Munitionskisten ab. In der Früh heulen Sirenen, aber ich bleibe mit Maria im Bett, denn an den Fluggeräuschen erkenne ich, dass die Verbände nur über uns hinwegfliegen werden.

Samstag, 29. April 1944

In der Gaststätte erzählt man sich, Spuren des amerikanischen Fliegers seien wieder einmal gesichtet worden; sicher würden bald nochmals Suchtrupps kommen, die diesmal auch das Bergschadensgebiet durchkämmen sollten. Zeiser machte den Vorschlag, ich könnte doch die Führung übernehmen, keiner kenne sich dort so gut aus wie ich. Der amerikanische Soldat kommt mir fast vor wie ein Gespenst; aber es muss tatsächlich jemanden geben, der sich im Bergschadensgebiet aufhält. Die Flüchtlinge können nicht länger hierbleiben. Hoffentlich kommt bald Nachricht; ich muss endlich wissen, wann genau ich sie zu übergeben habe, kann nicht einfach auf gut Glück mit ihnen losfahren. Zudem wird es täglich schwieriger, bis zur Grenze durchzukommen.

Als ich von Sanny kommend zum Bienenhaus ging, um dort nach dem Rechten zu sehen, drang aus dem Stock (No. 12) der zornige Kriegsgesang der alten Weisel, der wie ein ferner, silberner Trompetenton klingt, ein wütender Gesang, der ihre Schwäche und Vergänglichkeit erahnen lässt. Aus den Zellen antworteten ihr die jungen Königinnen mit grellen, durch die Verdeckelung gedämpften fiependen Rufen. Sie wollen endlich die Regentschaft übernehmen. Die Arbeiterinnen lassen sie jedoch nicht aus ihren Zellen, da sie noch zu schwach für einen Kampf sind. Die alte Weisel würde sie alle mit ihrem Stachel töten. Erst wenn sie kräftig genug sind, um sich mit der alten Königin zu messen, dürfen sie die Zellen verlassen; bis dahin verschließen die Arbeiterinnen den Deckel immer wieder mit Wachs.

Montag, 1. Mai 1944

Am Nachmittag habe ich endlich Zeit gefunden, meine Notizen über die Völker der letzten Jahre auszuwerten und mir zu überlegen, welche ich für die Nachzucht meiner Königinnen nutzen werde.

Wichtige Kriterien für mich sind:

- Honigleistung
- Sanftmut
- Honigverdeckelung
- Krankheitsresistenz
- Langlebigkeit
- Verteidigungsfähigkeit
- Schwarmhäufigkeit
- Legeleistung der Königin

Ich werde sehr wahrscheinlich im nächsten Jahr die Königinnen aus den Völkern an der Grenze ziehen, auch wenn deren Sanftmut und Schwarmhäufigkeit nicht die besten Werte haben. Dafür aber schneiden sie bei anderen Kriterien wie Legeleistung, Honigleistung und Krankheitsresistenz am besten ab. Im nächsten Frühling werden die Völker an der Grenze viele neue Königinnen aufziehen müssen und vermehrt schwärmen.

Mittwoch, 3. Mai 1944

Heute finde ich in meinem Buch endlich die Signatur des Bandes, in dem die Nachricht versteckt ist, auf die ich schon so lange warte. Aber ich kann nicht zu dem Regal, denn es sind ausnahmsweise beide Frauen in der Bibliothek. Sie laufen geschäftig zwischen den Regalen herum, machen anscheinend so etwas wie eine Inventur. Fräulein Elisabeth hält sich lange in der Bergwerksabteilung auf. Irgendwann ergibt sich doch die Gelegenheit, und ich hole die Nachricht aus dem genannten Folianten. In einer Woche, am Dienstag, den 9. Mai, werden die Flüchtlinge um zehn Uhr morgens an der belgischen Grenze erwartet. Alle Bienenkästen sowie die präparierten Beuten werden am Abend davor auf dem Fuhrwerk in der Scheune stehen. Ich werde zuerst das Mädchen und dann die Frau aus dem Versteck holen, sie durch die Schrägstollen zum Garten und von dort zur Scheune bringen. Die Frau hat mich schon seit Tagen gefragt, wann es losgehe; sie ist nervös und starrt mich ängstlich an, ich fürchte, dass sie auf der Fahrt plötzlich hysterisch zu schreien beginnt oder sonst etwas macht, das uns verraten könnte. Die Königinnen habe ich bereits ausgesucht und vorsichtig in die Lockenwickler gesetzt. Bevor die Flüchtlinge in ihre Verstecke klettern, werde ich die Lockenwickler mit einer Sicherheitsnadel an ihren Kleidern befestigen. Ich werde dem Mädchen von den Königinnen erzählen, vom Schwärmen der Bienen, werde sie beruhigen, sie müsse keine Angst haben, sollten die Bienen zu ihr fliegen; sie würden sic nur beschützen wollen. Die Flüchtlinge werden dann in die für sie vorgesehenen Beuten kriechen.

Dienstag, 9. Mai 1944

Am späten Abend breche ich mit den Bienenvölkern und den Flüchtlingen zur Grenze auf. Seltsamerweise hatten die beiden mit den Königinnen an ihren Kleidern überhaupt keine Angst. Das Mädchen hatte sich noch von der Katze verabschieden wollen; da sie nicht kam, versprach ich der Kleinen, mich um sie zu kümmern und sie von ihr zu grüßen. Ich schloss die Kästen. Sie kauerten nun eingezwängt hinter den Wabenattrappen; in Augenhöhe habe ich jeweils einen Schlitz angebracht, durch den sie nach draußen blicken können. In einem der anderen Kästen liegt ein kleiner Teil ihrer Habseligkeiten, alles andere mussten sie in der Grotte zurücklassen. Ich durchquere mit dem Fuhrwerk das schlafende Städtchen, folge ein Stück dem Flusslauf, fahre dann durch ein Seitental in Richtung Westen; dabei komme ich durch kleine Dörfer, an einsam liegenden Höfen vorbei. Bei Sonnenaufgang werde ich, wenn alles gut gegangen ist, die Grenze erreichen. Wenn ich eine Steigung nehmen muss, klettere ich vom Bock und führe das Pferd. Mitunter überholen uns Militärautos und Laster mit Arbeitsgefangenen, die zum Westwall gebracht werden, um dort Schanzarbeiten durchzuführen. Zweimal werde ich angehalten und muss meinen Passierschein vorzeigen. Als ich endlich in Grenznähe bei den Ruinen der Kalkbrenneröfen ankomme, hole ich die beiden aus ihrem Versteck. Ich zeige ihnen, in welche Richtung sie laufen müssen, durch den dichten Fichtenwald bis zu dem Bachlauf im Tal, dem sie circa einhundert Meter gegen die Strömung bis zu einem Wehr folgen sollen. Ich sitze auf dem Pferdefuhrwerk und sehe zu, wie sie den Wiesenhang hinunterlaufen, stolpern, hinfallen, sich wieder aufrichten und weiterrennen und schließlich hinter dichtem Buschwerk verschwinden, dann wieder zu sehen sind und in den Wald eintauchen, der ihnen Sichtschutz bis zum Bachlauf bietet. Dort werden sie erwartet, wenn nicht, so die Anweisung, sollen sie sich versteckt halten und abwarten, bis jemand pfeift. Was dann weiter mit ihnen geschieht, kann ich nur vermuten; sie werden vielleicht von Schleusern nach Brüssel gebracht.

Ich warte noch eine Weile, setze dann meine Fahrt über holprige Feldwege zu meinen Trachtfeldern fort. Es ist eine einsame Gegend mit sanften Hügeln und grünen Triften, meine Bienen fühlen sich hier wohl. Die blauen, roten und gelben Kästen stehen geschützt am Feldrain, nicht weit entfernt von blühenden Weißdornhecken. Schon von Weitem höre ich meine Bienen summen. Ich spanne das Pferd aus, reibe es mit Heu trocken und lasse es zwischen Wacholderbüschen am Hang grasen. Dann mache ich mich an meine Arbeit. Die Völker hier oben konnten einen Vorrat an Honig während der Obst- und Rapsblüte sammeln, die Stöcke sind jetzt voll mit jungen, umherwuselnden Bienen. Die Sammlerinnen kommen voll bepackt mit Blütenstaub von ihren Ausflügen zurück und werden dabei von den Wächterbienen begrüßt. Die Honigproduktion ist in allen Völkern gut bis sehr gut, und die Larven sind gesund. Ich kann bei keinem der Völker Schwarmvorbereitungen erkennen – es gibt Jahre, in denen sie keinen Schwarmtrieb haben. Sie scheinen zufrieden mit ihren alten Königinnen und dem Leben in ihren Völkern zu sein und keine neuen Staaten gründen zu wollen. Ich arbeite den ganzen Tag an den Stöcken und übernachte in einem Gasthaus, das abends voller Soldaten ist. Sie reden an der Theke von Flüchtlingen, die sie gefangen und gleich erschossen haben. Ich treffe Anna und besuche danach noch Louis in Malmedy und bleibe dort einige Tage, bevor ich nach Hause fahre.

Dienstag, 16. Mai 1944

Ich erzähle Charlotte, ich sei bei meinen Bienenvölkern an der Grenze gewesen und hätte danach Verwandte in Malmedy besucht. Sie ist, als ich in die Bücherei kam, vom Schreibtisch aufgestanden, schnell um die Theke herumgekommen, um mich zu umarmen. Sie drückt sich an mich, ich bin überrascht. Sie sagt, sie habe sich Sorgen gemacht, sei sogar bei meinem Haus gewesen. »Ich habe jetzt viel Arbeit mit meinen Bienen.» «Ohne Sie ist es hier langweilig», antwortet sie lächelnd. Mir gefällt ihre schelmische Art, ihre Augen, mit denen sie mich nicht geradeaus anblicken kann, weil sie ein wenig schielt. Ob ich wirklich so unterhaltsam bin, wenn ich an meinem Platz sitze und lese, frage ich. Sie lacht und verschwindet hinter einem Stapel Bücher. Als sie zurückkommt, gibt sie mir ein altes Messbuch, in dem Pergamente von Ambrosius stecken, und meint, sie habe die Blätter beim Katalogisieren zufällig gefunden, ebenso Schriften verbotener Autoren. «Viele Bücher aus der Klosterbibliothek sind auch verboten gewesen: ‹Mare Liberum› von Hugo Grotius, Galileo Galileis Schriften, die Texte von Abaelard und den Mystikern. Auch Bücher in der Bibliothek des Cusanus hatten auf dem Index Librorum Prohibitorum gestanden.» «Ja, Sie wissen eine Menge, Sie sind kein Bauer», sagt sie jetzt ernst und setzt hinzu, «obwohl ich glaube, dass Sie gerne einer wären.»

Während Charlotte weiter die Bücher aus dem Bestand des Klosters in die Regale zurückstellt, setze ich mich an meinen Schreibtisch, denke über ihre Worte nach. Vielleicht hat sie gar nicht so unrecht; ein paar kleine Äcker, ein hübscher Garten hinter dem Haus, oben am Bergabhang ein Fleckchen Wald, wo ein kleiner Bach entspringt, der an meinem Haus vorbeifließt. Vielleicht wäre ich wirklich lieber wie der freiwillige Bettler im Zarathustra ein Pflanzer und Wurzelmann. Ich liebte wie er den Honig, malmte auch lieber Körner, verschmähte das Fleisch. In der ewigen Wiederkehr der Jahreszeiten, in der Wiederholung des Immergleichen als Grundbedingung des Lebens könnte ich mein Schicksal akzeptieren.

Als Charlotte einige Bücher zu Boden fallen, helfe ich ihr beim Aufsammeln. Sie wolle endlich Ordnung in den ganzen Bestand bringen, lege jetzt Karteikarten auch von den Büchern der Klosterbibliothek an. Fräulein Elisabeth habe sich leider nie darum gekümmert; ob ich ihr dabei helfe, wenn sie Fragen zu den Bücherbeständen des Mittelalters habe? Bevor ich sie berühren kann, steht sie auf und geht. Ich glaube, sie weiß, dass die Bücher der verbotenen Autoren von mir stammen, aber ich brauche mir wohl keine Sorgen zu machen, von ihr verraten zu werden.

Freitag, 19. Mai 1944

Gestern an Christi Himmelfahrt schwärmten die ersten Völker; zuerst die am Bienenhaus, bald danach jene im Bergschadensgebiet und am See, Abertausende kleine Wesen, unter denen irgendwo die alte Weisel war. Warum sie die Regentschaft über ihren wohlgeordneten Staat einer jungen Königin kampflos überlässt, weiß ich nicht. Ist es Abenteuerlust, möchte sie endlich erfahren, was außerhalb der dunklen Welt des Stockes existiert? Vielleicht ist es einfach nur die Schönheit der Welt, vielleicht haben Bienen einen Sinn für sie, sind sogar deren Ursprung. Die Königin fliegt niemals weit vom Bienenstand weg, da sie noch Tausende Eier bei sich hat; ihr fehlen wahrscheinlich die Kräfte für längere Flüge. Wie immer ließ sie sich am gleichen Baum nieder. Es war kein Problem, alle Schwärme mit Franzens Hilfe einzufangen.

Ich trage bei meiner Arbeit an den Stöcken einen weißen Kittel, einen Hut mit Netz, rauche eine Zigarre und blase, wenn ich den Bienenkasten öffne, den Rauch über die Zargen, auf denen Hunderte Bienen geschäftig herumkrabbeln. Sie nehmen jetzt an, in ihrem Stock sei ein Feuer ausgebrochen, und haben nur noch im Sinn, den Staat zu retten. So versorgen sie sich erst einmal mit Honig und verlieren ihre Aggressivität mir gegenüber.

Obwohl ich wenig Zeit habe, gehe ich trotzdem jede Woche mindestens einmal zur Bibliothek, um nach einer Nachricht zu schauen. Charlotte ist nicht da. Fräulein Elisabeth sagte mir, sie sei zu ihrer Schwester nach Berlin gefahren.

Sonntag, 21. Mai 1944

Der Regen kommt wieder von Belgien her; überm Meer dort bilden sich große Regenwolken, die aufsteigen und langsam landeinwärts treiben und bei Westwind beständig zu uns herüberziehen. Sie brauchen für ihre Reise einen ganzen Tag und eine Nacht. In den frühen Morgenstunden fangen sie an, den Regen wie Ballast abzuwerfen, um über die Berge der Eifel weiter Richtung Osten wandern zu können. Es regnet jetzt schon seit Tagen; die Bienen mussten eine Sammelpause einlegen und konnten die vorhandene Blütenfülle nicht nutzen. Für Ende Mai sind die Völker daher noch immer recht schwach und hinken der Vegetation hinterher. Als die Sonne endlich am späten Nachmittag aus der Wolkendecke hervorkommt, fliegen die Bienen sofort aus und beginnen emsig zu sammeln.

Am Abend in der Gaststätte; man erzählt sich, Feldgendarmen hätten in der Nähe des Sees einen Mann aufgespürt und ihn bis hinüber zum Bergschadensgebiet verfolgt. Sie vermuten, es sei ein entflohener Russe gewesen oder aber der gesuchte Flieger aus der Mitchell. Morgen soll ein neuer Suchtrupp zusammengestellt werden. Ich befürchte, sie werden sich diesmal weit ins Bergschadensgebiet hineinwagen und eventuell den Eingang zu meiner Grotte finden.

Später, nachdem alle Gäste bis auf Kleenbeen gegangen sind, erzähle ich Sanny vielleicht etwas zu begeistert von Charlotte. Sie meint wieder, ich solle meine Frauengeschichten endlich lassen, eine Liebschaft mit der Frau des Kreisleiters sei viel zu gefährlich für mich. Ach Sanny, *Amare et sapere vix deo conceditur.** «Du mit deinen lateinischen Sprüchen», sagt sie lachend. Dann sitzen wir noch zusammen, erinnern uns an die Zeit vor dem Krieg. Wir sind wieder die unbeschwerten Kinder und lachen wie lange nicht mehr. Ich bitte Sanny, Klavier für mich zu spielen; sie spielt so schön, vor dem Krieg hatte sie das Konservatorium besuchen sollen. Das Klavier steht auf der Bühne des Tanzsaals; ich sitze unten auf dem Parkett, über mir hängen noch die glänzenden Girlanden vom Karneval. Ich wollte, sie könnte ewig weiterspielen.

* *Lieben und zugleich vernünftig bleiben, ist kaum einem Gott erlaubt.*

Montag, 22. Mai 1944

Heute konnte ich mich endlich wieder in der Bibliothek mit Ambrosius beschäftigen; die Arbeit an den Bienen lässt mir sonst kaum noch Zeit. Wie ich gelesen habe, gibt es einen Heiligen namens Ambrosius, der im 4. Jahrhundert nach Christus Bischof von Mailand war. Er ist neben dem heiligen Augustinus, dem heiligen Gregor und dem heiligen Hieronymus einer der vier bedeutenden lateinischen Kirchenlehrer der Spätantike gewesen. Vielleicht hat unser Vorfahre seinen Namen mit seinem Eintritt in den Orden nach diesem Bischof von Mailand gewählt. Auf den Abbildungen, die ich fand, ist dieser Ambrosius von Mailand mit einem Bienenkorb und einem Kind in der Wiege dargestellt – Bienen legten der Legende nach Honig in den Mund Jesu, was als Symbol der Beredsamkeit gilt. Mit dem Eintritt ins Kloster hatte unser Bauernjunge seinen weltlichen Namen jedenfalls abgelegt. Aus den Quellen entnehme ich, dass der Sekretär Johann von Erkelenz am Totenbett des Cusanus das Gelübde ablegte, das Herz seines Bischofs nach Cues zu bringen, um es dort am Fuße des Altars der Kapelle zu beerdigen. Oft hatten hochgestellte Persönlichkeiten aus Adel und Klerus nach ihrem Tod die Trennung des Herzens vom Leib verfügt. Es ist also damals nicht ungewöhnlich gewesen, das Herz eines Verstorbenen an einem Ort zu bestatten, der ihm besonders wichtig war. Für den Transport musste die Leiche mumifiziert werden, um die Verwesung zu verhindern. Seit der Antike war das Wissen über diese Kunst verloren gegangen. Fleisch und Knochen des Leichnams wurden daher zerlegt und abgekocht, die Knochen wurden gemahlen, so konnte man wenigstens die Gebeine an ihren Bestimmungsort überführen. Cusanus wollte offensichtlich, dass sein Herz erhalten bleibt. Es gibt einen Zusammenhang zwischen meinen Bienen und dem Herzen des Cusanus. Vielleicht gelangten sie im Gefolge des Sekretärs Johann von Erkelenz über die Alpen nach Cues und dann später in das kleine Kloster hier in der Nähe, wo Ambrosius, wie man sicher weiß, ihr Bienenvater war. Es muss einen Grund gegeben haben, dessentwegen der junge Ambrosius im Gefolge des Johann von Erkelenz die Alpen überquerte, einen ganz wichtigen Grund, sein Heimatdorf in den italienischen Alpen verlassen zu haben. Es wäre interessant zu erfahren, wie das Herz aus dem See geborgen wurde, ob überhaupt noch irgendwer, außer dem Sekretär, den plötzlichen Kälteeinbruch im Gebirge überlebt hat. Vielleicht ist das gesamte Fuhrwerk auch mitsamt der wertvollen Fracht in den Tiefen des Kratersees für immer versunken, und alles ist nur eine Legende, die um den bedeutenden Kirchenfürsten und Heiligen gesponnen worden ist. Vielleicht ist das Herz in der Kapelle zu Cues nicht das Herz des Cusanus, sondern das eines der am Pass erfrorenen Begleiter. In den mir zugänglichen Beständen aus der Klosterbibliothek finde ich keine weiteren Dokumente mehr. Ich erinnere mich, dass Fräulein Elisabeth einmal erwähnt hat, im Keller ständen noch Bücherkisten aus dem Kloster. Vielleicht lagern in ihnen weitere Fragmente des Ambrosius.

Sonntag, 28. Mai 1944

Pfingsten

Die Bienen besuchen heute Morgen die Blüten der Wiesenraute, deren dünne Stengel hin und her schwingen und von denen glänzende Tauperlen zu Boden fallen. Ich sehe zum Fels hinüber; durch die morschen Zweige der sterbenden Zirbelkiefer strahlt die Sonne, deren Wärme den Holzstaub in die Höhe wirbeln lässt. Bienen kehren wieder zum Stock zurück.

Gegen Mittag verlässt die Königin den blauen Stock (No. 21); sie fliegt höher und höher, nur die stärksten Drohnen aus den umliegenden Völkern können ihr folgen. Nach der Befruchtung befreit sie sich von ihren Gatten, entreißt ihnen dabei Geschlecht und Gedärme; in der milden Frühlingsluft schweben die leeren Hüllen zu Boden. Wenn die Königin zum Stock zurückkehrt, hängen noch die Eingeweide der letzten Freier an ihrem Hinterleib.

Meine Erinnerungen gleichen denen der Winterbienen in ihrem dunklen Stock; ich weiß nicht, ob etwas erst gestern gewesen ist oder schon lange Jahre zurückliegt. Sie erscheinen mir wie ein winziger Punkt in einem unendlichen Raum.

Dienstag, 30. Mai 1944

Heute war Franz da. Ich öffnete für ihn eine Brutzarge und holte den Rahmen heraus, auf dem sich die Königin befand. Sie ist bedeutend größer als ihre Untertanen; sie hat lange, fadenförmige Fühler und einen herzförmigen Kopf mit facettierten, schmalen Augen. Ihr wuchtiger Hinterleib endet in einem spitzen Legestachel. Sie ist jetzt damit beschäftigt, sandkorngroße Eier in die Waben zu legen; ihr Hofstaat führt sie dabei von Zelle zu Zelle, und man hat den Eindruck, sie werde von ihm bewacht und sei in gewisser Weise seine Gefangene.

In einigen Völkern musste ich die alte, unfruchtbare Königin (gelber Stock No. 12 und grüner Stock No. 57) töten, denn es schadet den Guten, wer die Schlechten schont. Grundsätzlich halte ich nichts davon, die Königinnen zu töten, und gewöhnlich macht dies das Volk auch selbst, nämlich dann, wenn die alte nicht mehr genügend Eier legt und neue Königinnen bereits in der Brut sind. Aber hier haben die Völker, aus welchen Gründen auch immer, keine Nachfolgerinnen hervorgebracht, und ich ersetzte die Weisel durch eine aus meiner Zucht.

Charlotte ist immer noch weg, ich mache mir Sorgen um sie. Berlin wird dauernd bombardiert. Wir hier leben noch in relativer Sicherheit.

In der Bibliothek keine Nachricht; in den letzten Jahren hatte ich um diese Zeit schon die doppelte Anzahl von Flüchtlingen zur Grenze gebracht. Aber es wird ja auch von Tag zu Tag gefährlicher. Vielleicht hat sich die Organisation sogar inzwischen aufgelöst; aber dann hätten sie mich doch benachrichtigt.

Donnerstag, 1. Juni 1944

Irgendetwas stimmt nicht mit dem Volk (No. 33) am See. Die Bienen hängen nur noch gelangweilt und lustlos am Eingang der roten Beute herum, machen keine Sammelflüge mehr, obwohl das Wetter wunderschön ist. Ich ziehe meinen Schutzanzug und den Hut mit dem Netz an und paffe eine Zigarre; immer wenn ich das mache, habe ich das Gefühl, in die Haut meines Vaters zu schlüpfen. Ich sehe ihn vor mir und gleichzeitig mich selbst; es ist ein seltsames Gefühl, beglückend und befremdend zugleich, der Sohn seines Vaters zu sein. Die Bienen greifen mich an, werfen sich gegen meine Arme und Beine. Als ich die Zargen abhebe, die Rahmen heraushole, nach der Königin suche, stehe ich inmitten von dunklen Wolken kriegerischer Bienen. Schließlich finde ich die Königin, die krank zu sein scheint und keine Eier mehr legen kann. Deswegen also ist das Volk in Aufregung; ohne eine gesunde Königin ist seine Existenz bedroht, würde es unweigerlich zugrunde gehen. Sie müssen jetzt so schnell wie möglich eine neue bekommen. Noch am Nachmittag bringe ich ihnen eine stattliche Nachfolgerin aus meiner Zucht und vernichte die kranke Brut in den Weiselzellen.

Ich habe endlich eine Nachricht bekommen. Nächsten Dienstag am Abend muss ich Flüchtlinge am Malakow-Turm abholen.

Gegen Abend kommen Vickers Sturzkampf-Aufklärer; sie haben einen enormen Feuerbereich durch auf Schwenklafetten montierte Maschinengewehre. Die Flak am Bahndamm feuert vergeblich. Die Vickers kreisen abwartend überm Urftland; wie gierige Raubvögel stürzen sie plötzlich zur Erde, jagen tief über die Felder, steigen dann wieder in die Höhe und verschwinden, als hätten sie plötzlich die Lust an ihrer Jagd verloren, als sei das Ganze nur ein Spiel für sie gewesen.

Vickers Wellington:
Besatzung: sechs Mann, Antrieb: zwei Bristol-Hercules-Sternmotoren, je 1521 PS, Bewaffnung: zwei Browning MGs im Bug, vier MGs im Heckdrehturm, zwei MGs in seitlichen Rumpfständen, Bombenlast: 2041 kg

Sonntag, 4. Juni 1944

Seit dem Durchzug einer Warmfront lösen sich die Schichtwolken allmählich auf. Die Temperatur ist auf über fünfzehn Grad gestiegen; ein lauer Wind weht aus westlicher Richtung. Das schöne Wetter wird bestimmt länger anhalten; meine Bienen werden sich freuen, aber leider auch die feindlichen Flugzeuge, die Sicht beträgt bis zu zehn Kilometer.

Die Bienen arbeiten auch an unseren Ruhetagen, sammeln von der Früh bis zum Sonnenuntergang. Das Volk auf Molitors Wiesen hat sich erholt, nachdem ich eine neue Königin eingesetzt habe. Seine Wiesen liegen oberhalb des Stausees, es sind ergiebige Bienenweiden mit Flockenblumen, Skabiosen und wildem Thymian. Ich sitze gerne hier an der Kuhtränke und blicke zum See hinunter, wo sich beim Bootshaus die hohen Erlen im Wasser spiegeln. Ich erinnere mich, wie mein Vater mir einst aufgetragen hatte, drei mit Milben völlig verseuchte Bienenkästen nach Hause zu bringen, während er zur Villa gehen wollte, um dort noch etwas zu erledigen. Weil ich mich über ihn ärgerte und auch keine Lust hatte, die Beuten zu schleppen, versenkte ich sie dort unten im See. Auch damals war Sonntag, das Wetter war ebenso schön wie heute. Bei diesen nun endlich günstigen Bedingungen achte ich durch Hinzufügen von Leerwaben und Mittelwänden darauf, dass meine Königinnen ausreichend Platz für die Eiablage haben. Die meisten meiner Völker sitzen mittlerweile auf zwei Zargen. Bei starken Gemeinschaften kann ich sogar eine dritte Zarge aufsetzen. Nach der Rapsblüte kann ich mit der Ernte beginnen.

Donnerstag, 8. Juni 1944

Fronleichnam

Am Abend gehe ich zur Gaststätte; es ist wenig Betrieb, und Maria kommt bald zu mir aufs Zimmer. Wir schlafen miteinander und sitzen später in der Dämmerung auf dem kleinen Balkon über dem Fluss; wir schauen zum Rauschen hinüber und zu den Sandsteinfelsen hinter den Bahngleisen, lauschen den leisen Klängen, die von den Baracken zu uns herüberwehen. Maria weint, und ich weiß nicht, warum; vielleicht wegen uns, vielleicht wegen der traurigen Lieder der Russen. Morgen werden sie sich wieder bei den Schanz- und Armierungsarbeiten am Westwall oder im Steinbruch des Zementwerks schinden müssen. Später sagt sie mir, ihr Mann sei schwer verwundet worden. Wie man ihr mitteilte, habe er wochenlang im Lazarett gelegen, habe nun Urlaub bekommen und sei wohl auf dem Heimweg von der Ostfront. Sie meinte, wir dürften uns jetzt nicht mehr sehen, denn ihr Mann könne jeden Tag zu Hause eintreffen. Vielleicht ist das ganz gut so, vielleicht sollten wir uns tatsächlich nicht mehr sehen, niemals mehr.

Montag, 19. Juni 1944

Die Völker haben in den vergangenen Wochen bei schönem Wetter reichlich Nektar und Blütenstaub eingetragen; in fast allen Stöcken finden sich gut gefüllte goldgelbe Waben – Honig vom Nektar aus Obstblüten und Wiesenblumen. Eine neue Bienengeneration kommt zum ersten Mal aus dem Stock; nach einigen Flugversuchen fliegen sie zunächst kleine, dann immer größer werdende Kreise, behalten dabei aber immer das Flugloch im Blick. Bald beginnen sie, übermütig und wie wild herumzusausen und machen sich plötzlich, wie auf ein geheimes Kommando, auf Wanderschaft. Vielleicht haben sie mit den Rezeptoren an ihren Fühlern längst den Duft der Blüten wahrgenommen.

Habe heute vorsorglich Proviant in die Höhle gebracht, damit morgen genügend Essen da ist, wenn meine Leute kommen; sie haben immer großen Hunger.

Als ich nachts von der Gaststätte nach Hause ging, begannen die Sirenen zu heulen. Die Flakscheinwerfer am Bahndamm ruckten nach oben, senkten sich wieder und blieben stehen. In der Lichtbahn tauchten plötzlich Kampfflieger auf, die sofort ihre Bomben ausklinkten. Fast im selben Augenblick dumpfe Aufschläge, das Kreischen der Explosionen, die die Erde erzittern ließen, überall der dichte nach Kalk, Mörtel und Dreck schmeckende Staub.

Seit ihrer Landung in der Normandie kämpfen sich die Alliierten immer näher an die Westgrenze heran.

«Lasst die erst mal hier sein! Unsere Soldaten werden mit ihrem erbitterten Widerstand keinen von denen in unser Land lassen», verkündete Charlottes Mann.

Dienstag, 20. Juni 1944

Franz ist nach der Schule vorbeigekommen. Der Junge ist mir schon eine richtige Hilfe, die Imkerei scheint ihm Freude zu machen. Wir beginnen mit der Ernte der Frühtracht und fegen die Bienen vorsichtig von den Honigrahmen ab, die wir anschließend im Schuppen entdeckeln. Dann werden die Rahmen in die Zentrifuge gestellt und geschleudert, wobei sich der Honig aus den Waben löst und in den Bottich tropft; danach rührt Franz ihn so lange, bis er goldgelb und schön sämig ist. Wir müssen aufpassen, dass keine Bienen zu uns kommen; sie würden ihre Artgenossen rufen, und wir hätten bald den ganzen Schuppen voller Bienen, die nichts anderes im Sinn haben, als ihren Honig wieder zurück in den Stock zu bringen.

Die Jungen, die ich heute Abend am Malakow-Turm in Empfang genommen habe, sind ungefähr in Franzens Alter. Es sind Brüder, neun und zwölf Jahre alt. In der einbrechenden Dunkelheit durch das Bergschadensgebiet zu laufen, ist noch um einiges gefährlicher als am Tage. Für die zwei war das Ganze ein Abenteuer, und von der Floßfahrt über den See waren sie begeistert. Mal sehen, wie ihre Stimmung in einigen Wochen sein wird.

Sommer 1944

Donnerstag, 22. Juni 1944

Seit einigen Tagen sind Fahrer einer Nachschubeinheit bei mir einquartiert; sie belegen alle Zimmer. Ihre Lastwagen parken vor der Scheune und in der Einfahrt. Meist sind die Soldaten nachts unterwegs und schlafen den Tag über – was gar nicht so schlecht ist. Ich halte mich mehr und mehr im Schuppen auf.

Je wärmer es wird, desto lauter wird das Summen der Bienen, als fügten sie der Natur immer mehr tönende Farben hinzu. Ich höre sie, während ich unten im Garten die Buschbohnen setze. Die Bienen müssen jetzt die Temperatur im Stock senken; sie stellen sich in Reihen ordentlich vor dem Flugloch auf, wie früher meine Schüler auf dem Pausenhof, und bewegen unablässig ihre Flügel, als würden sie fliegen wollen. So entsteht ein frischer Luftstrom, der vom Einflugloch aus durch den Bienenstock weht und wieder hinausgefächelt wird; einige der Bienen halten Wassertröpfchen zwischen ihren Beinen, mit denen sie die Luft noch weiter abkühlen.

Franz kommt jetzt jeden Tag vorbei, sobald die Schule vorüber ist; manchmal macht er auch seine Hausaufgaben bei mir. Während ich bei den Bienen arbeite, schaut er mir zu und stellt kluge Fragen. Vielleicht rede ich dann zu viel, auch über die Dinge, die er noch gar nicht verstehen kann. Ich bin versucht, mich bei ihm nach seiner Mutter zu erkundigen. Seit ihr Mann zu Hause ist, kellnert sie nicht mehr bei Sanny; ich sehe sie kaum noch, und wenn, reden wir nicht miteinander. Jetzt, wo sie unerreichbar für mich ist, vermisse ich sie.

Endlich eine Nachricht; ich werde die Jungen am 1. Juli, einem Samstag, zur Grenze bringen. Bis dahin will ich trotz der nun erschwerten Bedingungen alles vorbereitet haben. Die Jungen machen keine Schwierigkeiten, ich kann sie durchaus ein oder zwei Tage allein lassen.

Franz hat mich aus der Höhle hinter dem Schuppen kriechen sehen; er hat natürlich sofort gefragt, was ich dort mache.

Mittwoch, 28. Juni 1944

Ich habe die letzten Tage keine Notizen mehr gemacht, die Zeit ist nur so verflogen. Und dann war ich oft so müde, dass mir kein Gedanke einfiel, der es wert gewesen wäre, aufgeschrieben zu werden. Vielleicht denken wir gar nichts Neues, sondern unsere Gedanken sind nur das Echo von bereits Gedachtem.

Die Jungen schlagen sich tapfer unten in der Dunkelheit, aber ich muss doch öfter als angenommen zu ihnen hinunter, muss mit ihnen reden, sie bei Laune halten, habe ihnen «Die Reise zum Mittelpunkt der Erde» mitgebracht; sie sind begeistert und wollen die Grotte und den See erkunden. Ich habe ihnen erlaubt, die Karbidlampe brennen zu lassen, erwähnte, wie ich in ihrem Alter mit Alfons den Eingang der Höhle entdeckt hatte, die Verbindung zwischen unserem Garten und dem Elefantenkopf im Bergschadensgebiet, habe ihnen weiter vom Labyrinth der Gänge und Stollen unterm Urftland erzählt. Sie haben eine Menge Geld in ihren Rucksäcken, scheinen aus reichem Hause zu sein.

Auf dem Stiftsbergtunnel, wo die schwere Vierlingsflak mit dem Würzburgradar stationiert ist, stehen nun Soldaten mit Maschinenpistolen.

Gestern Abend wieder ein Angriff, bei dem das Postamt und ein im Bahnhof stehender Güterzug getroffen wurden; die riesigen Eisenräder der Lok flogen wie Diskusscheiben über Hunderte von Metern weit durch die Luft, krachten durch die Dächer und landeten in den Zimmern, manche sogar im Keller der Häuser. Als ich heute in die Stadt ging, reparierten die russischen Zwangsarbeiter die Gleise.

Charlotte ist noch nicht zurück. Habe ihren Mann wieder in der Gaststätte gesehen, frage mich, was sie an ihm findet.

Dienstag, 4. Juli 1944

Vor drei Tagen die Jungen zur Grenze gebracht. Wegen der Einquartierungen im Haus wählte ich diesmal nicht den üblichen Weg durch den Garten zur Scheune. Ich erwartete die zwei um zehn Uhr abends, bei Einbruch der Dämmerung, an einer verabredeten Stelle am Rande des Bergschadensgebietes. Den Weg dorthin hatte ich ihnen vorher gezeigt, ihnen eingeschärft, keinesfalls von ihm abzuweichen.

Während ich auf dem Fuhrwerk wartete, begann der Mond auf die von Birken bewachsenen Sandhalden zu leuchten. Ich machte mir Vorwürfe; vielleicht waren die Kinder doch vom Weg abgekommen und in einen Schacht gestürzt. Wie war ich erleichtert, als sie dann endlich nach fast einer Stunde erschienen. Inzwischen war es fast vollständig dunkel geworden. Im Nu waren sie in den Bienenkästen versteckt, wir konnten losfahren.

Als ich das Bergschadensgebiet verließ, lief eine Gestalt über den Weg und verschwand im dichten Gebüsch, der Hund jagte ihr bellend hinterher. Ihn zurückzurufen, hatte keinen Sinn; zum einen hätte er nicht gehorcht, und dann hätte ich damit nur Aufsehen erregt. Ich fuhr weiter, dachte an den amerikanischen Flieger; er soll sich immer noch in dieser Gegend herumtreiben, die tollsten Gerüchte kursieren über ihn. Zwei Männer haben ihn ganz genau beschrieben, eine Frau hat behauptet, ein Schwarzer habe sie vergewaltigen wollen, Bauern berichteten, ihre Speisekammern seien ausgeplündert worden. Jetzt verfolgt ihn mein Hund, um den ich mir aber keine Sorgen machen muss. Er kennt sich hier bestens aus, ist es gewohnt, auch einige Tage allein zurechtzukommen.

Ich umfuhr das Städtchen weiträumig, und als wir auf dem sicheren Feldweg waren, schoben sich dichte Wolken vor den Mond, es war plötzlich stockdunkel und still geworden. Ich hörte Flugzeuge, sah ihre Positionslichter zwischen den Sternen blinken, wenn die Wolken die Sicht auf den Himmel für kurze Zeit freigaben. Ich hielt an und half den Jungen aus den Kästen; der Ältere erklärte dem Kleinen, wo Amerika liegt, und dass ihre Eltern sie dort erwarteten. Ich wunderte mich, wieso sie bereits in Sicherheit waren, während ihre Söhne sich noch hier befanden. Ich musste sie mehrmals ermahnen, leise zu sprechen. Aber wahrscheinlich wollte der Ältere seinen Bruder nur beruhigen. Irgendwann waren sie unter der Plane eingeschlafen.

Es fing an zu tröpfeln, und nach wenigen Minuten fiel ein warmer Sommerregen aus der Nacht. Bald hatte er sich in einen heftigen Wolkenbruch verwandelt; Blitze zuckten jetzt, einer nach dem anderen, vom Himmel, schlugen auf den Berggipfeln ein und ihr Licht machte die Felder taghell. Hier wird mein Horaz lebendig, dachte ich, sprang vom Wagen und konnte das scheuende Pferd gerade noch halten, denn das Wasser hatte den abschüssigen Feldweg in eine gefährliche Rutschbahn verwandelt. Ich zog meinen Rheinländer nach rechts, weil in dieser Richtung eine Feldscheune lag, in der wir das Unwetter abwarten konnten.

Als ich am Morgen aufwachte, sah ich über mir einen Soldaten im Mantel am Dachbalken hängen. Ich spannte schnell an und verließ mit den schlafenden Kindern den Schober. Es nieselte nur noch ein wenig, aus dem Tal stiegen Nebelschwaden und bildeten bald einen großen weißen See. Die Jungen wurden wach und schauten neugierig unter der Plane hervor; wir waren noch weit von der Grenze entfernt. Ich fürchtete, wir würden zu spät zum Treffpunkt kommen und niemand würde mehr da sein, um die zwei zu übernehmen.

Als wir endlich zu den Kalköfen an der Grenze kamen, schien wieder die Sonne. Ich sagte den Jungen, ich würde bis zum nächsten Morgen an meinen Bienenständen bleiben und hierher zurückkehren, um sie abzuholen, falls keiner sie übernommen habe.

Die Nacht war sternenklar. Ich schlief irgendwann ein, und als ich wach wurde, lag der Hund neben mir, mit der Schnauze auf meinem Knie. Die Jungen waren nicht wiedergekommen.

Sonntag, 9. Juli 1944

Seit meiner Rückkehr von der Grenze keine weiteren Eintragungen mehr. Ich hatte vor einigen Tagen einen leichten Anfall, von dem ich mich aber bald erholte. Es war viel im Haus zu tun, und es fiel mir schwer, mich zum Schreiben aufzuraffen. Selbst in der Bücherei bin ich nur einmal gewesen, um nach einer Nachricht zu sehen, auch in der Hoffnung, Charlotte dort zu treffen. Ich mache mir große Sorgen, ihr könnte etwas zugestoßen sein.

Ich beobachte heute am frühen Morgen am Horizont die Feuerschweife von Raketen, die Richtung Belgien fliegen. Es sind große Aggregat-Raketen, mit Flüssigbrennstoff angetriebene Geschosse, die mit tausend Kilogramm schweren Sprengköpfen bestückt sind. Sie haben eine Geschwindigkeit von über fünftausend Stundenkilometern, Jupps Wunderwaffe, mit der er noch den Krieg zu gewinnen hofft. Ihre Flugzeit nach London beträgt nur wenige Minuten, und sie sind wegen ihrer Geschwindigkeit auf Radarbildschirmen nicht zu orten. Sie sollen über Funk gesteuert sein und eine elektronische Rechenmaschine besitzen, mit der sie selbstständig ins Ziel finden. Mein Bruder glaubt, man wird eines Tages mit solchen Raketen zum Mond fliegen können. Ihre Ziele sind aber nicht ferne Planeten, die sie erforschen sollen, sondern die großen Städte in Belgien, Frankreich und England, wo sie mit einem einzigen Treffer Tausende von Menschen töten.

Der zunächst schnelle Vormarsch der Alliierten hat sich wohl wegen der langen Nachschubwege verlangsamt; ihr Vorrücken jedenfalls ist ins Stocken geraten.

Montag, 10. Juli 1944

Heute Abend muss ich noch schnell eine Notiz machen, denn es ist etwas Wunderbares geschehen. Aber der Reihe nach.

Den Nachmittag arbeitete ich bei den Völkern am Stausee, auf Molitors Weide. Die Bienen brachten Wassertröpfchen vom Ufer zu ihrem Volk, andere sammelten von Weidenröschen, Linden, Disteln, Kornblumen und Weißklee Nektar und Blütenstaub. Als ich mit meiner Arbeit am Bienenstock fertig war, stand Charlotte im Badeanzug hinter mir. Sie war vom anderen Ufer aus durch den See herübergeschwommen. Während wir redeten, drückte sie das Wasser aus ihren langen Haaren. Sie erzählte, sie habe noch ihre Schwester in Dresden besucht; vom Zug aus habe sie fast nur zerstörte Städte gesehen, auf der Rückreise seien sie immer wieder von Jagdfliegern angegriffen worden. Die Arme musste mehrmals in Bahnhöfen und sogar auf offenem Feld übernachten, sodass sie fast eine Woche brauchte, bis sie endlich zu Hause war. Während sie redete, wurde sie plötzlich von einigen Bienen attackiert. Sie lief vor ihnen weg, rannte zum See hinunter. Ich folgte ihr zum Ufer, sah mir die Schwellungen an, zog die Stachel aus ihrer Haut, saugte das Gift heraus und küsste dann ihre Schulter, ihren Hals und schließlich ihren Mund. Sie ließ es geschehen.

Ich glaube fast, die Bienen sind heute wieder meine Verbündeten gewesen.

Donnerstag, 13. Juli 1944

Seit gestern habe ich eine junge Mutter mit ihrem vielleicht fünf Monate alten Baby im Versteck untergebracht. Ich warte auf eine Nachricht, damit ich sie loswerde, sie endlich zur Grenze bringen kann.

Die Anflugwege sind für die alliierten Flugzeuge kürzer geworden. Täglich werden jetzt Züge angegriffen. Spitfires und Lightnings fliegen heulend auf eine Eisenbahn zu, feuern von allen Seiten, bis die Lok schließlich dampfend auf freier Strecke liegenbleibt. Danach jagen sie die flüchtenden Passagiere über die Felder, die ihnen keinerlei Schutz gewähren. Molkerei und Bahnhof werden durch Sprengbomben zerstört, die Häuser der Bahnhofstraße sacken fast lautlos in sich zusammen.

Es ist dunkel, als nach der Entwarnung die Verletzten und Toten geborgen werden.

Der Lärm der Angriffe scheint den Bienen nichts auszumachen; sie leben in einer anderen, wie es scheint, friedlichen Welt, sie interessiert der Krieg nicht. Von ihren Sammelflügen kehren sie mit weißem Blütenstaub von Disteln, Lilien, Sonnenhut und Kamille bepudert aus den umliegenden Wiesen und Gärten zurück. Sie sammeln so emsig, als wüssten sie, dass ihnen ein sehr kalter Winter bevorsteht.

Im Café Blasius ist nun das provisorische Postamt untergebracht. Der Beamte sitzt in seiner Uniform an einem kleinen Tisch neben dem Eingang. Immer öfter ist nicht einmal mehr Brot zu bekommen, und der Kaffee-Ersatz schmeckt immer bitterer.

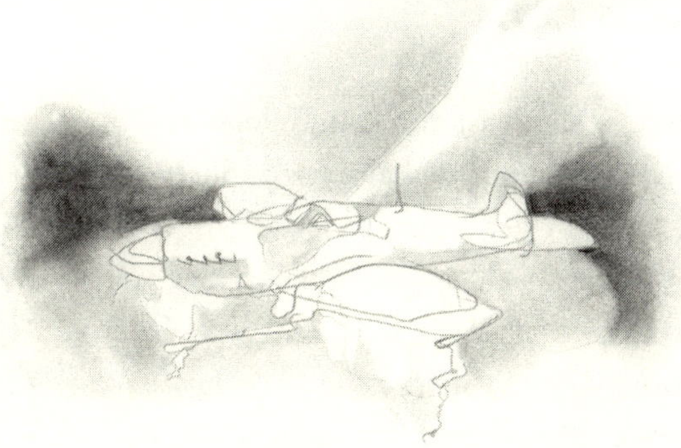

Supermarine Spitfire:

Besatzung: ein Mann, Antrieb: ein Rolls-Royce Merlin 63, 1650 PS, Bewaffnung: vier Browning MGs, zwei Bordkanonen

Samstag, 15. Juli 1944

Charlottes Mann ist für einige Tage zu einer Parteiversammlung gefahren, so hatte ich endlich einmal die Gelegenheit, sie in der Villa zu besuchen. Wir haben echten französischen Cognac getrunken, tanzten eng umschlungen. *Was für eine Nacht, ihr Götter und Göttinnen! Was für ein weiches Lager! Glühend vor Liebe hingen wir aneinander und ließen über unsere Lippen unsere sich verirrenden Seelen hin und her fließen.* – Charlotte hat einen pfenniggroßen dunklen Fleck neben der linken Brustwarze und drei ganz kleine, die aber nur zu sehen sind, wenn sie neben mir liegt und ich sie dort küsse; und dann gibt es noch welche auf der Innenseite ihres linken Oberschenkels. Ihre Haut an dieser Stelle ist so zart, dass man die blauen Äderchen erkennen kann. Wir aßen im Bett Kaviar aus kleinen silbernen Gefäßen.

Als sie eingeschlafen war, stand ich auf, ging zu ihrer Kommode und nahm einen ihrer schönen Lockenwickler.

Dienstag, 18. Juli 1944

Ich habe seit Tagen keine Notizen gemacht; all das, was ich mit Charlotte die letzte Zeit erlebt habe, braucht keine Worte. Ich habe sogar meine Arbeit an den Bienenstöcken vernachlässigt. Täglich muss ich ins Versteck, um meine Gäste zu versorgen. Esther ist sehr ängstlich; sie fürchtet sich vor mir und weicht zurück, wenn ich mich ihr zu sehr nähere. Sie spricht pfälzischen Dialekt, hat blasse Lippen, traurige Augen, ist vielleicht neunzehn Jahre alt, und ihr Baby ist ein Mädchen, fast so winzig wie die Stoffpuppe, die neben ihm auf der Decke liegt; es hat ganz wenige spinnwebdünne Haare auf dem Kopf. Ich habe noch nie ein so kleines Wesen gesehen. Die junge Katze ist in der Höhle aufgetaucht, holt sich ihr Futter und verschwindet wieder.

Vor dem Bienenhaus im Gras liegen getötete und verstümmelte Drohnen. Überall in den dunklen Gängen der Stöcke haben die Arbeiterinnen jetzt mit dem Schlachten begonnen. Auf dem Rücken liegend, versuchen die einstigen Günstlinge der Königin, die wütenden Angriffe abzuwehren, aber es nützt ihnen nichts. Die zarten Flügel werden ihnen abgerissen, die wie Diamantsplitter glitzernden Augen ausgestochen. Erbarmungslos werden sie wie fremdartige, nicht mehr zu ihrem Volk gehörende Eindringlinge angegriffen und getötet.

Als ich am Nachmittag ins Café gehe, liegt dort ein Brief von Alfons. Die Verkäuferin steht hinter der Theke und sieht neugierig zu mir hin, während ich den Brief lese. Er schreibt, er habe vorgehabt, im Sommer zu einem Kurzurlaub nach Hause zu kommen, aber nach der Landung der alliierten Truppen in der Normandie sei eine totale Urlaubssperre verhängt worden. Alfons wird mir jetzt bestimmt keine Medikamente mehr besorgen können. Ich weiß nicht, wie ich mit dem Wenigen, was ich noch habe, überleben kann, wenn der Apotheker mir nichts mehr verkauft.

Mittwoch, 19. Juli 1944

Charlotte hat mir erlaubt, im Keller der Bibliothek nach weiteren Büchern aus dem Kloster zu suchen. Das Gewölbe ist feucht und nur sehr spärlich beleuchtet, der Boden ist aus gestampftem Lehm, manche Bereiche sind ganz ohne elektrisches Licht. Ich finde eine vernagelte Holzkiste, die ich mit einem Stemmeisen öffne. Unter einer Schicht Holzwolle liegen in Stofflappen gewickelte alte Bücher. Wenn sie noch einige Jahre hier lagern, werden sie verrottet sein. Ich sehe mich schließlich im Keller um. In einem abgelegenen Teil finde ich einen Holzverschlag, hinter dem sich ein kleiner Raum mit einer Matratze, einigen Kerzenstummeln und verdorbenen Lebensmitteln befindet; offensichtlich hat sich jemand einige Zeit hier versteckt. Unter der Matratze sind Bretter, und darunter befindet sich der Einstieg zu einem der Bergwerksstollen, was nicht weiter verwunderlich ist, da die Bibliothek ursprünglich das Hauptgebäude der Bergwerksverwaltung gewesen ist. Irgendwann kommt Charlotte, ich räume gerade Bücher aus der Kiste, um sie nach oben zu bringen. Ihr Haar verfängt sich in staubigen Spinnweben. Sie hat Angst vor Spinnen und stellt sich etwas hysterisch an; ich muss nachsehen, ob irgendwo an ihr eine Spinne krabbelt. Es dauert einige Zeit, bis ich sie beruhigt habe und sie sich küssen lässt – mehr nicht, sie will schnell aus dem Keller raus.

Freitag, 21. Juli 1944

Im Radio höre ich, dass ein Attentat auf Jupp verübt worden ist; er hat unversehrt überlebt. Einige seiner Offiziere wollten ihn mit einer neben seinem Stuhl platzierten Bombe umbringen. Ich frage mich, warum bis heute kein Mensch versucht hat, Jupp von Angesicht zu Angesicht zu töten. Unglaublich, dass Generäle, die siegreiche Armeen befehligen und fast ganz Europa erobert haben, die dabei Millionen Menschen töten ließen, zu dieser Tat nicht in der Lage sind. Warum haben sie ihn nicht einfach abgeknallt? Schießen müssten sie doch können. Vielleicht ist das nur möglich, wenn man ganz außer sich ist, es also nicht nötig ist, Planung, Ausführung und Konsequenzen einer Tat zu denken. Ich höre Jupps stockende Stimme im Radio und glaube, dass es eher an dem Versagen seiner Generäle als an Gottes Vorsehung lag. Aber auch ich wäre für eine solche Tat nicht geschaffen, könnte niemals einen Menschen von Angesicht zu Angesicht umbringen.

Ich kann nicht einschlafen, habe Schüttelfrost, nehme eine Luminal, gehe wieder zum Radio und drehe so lange an den Knöpfen, bis ich London höre. Man erwähnt den Anschlag mit keinem Wort, sondern berichtet nur, wie viele Tonnen Sprengstoff über unseren Städten abgeworfen werden.

In der Nacht träume ich, meine Bienen hätten mich gewärmt, hätten mich ganz umhüllt, und ich wäre ein Teil von ihnen geworden. Sie schwärmen mit mir aus und wir schweben am blauen Himmel, Myriaden tanzender, glitzernder Goldteilchen. Später liege ich auf der Wiese, sehe zu ihnen hinauf, körperlos, nur noch Geist, weil sie alle, jede Einzelne von ihnen, ein Stückchen von mir mit in den Himmel genommen haben. Ich bin gerettet.

Samstag, 22. Juli 1944

Ich treffe Charlotte am See. Als wir mit dem Boot hinausfahren, tauchen plötzlich hinter dem Wald Feindflieger auf, Curtiss P-36, Jagdeinsitzer. Die Piloten müssen, um ihr Objekt zu treffen, entweder von oben senkrecht auf das Ziel hinabstürzen, feuern und danach die Maschine wieder hochziehen oder frontal das Ziel anfliegen und aus den starren, in den Tragflächen montierten MGs schießen. Wir springen aus dem Boot und tauchen, so tief es geht, in den See, um uns vor den Kugeln zu schützen. Sie fliegen einen weiten Bogen und kommen dicht überm Wasser wieder auf das Boot zugerast. Wir haben uns in der Zwischenzeit am Ufer unter dem Steg in Sicherheit gebracht, sehen, wie die Curtiss' dicht übers Wasser, aus allen Rohren feuernd, aufs Boot zurasen, kurz vor einem Zusammenprall die Maschinen hochziehen, einen Bogen fliegen, wieder zurückkommen, nochmals schießen, bis das Boot schließlich versinkt. Wir kauern in unserem Versteck, bis sie am Horizont verschwunden sind, dann laufen wir zum Bootshaus. Vielleicht mussten sie abdrehen, weil sie nicht mehr genügend Treibstoff für den Rückflug zum Stützpunkt hatten. Es hat zu regnen begonnen, ein warmer Sommerregen, der in Böen über den See fegt und auf das Blechdach des Bootshauses trommelt. Charlotte zittert am ganzen Körper. Wir sind völlig ineinander verhakt, können uns nicht loslassen, bis sie unvermittelt sagt: «Lass uns von hier weggehen.» Doch wo sollten wir hingehen, es gibt kein irgendwo. «Später, wenn das alles hier vorüber ist, dann sehen wir uns wieder.» «Ja, dann sehen wir uns wieder», antworte ich.

Am Abend, als ich von Charlotte komme, muss ich noch ins Versteck. Esther hat den ganzen Tag auf mich gewartet. Als ich komme, stillt sie gerade ihr Baby. Ich stelle das Essen auf die Matratze und erkläre, dass wir am Montag der kommenden Woche endlich zur Grenze fahren werden. Ich sehe zu, wie sie ihr Baby an ihre Brust hält. Sie fragt, wie es draußen ist. Es hat heute etwas geregnet, sage ich. Ob die Fahrt zur Grenze gefährlich sein wird, ob wir entdeckt werden könnten, was sie machen soll, wenn das geschehen sollte, ob ich ihr Baby dann retten werde, es sei doch so klein und man könne es leicht überall verstecken. Sie weint wieder. Ich verheimliche ihr, dass es immer gefährlicher wird wegen der Feindflieger, die nun alles angreifen, was sie sehen; selbst spielende Kinder und auf den Feldern arbeitende Bauern werden gejagt.

Donnerstag, 27. Juli 1944

Vor drei Tagen zur Grenze aufgebrochen, heute in der Nacht glücklich wieder zurück.

Wir hatten uns kurz vor fünf Uhr in der Früh auf den Weg gemacht; die Fahrt verlief zunächst problemloser, als ich angenommen hatte. Esther kauerte mit ihrem Baby zusammen im Bienenstand. Wir hatten die kleine Stoffpuppe vergessen, ein Püppchen, mit dem Esther schon als Kind gespielt hatte; sie wollte unbedingt, dass ich nochmals zurückgehe und es hole, aber ich hab's nicht gemacht, war froh, dass ich die zwei endlich auf dem Fuhrwerk im Bienenstock versteckt hatte. Wir mussten losfahren, waren schon spät dran. Ich hatte Esther Königinnen ans Kleid geheftet und ihr erklärt, was es damit auf sich hat. Sie sagte, ihre Mutter habe auch solche Lockenwickler gehabt, und dann fing sie wieder von dem Püppchen an, das ihnen immer Glück gebracht habe. Als sie von ihrer Mutter redete, weinte sie. Ich fuhr durch den Wald, um vor Feindfliegern geschützt zu sein, später auf der Landstraße kamen uns fliehende Truppenverbände entgegen. An den alten Kalköfen öffnete ich das Versteck, nahm das Kind und wiegte es unbeholfen in meinen Armen, während seine Mutter aus dem Bienenstand kletterte. Ich zeigte ihr den Weg hinunter zur Grenze und sah den beiden lange nach. Das Baby steckte hinten im Rucksack, aus dem nur sein winziger Kopf herausschaute. Ich fuhr weiter zu meinen Bienenständen und erntete Sommerhonig, immer in Gedanken an Anna, mit der ich die Nacht in einer nahe gelegenen Scheune verbringe.

Am nächsten Tag spät aufgebrochen, entdeckte ich auf

der Rückfahrt Esther an den Kalkbrenneröfen – ihre Kleidung war zerrissen, die Haare klebten im Gesicht, ihre Lippen waren blutverschmiert. «Niemand ist gekommen, niemand ist zum Treffpunkt gekommen», klagte sie immer wieder und hielt den Rucksack mit dem Baby fest umklammert. Ich machte mir Vorwürfe, denn ich hatte nicht wie sonst gewartet. Esther hatte an der verabredeten Stelle ausgeharrt und ist dann, als niemand sie abholte, auf eigene Faust nach Belgien gelaufen, wurde von der dortigen Gendarmerie aufgegriffen und den Deutschen übergeben. Als ich ihr auf das Fuhrwerk half, sah ich, dass ihr Baby tot war. Nun wagte ich das Äußerste; ich fuhr zur Grenze und brachte Esther zu Emma und Louis nach Malmedy. Wir hatten sehr viel Glück, dass uns niemand anhielt.

Am Mittwoch mache ich mich spät auf den Heimweg und komme tief in der Nacht und völlig erschöpft hier an.

Freitag, 28. Juli 1944

Heute habe ich mit dem Schleudern des ersten Sommerhonigs begonnen, er hat einen deutlich kräftigeren Geschmack als die Frühlingsernte. Feine, nach Linden- und Brombeerblüten duftende Fäden schweben in der Luft, alles im Schuppen ist bald mit einem hauchdünnen Netz überzogen. Den noch durch allerlei Rückstände verunreinigten Honig gieße ich durch Filter, dann fülle ich den Sirup in Gläser und etikettiere sie. Franz kommt am Nachmittag und hilft mir dabei.

Schon seit Kriegsbeginn muss ich einen Teil des geernteten Honigs bei der Kreisstelle abliefern und Zucker für die Einwinterung meiner Völker beantragen. In den nächsten Tagen werde ich das Honig-Deputat abgeben; den Rest werde ich auf Wochenmärkten und in Geschäften verkaufen oder gegen Lebensmittel eintauschen.

Als ich Charlotte am Abend treffe, sagt sie, ich würde nach Honig duften. Sie riecht die ganze Zeit an mir. Ich sage ihr, dass sie nach dem Stausee riecht, nach Algen, Forellen und Seerosenblättern, denn sie war am Nachmittag wieder schwimmen, und es gibt dort eine Stelle mit vielen Seerosen. Ich bin erschöpft von den Strapazen und der Aufregung der letzten Tage und schlafe später tief und traumlos neben ihr ein.

Dauernd muss ich an Esther und ihr Kind denken, ich mache mir immer wieder Vorwürfe.

Samstag, 29. Juli 1944

Jemand aus Malmedy hat einen Brief von Louis und Emma bei Sanny abgegeben. Sie steckt ihn mir heimlich zu, als ich an der Theke sitze. Auf dem Klo lese ich, Esther sei fünf Tage, nachdem ich sie zu ihnen gebracht habe, mit dem toten Baby davongelaufen. Sie habe es nicht beerdigen, nicht wahrhaben wollen, dass es tot war. Sie hatten Esther in einer kleinen Kammer oben in der Scheune versteckt. Eines Morgens, als sie ihr etwas zu Essen bringen wollten, war Esther nicht mehr da. Emma hatte herausgefunden, die junge Frau sei von Feldjägern vergewaltigt worden; das Kind ist, als die Soldaten sich auf sie stürzten, erdrückt worden. Die beiden befürchten nun, dass Esther sie verrät, würde man sie aufgreifen, und fragen besorgt, ob ich etwas über Esthers Verbleib wisse. Ich hoffe, sie ist endlich in Sicherheit, wird irgendwann vielleicht vergessen können, was man ihr angetan hat.

Auch ich habe jetzt Angst aufzufliegen, die Nacht über deswegen kein Auge zugetan; wahrscheinlich hängen meine Anfälle auch damit zusammen.

Dienstag, 1. August 1944

Heute hatte ich in der Bibliothek einen schlimmen Anfall, mein ganzer Körper war verkrampft; ich stürzte und verlor schließlich das Bewusstsein. Dass es jetzt so schlimm wird, muss wohl damit zusammenhängen, dass ich seit einiger Zeit das Luminal reduziert habe und fast nur noch Brom nehme. Ich muss versuchen, die Zeit bis zum Kriegsende mit den von mir gehorteten Tabletten irgendwie zu überstehen, muss weniger einnehmen, die gerade noch ausreichende Dosierung finden. Nach dem Anfall konnte ich mich an gar nichts mehr erinnern; bei früheren hatte ich zumindest den Anflug einer Ahnung, nun wusste ich sogar nicht einmal mehr, wer ich war – ein seltsames Gefühl, kein Individuum mehr zu sein, das sich in nichts von allen anderen unterscheidet, ein winziger Teilorganismus ohne Bewusstsein des Ichs.

Als ich auf dem Boden der Bibliothek zu mir kam, hockte Charlotte neben mir. Ich hatte mir die Wangen von innen aufgebissen und blutete aus dem Mund. Sie tupfte mit einem Taschentuch meine Stirn ab. Ich konnte sie riechen, es war, als bestünde ihr ganzer Körper nur aus Düften; ich fürchtete, sie könnte verschwinden, sah ihre dunklen Pupillen, die Leberflecken an ihrem Hals und erinnerte mich an die vielen anderen.

Charlotte erzählte mir, ich sei völlig durcheinander gewesen, habe wirres Zeug geredet, nicht mal ihr Name sei mir eingefallen. Sie half mir auf, setzte mich auf den Stuhl am Schreibtisch, brachte mir ein Glas Wasser.

In der Bibliothek hatte ich nur nachsehen wollen, ob eine Nachricht für mich hinterlegt worden war; der Band, in dem ich sie vermutet hatte, lag noch neben mir auf dem Boden. Charlotte hob ihn auf und stellte ihn zurück an seinen Platz im Regal. Vielleicht hat sie in mein Notizbuch geschaut, das ich auf meinem Tisch liegengelassen hatte.

Jetzt weiß ich noch nicht einmal, ob ich eine Nachricht bekommen habe – denn ich konnte nicht wieder zum Regal gehen, war noch zu benommen. Charlotte wird sich nun wohl denken können, an welcher Krankheit ich leide. Ich fürchte, sie wird nichts mehr mit mir zu tun haben wollen.

Donnerstag, 3. August 1944

Als ich im Café saß, betrat Charlotte den Laden und gab einen Brief beim Postbeamten ab; in ihrem Blick sah ich nur Verachtung für mich.

Im strömenden Regen fuhren Wachsoldaten auf Motorrädern und Lastwagen vorbei. Das Wasser aus den Pfützen klatschte von den Reifen gegen die Scheibe des Ladenfensters, Frauen, Männer und Kinder standen ungeschützt auf den Ladeflächen. Ich glaubte, eine junge Frau zu sehen, die zusammengekauert hinten an der Seitenklappe hockte und einen Rucksack oder eine Decke umklammerte. Ich dachte einen Moment, es könnte Esther sein. Gegenüber im Treppeneingang zum Uhren- und Schmuckgeschäft stand Herr Bliesheim unter der Markise seines Ladens; er blickte die Straße hinunter, verschwand schnell im Ladeninneren, kam nach wenigen Minuten wieder nach draußen und warf etwas auf einen der Wagen.

Charlotte war inzwischen gegangen, war über die Straße zu einem Auto gelaufen, in dem ihr Mann auf sie wartete. Ich saß lange im Café und dachte über meine Zukunft nach. Die Verkäuferin sagte einer Kundin, dass kein Grießkuchen mehr da sei. Später brachte sie mir doch noch ein Stück, das sie extra für mich auf die Seite gelegt hatte. Der Kuchen schmeckte mir aber nicht.

Sonntag, 13. August 1944

Ich habe wieder von Charlotte geträumt; beim Aufwachen versuchte ich, die Bilder von ihr festzuhalten.

Das Heidekraut in den Trichtern des Bergschadensgebietes blüht dieses Jahr früher als sonst. Es ist, als befände ich mich mitten im Blau des Himmels und zugleich im Summen meiner Bienen, die ich schon von Weitem höre und die bei mir dieses warme Wirbeln im Kopf erzeugen. In die Bienenstände unten in den Trichtern baue ich Wasserwaben ein; die Bienen brauchen bei diesen Temperaturen viel Feuchtigkeit, um den Nektar in ihren Mägen fermentieren zu können – aber ich will das hier nicht weiter im Detail erörtern. Als ich gerade an den Kästen arbeite, fliegen amerikanische Verbände in breiter Front von Westen her in Richtung Köln.

Heute bei der Arbeit an den Beuten mindestens zehn Bienenstiche, an den Armen, am Kehlkopf, der Wange, eine hat mich ins Ohr gestochen, eine andere in die Kopfhaut. Ich weiß nicht, warum die Bienen mich plötzlich attackieren – vielleicht riechen sie meine Krankheit. So etwas ist mir schon lange nicht mehr passiert.

Die Katze hatte ihren Wurf so gut in der Scheune versteckt, dass ich ihn lange nicht finden konnte. Die Kleinen haben ihre Augen bereits geöffnet und stupsen mit ihren platten Nasen an meine Finger; sie werden sich später mit den Wildkatzen im Bergschadensgebiet paaren.

Dienstag, 15. August 1944

Mariä Himmelfahrt

Die letzten Tage sehe ich nur wenige Flugbewegungen am klaren Himmel, kenne den Grund nicht; es ist so still, dass ich überall nur die Bienen höre. Vielleicht bin ich in einer anderen Welt, ohne es zu wissen.

Ich begegnete Maria mit ihrem Mann und den Kindern auf dem Markt; sie ging achtlos an meinem Stand vorbei, ohne mich auch nur eines Blickes zu würdigen. Ihre Tochter ist gerade sechs Jahre alt geworden, sie zwinkerte mir zu. Sie ist sehr putzig, und ich muss immer lächeln, wenn ich sie sehe. Ihre Grübchen auf den Wangen – bestimmt hat Maria so als Kind ausgesehen. Das Mädchen riss sich plötzlich von ihrer Hand los und kam zu mir gelaufen. Ich gab ihr ein kleines Glas vom Frühjahrshonig und schickte sie zu ihrer Mutter zurück, sah in der Erinnerung, wie ich noch im Mai diesen Honig auf Marias Busen hatte tropfen lassen und ihn dann wegküsste. Ihr Mann hinkt noch, aber er scheint sich nun erholt zu haben. Seit er auf Heimaturlaub ist, sehe ich sie kaum mehr; sie erscheint mir nun so begehrenswert wie nie zuvor. Ich hoffe, dass ihr Mann bald wieder an die Front muss.

Donnerstag, 17. August 1944

Ich dachte diese Nacht wieder an Esther, habe nichts mehr von ihr gehört, auch Louis und Emma haben sich nicht mehr gemeldet. Vielleicht ist sie ja durchgekommen, und ich muss nicht mehr befürchten, von ihr verraten zu werden.

Am Morgen liegen wieder viele tote Drohnen vor den Einfluglöchern des Bienenhauses, es werden die letzten sein. Nur sehr selten kommt es vor, dass welche den Winter im Stock überleben. Sie sind für den Staat nur noch Schmarotzer.

Die Völker haben noch viel Wabenbrut, aus der jetzt Winterbienen schlüpfen. Es müssen genügend herangezogen werden, um im Winter die notwendige Stockwärme zu gewährleisten.

Um die Mittagszeit ist es so heiß, dass der Teer vom Dach der Scheune tropft. Die Bienen werden Durst haben und viele Wassertropfen sammeln.

Ich arbeite am Nachmittag mit Franz im Schuppen. Er kommt noch immer, obwohl Maria es ihm verboten hat. Ich kann seine Hilfe gut gebrauchen. Wir haben jetzt über zwanzig randvoll gefüllte Eimer geerntet. Die Werkstatt ist eine Sauna mit Honigduft. Der Honig schimmert bernsteinfarben, auf der Oberfläche schwimmen noch Wachskrümel. Erst als wir unsere ganze Ernte nochmals durch ein sehr feines Seihtuch gegossen haben, füllen wir den Honig vorsichtig in Gläser.

Franz erzählt, die Russen würden nachts im Ort herumstromern und Katzen und Hunde fangen; er habe gesehen, wie sie einer Katze das Fell abgezogen und das rohe Fleisch sofort verschlungen hätten.

Am Abend arbeite ich nach langer Zeit wieder einmal an meinem Buch über Ambrosius und übersetze einige Seiten, die ich im Keller der Bibliothek gefunden habe.

Fragment V
Kloster Steinfeld, Anno 1489

Ambrosius Arimond

Eines Morgens zogen wir los, mit zwei Wagen und Ochsen und zehn erfahrenen Männern aus dem Dorfe, die nur mitkamen, weil Vater sie darum gebeten hatte. Der hochwürdige Johann von Erkelenz war täglich ungeduldiger geworden und drängte auf unseren Aufbruch, denn das Tauwasser sickerte nun bereits silbern glitzernd die Hänge hinab; die Blumen schauten unter der Schneedecke hervor, die Bienen flogen emsig umher und sammelten aus blühenden Kelchen ihren Nektar, ein Zeichen, dass der Frühling endlich begonnen hatte. Gegen den Willen meines Vaters hatte der hochwürdige Sekretär darauf bestanden und es auch durchgesetzt, mich mitzunehmen. Es war ganz in meinem Sinne, ich war stolz wegen der Aufmerksamkeit eines so hohen Würdenträgers, der mir in wenigen Tagen so vieles aus einer unbekannten Welt erzählt und meinen Geist mit mannigfaltigen Dingen angeregt hatte, der mir die Grundzüge des Lateinischen nahebrachte, meine Klugheit lobte und mein väterlicher Freund sein wollte. Vater hatte aus der Route des Trosses und der Schilderung des Sekretärs die ungefähre Lage des Gletschersees erfahren. Unterwegs fanden wir tote Gardisten, die der nun tauende Schnee zuvor wie ein gütiges Leichentuch bedeckt hatte. Der Sekretär ließ uns weder Zeit für eine Bestattung noch für ein kurzes Gebet, er wollte die armen Seelen auf der Rückfahrt mitnehmen und unten auf dem Dorffriedhof beerdigen lassen. Inmitten hoch aufragender Felsklippen lag der See wie ein riesiges, göttliches Auge vor uns, ein Auge, das alles Vergangene und Zukünftige gleichmütig erblickt. Neben dem Saum-

pfade entdeckten wir verendete Reittiere, auf denen Krähen hockten, die erst als wir uns ihnen auf einige Meter näherten von den Kadavern aufflogen und schreiend über uns kreisten. Die dicke Eisschicht des Sees begann bereits zu schmelzen, hie und da glitzerten Lachen auf der Eisfläche.

Schließlich entdeckten wir das Fuhrwerk, das im Schneesturm vom hohen Passweg die steile Klippe hinabgestürzt war. Es ragte schräg aus der Eisfläche hervor, unerreichbar im Schatten des steilen Berghanges. In einer vorangegangenen Tauwetterperiode war es zum Teil eingesunken, dann durch einen plötzlichen Temperatursturz wieder festgefroren. Doch nun drohte das, was vom Wagen übrig geblieben war, endgültig zu versinken. Johann von Erkelenz drängte daher auf eine schnelle Rettung. Vater hieß uns dennoch einige Zeit ruhen, damit wir Kräfte für den beschwerlichen Abstieg sammeln konnten.

Freitag, 18. August 1944

Die Sirenen heulen, zum vierten Mal an diesem Tag. Geschwader mit Amiots, Blackburns, Curtiss Hawks, Lightnings, Marauders, Saulniers und Spitfires. Sie fliegen in großen Formationen dröhnend über das Urftland hinweg. Hin und wieder werden einige von der Flakbatterie getroffen; die Maschinen zerplatzen in einem Feuerball, oder sie pendeln mit zerfetzten Tragflächen, taumeln noch eine Weile und rasen dann im Steiltrudel der Erde entgegen und zerschellen beim Aufschlag.

Manchmal können sich Piloten aus ihren brennenden Maschinen retten. Sie schweben mit ihren Fallschirmen langsam herab und landen irgendwo auf den Feldern, werden dort von der Feldgendarmerie aufgegriffen und sogleich exekutiert.

Die Schule ist schon seit einer Woche geschlossen, Bänke und Tische stehen nun draußen auf dem Pausenhof. Die Landser schlafen auf Strohmatten in den Klassenräumen. Das Kirchenschiff hat Bombentreffer abbekommen, ebenfalls einige Häuser am Markt.

Curtiss P-36 Hawk:
Besatzung: ein Mann, Antrieb: ein Sternmotor Pratt & Whitney Twin Wasp, 700 PS, Bewaffnung: zwei Browning MGs

Montag, 21. August 1944

Ich hoffte, heute Charlotte in der Bibliothek anzutreffen, wollte mit ihr sprechen, sie fragen, warum sie nichts mehr von mir wissen will, aber sie war nicht da. Es ist schwer, einer lange gehegten Liebe plötzlich zu entsagen. Ich sprach ein paar Worte mit Fräulein Elisabeth, die mich besorgt musterte und fragte, was mit mir los sei. Als ich nochmals in den Keller wollte, um die restlichen Bände nach oben zu holen, behauptete sie, alle bereits nach oben geschafft zu haben. Im Keller gäbe es nichts zu mehr zu finden, er sei deswegen abgesperrt. Ich ging zu meinem Platz, konnte mich aber nicht konzentrieren und verließ die Bibliothek bald darauf.

Ein erfrischender Sommerregen nach einer langen Hitzeperiode, dann ein Gewitter, erbsengroße Hagelkörner prasselten herab.

Ich sitze in der Bäckerei Blasius und überlege lange, ob ich zur Apotheke gehen soll; ich lasse es sein, denn jetzt werden wohl viele Leute da sein. Aber in Wirklichkeit fehlt mir der Mut.

Die Verkäuferin steht in der Tür und wartet, dass der Regen aufhört, um die Markise einzuholen. Jungen mit viel zu langen Flakmänteln laufen zu ihren Gefechtspositionen auf dem Bahntunnel. Sie wären jetzt in der Unter- oder Obersekunda, und ich würde mit ihnen die Amores und eine Auswahl der Ars amatoria lesen.

Habt Spaß miteinander! Es jagen die Jahre dahin wie das fließende Wasser.
Ist eine Welle vorbei, kein Ruf holt sie jemals zurück,
Ist eine Stunde vorbei, niemals kann sie wiederkehrn:

Nutzt euer Leben! Denn schnellen Schritts entschwindet der Jugend Zeit,
Und was folgt, ist nie so gut, wie einst es einmal war.

Sie würden ihre Schwierigkeiten beim Versmaß haben, beim Übersetzen, sich über die nutzlose Anstrengung ärgern, den Ernst der Verse nicht verstehen und sich darüber lustig machen, aber sich später vielleicht an sie erinnern.

Gestern wurde der Friedhof von mehreren Bomben getroffen; die Toten wurden aus den Gräbern geschleudert und in den frisch aufgerissenen Trichtern zum zweiten Mal beerdigt.

Dienstag, 22. August 1944

Jetzt, da die Tage kürzer werden, verändern die Bienen ihren Lebensrhythmus; der Vermehrungstrieb der Königin lässt nach, und der Sammeltrieb der Arbeiterinnen nimmt nochmals zu, denn das Volk benötigt noch Vorräte für den Winter. Sie bringen den Honig aus den äußeren Bereichen in die Mitte des Stockes, wo sie auch den ganzen Winter verbringen werden, sammeln Harz und produzieren daraus mit ihren Drüsen Wachsblättchen, die sie zum Verkitten von Ritzen, dem Überziehen von Oberflächen und zum Verkleinern des Fluglochs verwenden.

Am Abend bin ich bei Sanny gewesen und habe dort im einzigen Gastzimmer, das nicht von Soldaten belegt ist, übernachtet. Ich hatte gehofft, Maria würde kommen. Als ich am späten Morgen aufwache und aus dem Fenster blicke, baden Kinder im gestauten Wasser vorm Rauschen; manche von ihnen balancieren über die von Algen glitschige Staumauer, von der das Wasser tosend hinunterstürzt. Franz ist unter ihnen. Seit dem Frühjahr ist er bestimmt zehn Zentimeter gewachsen, dürr und schlaksig geworden.

Ich habe wieder eine Nachricht bekommen, doch ich weiß nicht, ob ich das alles nochmals schaffen werde. Der ganze Ort ist voller Landser, fast in jedem Haus sind jetzt welche einquartiert, auch bei mir. Es wird schwer werden, einen neuen Flüchtling unbemerkt im Versteck zu besuchen und zu verpflegen. Jedes Mal werde ich den weiten Weg über das Bergschadensgebiet zum Höhleneingang nehmen müssen.

Samstag, 26. August 1944

Im britischen Rundfunk kommt abends die Meldung, die Alliierten hätten zwei deutsche Armeen bei Falaise eingekesselt, Verbände, die entkommen konnten, haben sich in Richtung Seine zurückgezogen. Paris ist nun vollständig befreit. Nach meinem Studium war ich für einige Wochen in dieser schönen Stadt; es war ein warmer Frühling, ich schlenderte durch die Straßen, saß in Cafés und besuchte Museen. Gewohnt habe ich damals auf dem Montmartre, ich weiß sogar noch die Straße: Rue Victor Massé 6.

Den neuen Flüchtling habe ich schon in die Höhle gebracht, ein dicker alter Mann, Universitätsprofessor; der Weg dorthin hat mir alles abverlangt. Seine beiden schweren Koffer musste ich die ganze Zeit über allein tragen; es ist mir völlig rätselhaft, wie er es mit ihnen bis hierher geschafft hat. Er musste sich immer wieder ausruhen, saß dann keuchend auf einem Koffer. Mit seinem schwarzen Anzug, der silbergrauen Fliege und dem weißen Hemd sah er aus, als komme er gerade aus einer Vorlesung. Einen solchen Fall habe ich noch nie gehabt. Er war nur schwer zum Weitergehen zu bewegen, und mir schien, er sei sich der großen Gefahr überhaupt nicht bewusst.

Als wir endlich im Versteck angekommen waren, stellte ich fest, dass sich in einem der Koffer fast ausschließlich Bücher befanden. Wütend schrie ich ihn an, den Koffer hätte ich in ein Senkloch geworfen, wenn ich gewusst hätte, was ich da trage. Wie ich erfuhr, hat er alle diese Bücher selbst geschrieben; ich weiß nicht, was er damit noch anfangen will.

Wenn ich nachts im Bett liege, glaube ich, die klagenden Rufe der jungen Bienenköniginnen zu hören; es sind die gespenstischen Schreie aus dem Inneren ihrer Zellen, mit denen sie die alte Weisel zum Kampf auffordern. Die Arbeiterinnen lassen sie noch nicht aus ihren Gefängnissen.

Sonntag, 27. August 1944

Die letzten Tage war ich damit beschäftigt, Vorbereitungen für den Transport meines Flüchtlings zu treffen. Es war die vergangenen Wochen sehr heiß, und einige Laubbäume verlieren bereits ihre Blätter. Wegen der Einquartierungen musste ich, wie ich befürchtet hatte, den langen Weg übers Bergschadensgebiet zum Versteck nehmen, um dem Alten Essen zu bringen. Er rührte es nicht an, sondern hielt mir einen Vortrag über das Denken, das einerseits allen Mut erfordere und wehtue, andererseits für uns Menschen aber unabdingbar sei. Außerdem sprach er immer wieder von irgendeinem Tier, das seiner Meinung nach in der Höhle sein gefährliches Unwesen treibe. Es stellte sich heraus, dass es nur die kleine Katze war, deren Augen grün leuchteten, wenn sie im Dunkeln auf einem der Felsbrocken saß und den Alten beobachtete. In acht Tagen, am Dienstag, den 5. September, werde ich den Professor endlich zur Grenze bringen. Er erzählte mir, er habe sich die ganzen Jahre über in Kellerräumen versteckt, einzig seine Bücher hätten ihn am Leben gehalten. Er bat mich, ihn zu erschießen, falls wir auf der Fahrt zur Grenze entdeckt werden sollten. Ich habe es ihm versprochen, obwohl ich gar keine Waffe besitze; der alte Mann hätte sonst keine Ruhe gegeben. Bis zur Machtergreifung war er, wie er mir erzählte, Professor für Deutsche Literatur in Leipzig gewesen; stolz sagte er, er habe Bücher über Jean Paul und Klopstock geschrieben, ebenso Literaturkritiken für große Zeitungen, bemerkte vorwurfsvoll, ich als ehemaliger Gymnasiallehrer müsse ihn doch kennen. Ich verlange diesmal dreihundert Reichsmark für den Transport, inklusive Unterbringung und Verpflegung. In einem seiner Koffer hatte er Tafelsilber, Schmuck und Uhren versteckt. Ich erklärte ihm, er könne nicht alles mitnehmen, aber die Sachen später, wenn der Krieg vorüber sei, abholen. Seine Sachen deponierte ich in einer Nische der Höhle, wo auch die Wertsachen der anderen Flüchtlinge liegen.

Donnerstag, 31. August 1944

Sie kommen in dichten Pulks, am ganzen Himmel ihre dunklen Silhouetten: britische Lancaster, sowie Lightnings mit Doppelrumpf, bestückt mit Hispano-Kanonen und Browning-Maschinengewehren. Sie lassen keine Gelegenheit aus, Zivilisten anzugreifen. Das Getöse der großen Flak ist kaum zu ertragen, ebenso wie das Pfeifen und Schwirren der herabfallenden Bomben; die einen explodieren bereits in der Luft und zerstören ihre Ziele durch Druckwellen, andere erst, wenn sie eine Mauer durchschlagen haben, um dann die gesprengten Häuser wie Butterstückchen in der Pfanne schmelzen zu lassen. Maschinengewehrrattern, Jagdflieger, die aus verschiedenen Richtungen feuern; je nachdem mit welchen Waffen sie bestückt sind, sieht man zuckende Blitze oder Leuchtspuren. Ein Wagen fährt an der Uferböschung entlang, stürzt getroffen in den Fluss, Soldaten rennen in Panik die Bahnhofstraße hinab. Mindestens drei Lightnings wurden bei diesem Angriff von der Flak getroffen, der Bahnhof ist wieder zerstört.

Ich bin zu Aufräumarbeiten verpflichtet worden. Wir werfen die Toten einfach in die Bombentrichter. Ich komme und komme nicht ins Versteck; gestern während der Arbeit in der zerstörten Molkerei hatte ich wieder einen Anfall, stolperte, ohne genau zu wissen, wo ich mich befand, zwischen den Ruinen herum. Man hat mich schließlich zu Sanny in die Gaststätte gebracht.

Montag, 4. September 1944

Morgen fahre ich los. Die letzten Tage fühlte ich mich gut, weil ich regelmäßig Luminal genommen habe, aber die Tabletten gehen zur Neige. Der Professor ist vor einigen Tagen auf seine Brille getreten, ohne die er so gut wie nichts sieht. Ich werde ihn wie einen Blinden durch das Bergschadensgebiet zum Fuhrwerk und dann zur verabredeten Übergabestelle an der Grenze führen müssen. Es wird wohl meine letzte Fahrt, denn die Front rückt immer näher; in Lüttich stehen bereits britische Einheiten, und die sich zurückziehenden deutschen Truppenverbände strömen über die Westgrenze Richtung Urftland. Die Bauern werden bald aus den Höhengebieten evakuiert, weil ihre Höfe zur Verteidigung genutzt werden sollen. Wie ich hörte, weigern sie sich, diese zu verlassen. Die Felder haben sie noch bestellt, ernten werden sie nicht mehr können. Ich werde, wenn möglich, Frühjahrshonig und Kerzen gegen Gläser mit gepökeltem Schweinefleisch und Frühkartoffeln tauschen. Wer weiß, ob ich es dieses Mal überhaupt noch bis zu meinen Bienenständen schaffe, denn die Feldgendarmerie ist jetzt überall. Ich habe große Angst aufzufallen, denn ich musste den Kasten wegen des Alten extrem vergrößern. Jeder, der sich ein wenig mit Bienen auskennt, wird sofort erkennen, dass dies kein richtiger Bienenstand ist, dass irgendetwas nicht stimmt.

Nach drei Tagen wohlbehalten wieder zurück. Ich fuhr an zerstörten Fahrzeugen und Kriegsgerät vorbei. Die Bauern begannen, ihre Viehherden von den Höhengebieten ins Tal zu treiben, an der Straße nach Losheim lagerten auf ihren Marschbefehl wartende Einheiten. Ich wurde mehrmals angehalten und musste meinen Passierschein vorzeigen, den Zweck meiner Fahrt erläutern. Feldjäger mit den schwarzen Aufschlägen der SS hatten jetzt die Grenzpolizei abgelöst. Jedes Mal hatte ich Angst, dass einem von ihnen der viel zu große Bienenstand auffallen oder der Alte uns durch sein Husten oder lautes Schnaufen verraten würde, dass Soldaten mein Fuhrwerk konfiszieren könnten. Ich hatte vorsorglich Honig und Likör dabei, den ich ihnen hätte angebieten können. Schließlich verließ ich die Straße, fuhr nur noch über holprige Schleichwege, wodurch ich bedeutend mehr Zeit benötigte, dafür aber niemandem begegnete.

Als ich die Grenze erreichte und sofort den Bienenstock öffnete, hockte der Professor tot in seinen Exkrementen. Da ich ihn nicht aus dem Kasten herausziehen und ihn ohnehin nicht begraben konnte, weil ich weder Hacke noch Schaufel dabeihatte, fuhr ich ein Stück mit ihm in den Wald hinein; ich fand eine über einem Abhang gelegene, lichte Stelle, von der man tief ins Tal und weit über die Grenze blicken kann und wo ihn bestimmt niemand entdecken wird. Dort schob ich ihn in seinem Kasten vom Wagen, nahm die Königinnen an mich, ebenso seine Wertsachen. Den Bienenstand brauche ich nicht mehr, werde so bald keinen mehr zur Grenze bringen. Im

Grunde hat er einen schönen Sarg; er ist viel schöner als alle, die ich je gesehen habe. Irgendwann später werde ich ihn beerdigen.

Die Bienenkästen an der Grenze waren seltsamerweise nicht zerstört, die Völker befanden sich in gutem Zustand und bereiteten jetzt fleißig ihren Wintersitz vor. Die Behandlung mit Ameisensäure bei einzelnen mit Milben befallenen Völkern habe ich abgeschlossen. Sie sind gesund und bestens vorbereitet für die kalte Jahreszeit. Erst wenn im Frühjahr der Krieg hoffentlich vorüber sein wird, werde ich, so wie es aussieht, wieder zu ihnen fahren, um nach dem Rechten zu sehen.

Ich wartete auf Anna, aber diesmal kam sie nicht. Später erfuhr ich, ihr Mann sei schwer verletzt nach Hause gekommen. Es gibt keine Familie, bei der nicht ein Sohn, Vater oder ein naher Verwandter gefallen ist.

Mittwoch, 13. September 1944

Die Bienen sammeln jetzt Nektar vom blühenden Efeu und von Springkräutern am Flussufer. Sie kommen, beladen mit leuchtend gelbem Blütenstaub, zurück zum Stock.

Wie man bei Sanny erzählt, haben die Alliierten jetzt Roetgen eingenommen; das Städtchen liegt direkt an der belgischen Grenze, und von dort bis hierher ist es eigentlich nur noch ein Katzensprung. Jetzt werden sie hoffentlich bald auch Aachen befreien und dann uns. Die britischen Bomber fliegen nun jede Nacht über uns hinweg, sie werfen ihre tödliche Fracht vorrangig über den Wohngebieten der Städte am Niederrhein ab, um die Moral der Bevölkerung zu brechen. Die Amerikaner hingegen fliegen bei Tageslicht und bombardieren vor allem kriegswichtige Betriebe und Verkehrswege. Wie man hört, sind in Köln, Bonn, Duisburg und Bielefeld ganze Stadtteile völlig zerstört.

Nur wenn es die Umstände erlauben, werde ich Ende Oktober nochmals zu den Bienenständen an die Grenze fahren, um mich von ihnen zu verabschieden. Ab November sind die Höhengebiete meist verschneit und völlig unzugänglich, und die Bienen bleiben dort sich selbst überlassen.

Donnerstag, 14. September 1944

Der amerikanische Flieger lag nicht weit entfernt vom Eingang zur Grotte. Er war wohl in der Nacht orientierungslos herumgeirrt und vom Elefantenkopf den steilen, etwa zehn Meter tiefen Abhang in die Sohle hinuntergefallen, wo er hilflos liegen blieb. Als ich ihn fand, trug er eine zerrissene amerikanische Offiziersuniform mit einem Namensschild, auf dem «Steward» aufgestickt war. Am Hinterkopf hatte er stark blutende Wunden, seine verbrannten Hände hatte er mit Lappen umwickelt. Ich musste ihn schnell vom Eingang der Grotte wegbringen, bestimmt suchten die Feldjäger schon nach ihm. Mühsam zog ich ihn über das Geröll in die Grotte hinunter, ich wusste noch nicht einmal, ob er noch am Leben war. Als er am Ufer des Sees lag, begann er zu stöhnen und schlug kurz die Augen auf. Er war noch jung, vielleicht im Alter meiner letzten Schüler, die jetzt auch schon jahrelang im Krieg sind. Da er sich überhaupt nicht bewegte, befürchtete ich die schlimmsten Verletzungen, vielleicht hatte er sich sogar das Rückgrat gebrochen; ich war mir nicht sicher, ob er überleben würde. Schließlich legte ich ihn auf das Floß und brachte ihn zur Lagerstelle.

Sah heute früh wieder die Feuerschweife großer Aggregat-Raketen. Ich fragte mich, ob Alfons immer noch davon träumt, den Weltraum zu erforschen, und was mit meinem Freund Kurt ist, von dem Lünebach schon seit Monaten keine Nachricht hat. Ich würde jetzt gern mit ihm und Alfons in unserer Raketenkapsel vom Steinbruch aus zu einem friedlichen Planeten fliegen.

Montag, 18. September 1944

Als ich heute ins Versteck kam, war Steward verschwunden; ich entdeckte ihn schließlich im Haufen der herumliegenden Kleider, unter die er sich wie ein verängstigtes Tier verkrochen hatte. Er konnte sich also bewegen, stellte ich erleichtert fest und versuchte, mit ihm Englisch zu reden; er sei nicht von der Besatzung einer Mitchell, sondern aus einer der Lightnings, die vor zwei Wochen abgeschossen worden sind. Er fragte, was aus seinen Kameraden geworden sei. Ich wisse nichts darüber, log ich; in der Gaststätte hatte man vor Tagen erzählt, man habe eine große Anzahl amerikanischer und englischer Piloten erschossen.

Ich weiß nicht, was ich mit ihm machen soll, er hat hohes Fieber; ich habe ihm zu trinken und zu essen gegeben, behandle seine Wunden mit desinfizierender Propolis, ich habe nichts anderes. Mehr kann ich nicht für ihn tun. Das Haus ist voller Einquartierungen, ich muss aufpassen, mich nicht verdächtig zu machen. Einer der Soldaten hat letzte Woche einmal im Garten ganz in der Nähe des Eingangs zum Stollen gestanden und neugierig hineingesehen; er war wohl zu betrunken, um sich etwas dabei zu denken.

Mittwoch, 20. September 1944

Einige Tage gab es keinen Fliegeralarm, aber gestern Abend, kurz vor Einbruch der Dämmerung, heulten die Sirenen wieder. Ich war zu der Zeit bei Steward und unterhielt mich mit ihm; er ist ein kluger junger Mann, erinnert mich immer wieder an Gerhard, einen meiner besten Schüler, der mir mit seinem stillen Lächeln zeigte, dass er alles verstanden hatte, und der jetzt irgendwo an der Front kämpft oder vielleicht schon längst gefallen ist. Der Angriff draußen dauerte genau eine Stunde; so tief unter der Erde merkt man kaum etwas davon.

Jetzt, halb drei in der Früh, heulen die Sirenen wieder. Ich hatte im Traum wieder das Schreien der in den Zellen gefangenen Bienenköniginnen gehört. Die Einschläge lassen die verdunkelten Fensterscheiben vor meinem Schreibtisch erzittern. Die Flak schießt unaufhörlich. Ich bringe meine Schreibmaschine in Sicherheit.

Musste wieder Luminal nehmen, um einem Anfall vorzubeugen.

Manche Tage verschwinden völlig aus meiner Erinnerung. Seltsamer Weise aber behalte ich, was ich gelesen habe, kann mich daran besser erinnern als an das Leben selbst.

Im Garten gearbeitet und dann bis in die Nacht Erbsen, Bohnen und Möhren versorgt, die ich geerntet hatte; Stachelbeeren und Pflaumen für Marmelade, Äpfel zu Kompott. Zucker konnte ich beim Einkochen nur in geringen

Mengen verwenden, er ist eine Rarität, und ich habe nur noch einige wenige Krümelchen, weil ich ihn doch für die Bienen benötige.

Ich selbst habe kaum Hunger, werde immer magerer; vielleicht liegt das an meiner Krankheit. Ich warte auf eine Nachricht von Alfons.

Freitag, 22. September 1944

Steward hat sich eingelebt; er hat sich sogar rasiert und die Haare geschnitten. Mir wird klar, wie gut ausgestattet mein Lager hier unten ist. Er trägt nun zivile Kleidung, die er sich aus dem Vorrat zusammengesucht hat. Ich habe ihm auf der Landkarte gezeigt, wo wir uns genau befinden, wo die Grenze zu Belgien verläuft. Ich teilte ihm mit, die Alliierten hätten sie schon an einigen Stellen überschritten, seien aber wieder zurückgedrängt worden. Ich versuchte ihm zu erklären, es sei viel klüger, einfach hier im Versteck zu bleiben, abzuwarten, bis seine Landsleute endlich hier seien; lange könne es ja nicht mehr dauern. Plötzlich bekomme ich einen Anfall, alles verschwimmt vor meinen Augen, ich springe auf, taumele herum, verschwinde im Dunkel der Grotte, stolpere und stürze. Als ich zu mir komme, blickt mir Steward völlig entsetzt in die Augen. Er wischt mir das Blut von der Stirn, hilft mir aufzustehen. Bevor ich gehe, bittet er mich um Papier und Bleistift.

Charlotte habe ich immer noch nicht wiedergesehen, dafür ist Fräulein Elisabeth jetzt ständig in der Bibliothek. Als ich mich nach Charlotte erkundige, schüttelt sie verständnislos den Kopf. Ich versuche wieder, an den Fragmenten zu arbeiten, aber es fällt mir immer schwerer, mich zu konzentrieren.

Herbst 1944

Samstag, 23. September 1944

Die Völker haben in den letzten Tagen ihre Bruttätigkeit fast vollständig eingestellt; da die sterbenden Sommerbienen nicht alle durch Winterbienen ersetzt werden, schrumpft das Volk zwangsläufig, denn um die kalte Jahreszeit zu überleben, braucht es nicht so viele Bienen. Sie bilden in den ersten frostigen Nächten eine Traube, in der sie sich gegenseitig wärmen. Sie krabbeln dann wie in Zeitlupe auf den Waben herum und verständigen sich durch Gerüche und Berührungen. Wenn man ihnen zusieht, ist es, als blickte man in ein träumendes Gehirn. Irgendwann wird das Leben der Bienen sich mit meinem vermengen, ihres und meines werden sich dann nicht mehr unterscheiden lassen; es wird dunkel sein wie in einem Bienenstock im Winter.

Den Hund lasse ich bei Steward, damit der Junge in der Dunkelheit nicht so allein ist.

Sonntag, 24. September 1944

Der Polleneintrag vom Ackersenf und der lilafarbenen Phacelia war in den letzten Wochen so groß, dass meine Völker bestimmt genügend Blütenstaub und Honig einlagern konnten, um über den Winter zu kommen. Ich gebe ihnen außerdem ihre Ration Flüssigfutter und tarne die Stöcke so gut es geht mit Zweigen.

Lünebach hat die Nachricht bekommen, die beiden ältesten Söhne seien gefallen, nur Kurt lebt noch, kämpft jetzt irgendwo an der Ostfront.

Habe jetzt starke Konzentrationsschwierigkeiten, zweifele an meinen Wahrnehmungen, glaube mit Charlotte zusammen zu sein; wir beide sind in Al-Minya in unserem Zimmer. Ich träume von Bienen, rede mit ihnen; manchmal habe ich das Gefühl, selbst eine Biene zu sein, schmiege mich an meine Schwestern, damit mir warm wird. Doch dann spüre ich ihre Stiche, die brennenden Stacheln und ihr betörendes Gift.

Es wäre besser, wenn Steward verschwände; vielleicht sollte ich ihn verraten, ihnen sagen, dass er sich hier versteckt. Das Leben wird immer gefährlicher, ich sehe mittlerweile in jedem einen Denunzianten. Aber liebt nicht jeder Mensch, jedes Lebewesen sich selbst zuerst?

Am Abend wird ein Militärlaster von Tieffliegern angegriffen. Der Fahrer liegt tot neben seinem Wagen. Überall Rauch und schwarzer Dreck, eine Frau wird im Hauseingang von einem Fliegergeschoss getroffen.

Ich ertrage den Lärm, das grelle Flackern der Granaten und Bomben und die dauernde Angst einfach nicht mehr. Ich mache kaum noch Notizen, nichts scheint mir noch wert, aufgeschrieben zu werden. Ob die nicht richtig behandelte Epilepsie dieses Gefühl bei mir auslöst? Charlotte weicht mir aus. Ich muss froh sein, wenn sie mich nicht verrät. Ich war in den letzten Tagen mehrmals nachts an der Villa und habe zu den erleuchteten Fenstern hochgesehen, das alles erscheint mir jetzt wie ein Traum.

Wieder einen langen Anfall gehabt. Was mir an Erinnerung bleibt, ist das gellende Schreien der Königinnen.

Ich zwinge mich, am Nachmittag zur Apotheke zu gehen, um Luminal zu bekommen. Ich brauche es unbedingt, denn ohne Medikamente werden sich die Anfälle häufen; und je heftiger sie werden und je länger ich in dieser anderen Welt sein muss, umso mehr Gehirnzellen sterben ab, umso wahrscheinlicher, dass irreversible Schäden zurückbleiben. Da ich meine Erinnerungen verlieren werde, müsste ich sorgfältig jede Kleinigkeit aufschreiben, jeden einzelnen Moment festhalten, doch dafür reicht meine Kraft nicht mehr aus.

Der Apotheker verschwindet, als ich den Laden betrete. Seine Frau bedient mich. Sie ist klein und zierlich, mit verkniffenen, schmalen Lippen und streng zurückgekämmtem Haar. Ich vergesse Worte, stottere, sehe mich in dem Spiegel an der Wand, Speichel rinnt aus meinen Mundwinkeln; es ist, als würde ich mich in ein anderes Wesen verwandeln, vor dem ich mich ekele. Ich könnte Steward verraten, vielleicht geben sie mir dann etwas, wenn ich ihn ausliefere. «Es tut mir leid, aber wir haben keine Medikamente mehr für Ihre Krankheit», höre ich sie laut sagen. «Ich kann dafür zahlen, rufen Sie Ihren Mann!» «Nehmen Sie doch bitte dort Platz», antwortet sie. Ich setze mich auf einen Stuhl und sehe, wie sie hastig in einer der vielen Schubladen wühlt. Dann kommt sie zu mir und steckt, während sie den Zeigefinger der linken Hand auf ihren Mund legt, eine kleine Packung Luminal in meine Manteltasche. Mein Geld will sie nicht.

Dienstag, 26. September 1944

Mir geht es wieder besser. Wenn ich die Medizin regelmäßig nehme, komme ich zurecht. Aber sie wird nicht reichen; gerade mal bis zum Ende des Jahres, und dann? Ich weiß nicht, was danach geschehen wird. Wovor sollte ich noch Angst haben?

Am Gartenzaun blühen Ringelblumen, Fingerhut und Stockrosen, die Mutter einst dort gesät hat. Ich sehe sie im Garten, wie sie arbeitet, wie sie sich die Hände im Kübel wäscht; alles ist so real, dass ich das Plätschern des Wassers höre.

Die Äste des alten Apfelbaums werde ich mit Stangen abstützen müssen. Im Garten wartet noch viel Arbeit auf mich. Die Zäunchen um die Gemüsebeete sind aus der Erde gerissen und müssen gerichtet werden.

Es gibt zwar wieder öfter Fliegeralarm, aber dabei handelt es sich meist um Überflüge.

Ich lasse die Wachsreste, die beim Entdeckeln übrig bleiben, in der Sonne abschmelzen; das noch verunreinigte Wachs sammele ich in einem Eimer. Im Winter werde ich es wieder verflüssigen, durch ein feines Sieb gießen und daraus Kerzen herstellen. Bestimmt werde ich sie gut verkaufen können, der Strom fällt dauernd aus, und der Gestank der Karbidlampen ist unerträglich; die wohlduftenden Kerzen werden sehr begehrt sein.

Heute Nacht ist der Sternenhimmel mit all seinen Bildern ganz klar zu sehen, kein einziges Flugzeug, es ist friedlich und still. Ich sitze in der Dunkelheit neben dem Bienenhaus auf Vaters Hocker. Diese Nacht werde ich gut schlafen.

Sonntag, 1. Oktober 1944

Gestern Abend, kurz vor Einbruch der Dämmerung, heulten die Sirenen wieder auf. Der Angriff dauerte genau eine Stunde. Jetzt um halb drei in der Früh geht es schon wieder los. Der Nebel vom Fluss liegt wie ein Seidengespinst über den Auen. Ich höre das Schreien der Menschen, die zum Bunker laufen, das gedämpfte Brummen der Wellingtons und Marauders; es sind mittelschwere Bomber, jetzt scheint es richtig loszugehen.

Ich musste wieder zwei Luminal nehmen, um keinen Anfall zu bekommen.

Steward ist verschwunden und hat den Hund mitgenommen. Auf der Matratze liegt ein Brief, der an seine Eltern adressiert ist. Ich weiß nicht, was ich damit anfangen soll, wie ich ihn abschicken könnte – ich werde ihn aufbewahren. In gewisser Weise bin ich erleichtert, den Jungen endlich los zu sein.

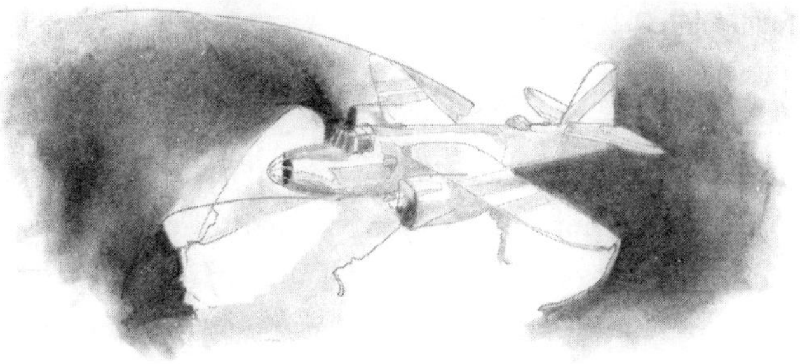

Martin B-26 Marauder:
Besatzung: sieben Mann, Antrieb: zwei Pratt & Whitney-Doppelsternmotoren, je 1920 PS, Bewaffnung: elf Browning MGs, Bombenlast: 1815 kg

Montag, 2. Oktober 1944

Bei den Kartoffeln zeigen sich die ersten Anzeichen von Krautfäule. Um die Ausbreitung des Pilzes zu verhindern, ernte ich die Kartoffeln schon jetzt und lagere sie im Keller ein; ich besorge Stroh und Heu für das Pferd. Mondamin, Mehl, Speck kann ich gegen meine Honigprodukte eintauschen. Die Ernte war dieses Jahr gut, zumindest viel besser, als ich dachte; allerdings muss ich jetzt zwei Drittel meines Honigs bei der Kreissammelstelle abliefern.

Ich repariere das Scheunendach.

Der laue Wind berührt die sich färbenden Blätter in der Baumkrone der Esche; die durchsichtigen weißen Zirruswolken erscheinen unendlich weit weg. Der Schatten unter dem alten Baum mutet an wie ein wehender Vorhang.

Das Zufüttern von Zucker werde ich bis Ende Oktober bei allen Völkern abschließen – ohne diese Hilfe müssen die Bienen an der Grenze auskommen. Von dort nähern sich im Abenddämmern Soldaten; sie sind mit Fuhrwerken unterwegs, die sie den Bauern weggenommen haben. Mit abgestellten Motoren tauchen Lightnings lautlos über den Köpfen der Landser auf, die kurz darauf im grellen Licht der Explosionen verschwunden sind.

Mittwoch, 4. Oktober 1944

Steward ist bis heute nicht zurückgekommen. Gerüchten zufolge sollen Briten und Amerikaner die Grenze jetzt fest in ihrer Hand haben, Aussiedlerhöfe und Dörfer wurden bei den heftigen Kämpfen schlimm zerstört. Die Bevölkerung an der Grenze wird evakuiert, um die Häuser als Schutzwall für die Verteidigung nutzen zu können. Es wäre wirklich viel besser gewesen, wenn Steward bis zum Ende des Krieges hier in seinem Versteck geblieben wäre, aber vielleicht hat er es ja tatsächlich bis zu seinen Kameraden geschafft.

Ich fürchte, verraten zu werden; dieses Tuscheln hinter meinem Rücken und diese schrägen Blicke – aber vielleicht bilde ich mir das auch nur ein, und es ist eben diese wahnsinnige Angst vor weiteren Anfällen. Eine Bombe ließ die Fenster in der Küche zersplittern, vor Lambertz ist die Straße ein einziger großer Kratersee.

Ich bleibe bei den Bienen, halte mich während der Angriffe im Schuppen auf, der direkt am Fels liegt und durch die Esche und die Kiefern oben auf dem Fels fast unsichtbar ist. Sollte es noch schlimmer werden, krieche ich in den Stollen. Einige Bienenstände habe ich dort bereits in Sicherheit gebracht.

Samstag, 7. Oktober 1944

Es war bereits Mittag, und der Nebel hatte sich noch immer nicht verzogen; ich kann nicht einmal die Kiefern sehen, hätte nie gedacht, mich über so ein tristes Wetter zu freuen. Die alliierten Flugzeuge warten in Belgien und Frankreich auf besseres Jagdwetter. Meine Bienen bleiben im Stock; ohne Sonne sind sie orientierungslos, und die Blumen haben ohnehin ihre Kelche geschlossen. Ich kontrolliere die mit Ameisensäure behandelten Völker, suche nach offener Brut, sehe nach, ob es allen Königinnen gut geht.

Am Seeufer lagen zwei tote Landser unter einer Pferdedecke. Der Wind hatte den Kopf des einen aufgedeckt, seine offenen Augen blickten mich an; sie sahen aus wie graue, glatte Kiesel.

Im Bienenstock (No. 37) lag eine Wanderratte, die irgendwie durch das enge Flugloch in den Stock eingedrungen sein muss. Die Bienen hatten sie mit Stichen gelähmt und dann durch die Bewegungen ihrer Flügelchen eine solche Hitze erzeugt, dass sie innerlich verbrannt ist. Anschließend haben sie den Eindringling mit ihrem Harz so kunstvoll einbalsamiert, dass er nun aussieht wie die Mumie eines winzigen Pharaos. Aus dem Stock werfen können die Bienen die Ratte nicht – das erledige ich für sie.

Am Abend in der Gaststätte setzt sich Marias Mann neben mich an die Theke; er spricht kein einziges Wort mit mir, schaut mich nur von der Seite an. Seine Verletzungen sind auskuriert; in einigen Tagen wird er, wie es scheint, wieder an die Front müssen. Er leert sein Glas, lässt sich sofort wieder einschenken, trinkt pausenlos; mit einem Ruck steht er auf, läuft steif zum Pissoir.

Sonntag, 8. Oktober 1944

Ich schleudere Honig aus der Sommertracht; danach filtere ich die kleinen Verunreinigungen heraus und fülle ihn in Gläser ab. Die guten Stöcke haben in diesem Jahr insgesamt achtzig bis neunzig Pfund geliefert. Auf die Gläser klebe ich Etiketten mit dem Jahrgang Sommer 1944 und gebe die jeweilige Sorte an: Akazienhonig, Heidehonig, Blütenhonig, Tannenhonig, Blatthonig. Ich lagere sie im Keller neben dem Honiglikör. In den nächsten Tagen werde ich mich an den Verkauf machen; auch wenn wegen der dauernden Angriffe öffentliche Märkte verboten sind, wird es keine Schwierigkeiten geben, die Ernte an den Mann zu bringen, zum Süßen gibt es ja fast nichts anderes mehr. Leider ist das Honig-Deputat, das ich abzugeben habe, schon wieder erhöht worden.

Am Abend falle ich erschöpft ins Bett. Mitten in der Nacht wache ich auf, werde fast verrückt von dem Lärm der feuernden Flak und dem Bordkanonengeratter der Jagdflugzeuge; die herabfallenden Leuchtfeuer machen den Ort für Minuten taghell. Durch die offenen Fenster wehen die Vorhänge in die Küche. Ich nehme Luminal, kauere verkrampft in der Ecke, verliere schließlich die Besinnung. Als ich zu mir komme, liege ich zitternd auf dem Boden; ich halte einen Lockenwickler Charlottes in den Fingern, die so steif sind, dass ich sie kaum bewegen kann.

Montag, 9. Oktober 1944

Ein diesiger Herbsttag; der stürmische Wind wirbelt die Buchen- und Ahornblätter über die Felder, Krähen tanzen mit dem Wind. Die Flugzeuge wagen sich nicht durch die niedrig hängenden Wolkenmassen. Am kommenden Wochenende wäre eigentlich Jahrmarkt und Kirmes mit Tanz im Saal von Sanny. Ich bedauere es, dass der Ball ausfällt – obwohl ich nicht besonders gern tanze.

Ich bin eingeteilt, Lebensmittelkarten auszutragen; sie liegen in den Fächern einer Mappe, sortiert nach Namen, Straßen und Hausnummern. Auf einer Liste sind die jeweiligen Empfänger und die Anzahl der ihnen zustehenden Karten vermerkt. Viele beschweren sich, nicht genügend Marken zu bekommen, aber es gibt nicht genug, besonders für kleine Kinder und Schwangere. Wenn ich sie aushändige, muss ich das Namenskästchen auf der Liste ankreuzen und unterschreiben lassen. Den ganzen Nachmittag bin ich unterwegs. Ein kleines Mädchen fragt mich, wieso ich nicht wie sein Papa im Krieg sei.

Bei Blasius lese ich im «Völkischen Beobachter» vom tapferen Abwehrkampf im Osten, der planmäßig fortschreitenden Frontbegradigung im Westen und schließlich von der bevorstehenden, den Endsieg bringenden Gegenoffensive, von den Aggregat-Raketen, unserer Wunderwaffe, die bereits die größten Städte des Feindes vernichtet haben. *Fabulae*,* denke ich.

* *Dummes Zeug*

Dienstag, 10. Oktober 1944

Nach meiner Verkaufsfahrt mit dem Sommerhonig kehre ich am Abend wie so oft bei Sanny ein. Sie wischt gerade den Fußboden. Ich überlasse ihr immer einige Gläser Honig, die sie heimlich für mich verkauft. Die Gäste erzählen von einem amerikanischen Soldaten im Höhengebiet. Ein Bauer soll ihm Unterschlupf gewährt haben, doch er wurde verraten; der Amerikaner konnte fliehen und erschoss dabei mehrere Feldjäger. Er trage Zivilkleider, und auch ein Hund soll bei ihm gewesen sein. Vielleicht war es Steward; ich habe oft an ihn gedacht, sein lächelndes Gesicht geht mir nicht aus dem Kopf, aber ich traue mich nicht nachzufragen. Die gesamte Familie des Bauern und die Zwangsarbeiter auf dem Hof wurden wegen Unterstützung des Feindes erschossen. Ich bin heilfroh, Steward los zu sein.

Diese Nacht habe ich wieder in einem der Gästezimmer bei Sanny zugebracht. Es muss ein schlimmer Anfall gewesen sein; zuerst die Blitze vor meinen geschlossenen Augen, dann das Dröhnen in meinen Ohren und schließlich dieses zwanghafte Schütteln des Kopfes, als würden sich in meinem Gehirn alle Nervenbahnen zu einem immer größer werdenden Knäuel verklumpen, um dann explosionsartig meinen Schädel platzen zu lassen. Danach scheinen alle Nervenzellen zu glühen, und es kommt mir vor, als würde ich in einem riesigen elektrischen Funkenflug davonschwirren. Überall wirre Bilder und irre Träume, zuletzt gar nichts mehr, nur noch Dunkelheit und Vergessen.

Mittwoch, 11. Oktober 1944

Ich beobachte jetzt vermehrt neben englischen und amerikanischen Flugzeugen auch französische und russische Kampfflieger, von denen ich die meisten Modelle allerdings nicht kenne. Ich habe es lange aufgegeben, die Flugzeuge zu zählen, es ist, als würde man im Sommer die Zahl der umherschwirrenden Insekten wissen wollen.

Jagdflugzeuge und Tiefflieger:
Boulton Paul Defiant,
Douglas P-70,
De Havilland DH.98 Mosquito,
Lockheed P-38 Lightning,
Vickers Wellington

Leichte Bombenflugzeuge:
Bristol Blenheim,
Douglas DB-7,
Martin B-26 Marauder,
Martin A-22 Maryland

Schwere Bombenflugzeuge:
Armstrong Whitworth A.W. 38 Whitley,
Boeing B-17 Flying Fortress,
Bristol Beaufort,
Handley Page Halifax,
Consolidated B-24 Liberator

Einige der Flugzeuge haben verglaste Kabinen an Bug und Heck, Bordschützen bedienen Maschinengewehre und

Kanonen; zusätzlich sind außen schwere Bomben angebracht, die dicht über den Zielen mit großer Streuwirkung explodieren.

Vor einigen Tagen sah ich, völlig verwundert, hoch am Himmel mehrere englische Short Sunderland mit vier 1200 PS Pratt & Whitney-Triebwerken, riesige Wasserflugzeuge mit bis zu neun Mann Besatzung, die eigentlich nicht für den Einsatz über Land vorgesehen sind.

Ich habe Angst vor dem, was uns erwartet.

Samstag, 14. Oktober 1944

Im hintersten Winkel des großen Bunkers in der Bahnhofstraße hängt der ganze Ort gleichsam wie eine zitternde Menschentraube zusammen; die Feuchtigkeit des Stollens scheint mit unserer Angst von der Decke zu tropfen.

Ich war im Strom der Flüchtenden mitgerannt, fürchte mich jetzt in der Menge noch mehr als draußen im Bombengewitter; ich drücke mich an die Wand, fürchte hier einen Anfall zu bekommen. Im vorderen Stollenteil, erhellt durch das flackernde Licht der stinkenden Karbidlampen, entdecke ich Charlotte. Wie lange habe ich sie nicht gesehen, mich nach ihr gesehnt. Ich versuche, zu ihr zu gelangen, aber noch ehe ich bei ihr bin, kommt ihr Mann und bringt sie zu einem der hinteren Räume, wo es Toiletten, fließendes Wasser und Betten gibt. Draußen kracht es unablässig; Gesteinsbröckchen lösen sich aus der Stollendecke und rieseln auf uns herab.

Als ich nach der Entwarnung durch die Straßen gehe, klaffen überall Bombentrichter, ganze Häuserreihen sind verschwunden. Tote liegen, nur mit ihrer Unterwäsche bekleidet, auf den Straßen, Häuser brennen und stürzen in sich zusammen, die heißen, ätzenden Dämpfe des Sprengstoffs verstopfen mir die Nase. Als ich zum Marktplatz komme, hängen oben in den Ästen der Kastanien Hosen und Jacken.

Die Zwangsarbeiter reparieren wieder die Bahngleise und schaufeln Schutt von den Gehwegen. Die Bibliothek wurde getroffen; ich taste mich durch das staubige Dunkel des Treppenhauses, stehe vor meinem Schreibtisch und starre auf meine mit Glassplittern und Putz bedeckten Bücher.

Montag, 16. Oktober 1944

Heute lag ein Brief von Alfons bei Blasius, Gott sei Dank, er lebt. Da der Postbeamte nicht an seinem Platz an dem provisorischen Schalter saß, gab mir die Verkäuferin den Brief. Alfons schreibt, sein Geschwader würde an einen Standort hier in der Gegend verlegt, er dürfe ihn aber nicht nennen. Er erkundigt sich nach mir, fragt, ob unser Haus noch steht, und will wissen, wie es meinen Bienen geht. Es ist kaum zu glauben, aber Alfons erkundigt sich tatsächlich nach den Bienen, dabei hat er sie nie besonders gemocht. Nach Vaters Tod hatte er sogar den Vorschlag gemacht, alle Völker zu verkaufen. Zwischen den Zeilen erfahre ich von einer großen Offensive, mit der die Alliierten im Westen endgültig vernichtet und zurückgedrängt werden sollen. Auch Alfons glaubt jetzt gern, was er sich wünscht. Seine Staffel, so ist er sich sicher, wird dabei eine entscheidende Rolle spielen; bald werde er übers Urftland jagen und an mich denken. Er fliegt nun eine Messerschmitt Me 262, ein düsengetriebenes Kampfflugzeug, das Überschallgeschwindigkeit erreicht. Er schreibt, er komme sich in seiner Maschine vor wie in einer Rakete. Ich würde Alfons gerne antworten, er soll nach Hause kommen und sich in unserer Höhle verstecken, bis alles vorüber ist. Er erwähnt, dass er versucht hat, mir Medikamente zu besorgen, aber es sei unmöglich, er lebe nur noch in der Luft. Er fragt, ob das Paket, das er mir vor Monaten geschickt hat, auch angekommen sei. Ich habe jetzt überhaupt keine Hoffnung mehr, von Alfons noch mal etwas zu bekommen.

Messerschmitt Me 262:
Besatzung: ein Mann, Antrieb: BMW-P3302-Strahlantrieb, 900 PS, Bewaffnung: vier Maschinenkanonen, je zwei übereinander im Bug, Bombenlast: 1000 kg

Mittwoch, 18. Oktober 1944

Ich wartete vor dem Café Blasius, bis kein Kunde mehr in der Apotheke war, lief dann über die Straße, stolperte fast über den Bordstein und betrat den Laden. Der Apotheker stand hinter der Verkaufstheke, seiner Frau hatte er wohl verboten zu bedienen. Über die Gläser seiner runden Nickelbrille hinweg, die auf seiner Nasenspitze saß, schaute er mich geringschätzig an. Er verlangte wieder ein Rezept – wo er doch weiß, dass ich überhaupt kein Rezept bekommen kann. Ich breitete mein ganzes Geld vor ihm aus, das er mit seinen dürren Fingern im Nu nachgezählt hatte und blitzschnell in der Kasse versteckte. «Wo hast du das Geld eigentlich her?» Er duzte mich einfach, aber ich beantwortete seine Frage nicht, wollte nur mein Medikament. Als er mir nichts gab, verlangte ich mein Geld zurück, doch er meinte nur grinsend, ich könne ihn ja anzeigen. Dann verdunkelte sich sein Blick, er schrie, ich solle verschwinden, er habe keine Medikamente mehr für mich.

Fragment VI

Kloster Steinfeld, Anno 1489

Ambrosius Arimond

Der Schnee machte den Abstieg zum Seeufer mühevoll, aber Vater führte uns sicher über Trampelpfade zu einer flachen Uferregion, wo genügend Platz war, um mithilfe des Ochsengespanns das Fuhrwerk ans Ufer zu ziehen. Als wir es endlich erreichten, dämmerte es bereits, und die untergehende Sonne tauchte den See in goldenes Licht. Gegen den Willen meines Vaters schickte Johann von Erkelenz sogleich zwei unserer Männer auf das Eis, die jedoch schon nach einigen Metern einbrachen. Vater schlug vor, den Nachtfrost abzuwarten, um dann in den frühen Morgenstunden einen erneuten Versuch zu wagen, wenn die Eisdecke wieder dick genug sei, um einen Mann tragen zu können.

Die Sonne verschwand hinter den Gipfeln; es wurde stockdunkel, und es war, wie wir es gehofft hatten, so bitterkalt geworden, dass der See binnen kurzer Zeit tatsächlich wieder zufror. Nun ließ Vater ein Feuer entfachen, und zitternd saßen wir um die Flammen herum, versuchten so, die Nacht mit Gottes Hilfe zu überstehen. Johann von Erkelenz betete bis zum Morgen. Er weckte mich, als die anderen noch schliefen, segnete und bereitete mich, wie er mir prophezeite, für meine große Aufgabe im Dienste der Christenheit vor.

Noch vor Sonnenaufgang begannen die Bergungsarbeiten. Zwei der Männer wagten sich mit Leitern, die sie aufs Eis legten, auf den See hinaus; langsam schoben sie sich auf ihnen vorwärts, auf ihren Schultern lagen dicke Taue. Am Fuhrwerk angekommen, sollten sie diese an Deichsel und Achse befestigen, um so den Wagen mit den starken Ochsen ans Ufer zu ziehen. Das

Eis fing unter dem Gewicht der Männer an zu knacken, lange Risse taten sich auf und langsam brach das Eis zwischen ihnen und dem Ufer. Einer versank und zog die Leiter, an die er sich in seiner Todesangst geklammert hatte, mit in die Tiefe, der andere rettete sich mit knapper Not. Jetzt wagte sich niemand mehr auf den See hinaus.

Um die Mittagszeit kam die Sonne hinter den Bergspitzen hervor; die Welt lag nun in einem irisierenden, güldenen Glitzern, sie erschien uns wie eine funkelnde Monstranz, deren Glanz den Altar in helles Licht taucht. Von den Felsklippen rutschten mit tosendem Lärm Schneemassen auf den See. Im Laufe des Tages wurde es fast warm. Das Fuhrwerk, das sich noch im Schatten befand, würde bald, wenn die Sonne es erreicht hätte, für immer versinken.

Als wir den Heimweg antreten wollten, verfluchte Johann von Erkelenz uns alle und beschwor uns inständig, das Herz des Cusanus zu retten. Dies sei unsere heilige Gottespflicht; er beschrieb die Qualen des Höllenfeuers, die unweigerlich über uns kämen, wenn wir nicht dieses fromme Opfer brächten. Die ganze Zeit über hielt er fest meine Hand und versicherte, ich sei auserkoren, das Paradies für uns alle zu gewinnen.

Freitag, 20. Oktober 1944

Der Tanzsaal der Gastwirtschaft ist seit einer Woche Lazarett und Verbandsplatz. Auf dem flachen Saaldach hängt nun die Fahne des Roten Kreuzes.

Als ich Sanny heute besuchte, wurde gerade unter starker Bewachung eine Apotheke eingerichtet; Soldaten luden Kisten mit Medikamenten, medizinischen Geräten und Decken von einem Lkw. Sie schleppten sie in die Gaststätte und von dort zum Saal. Ein Offizier trieb sie zur Eile an und gab ihnen brüllend Befehle; dabei ließ er sich von Sanny Schnaps einschenken. Die Fenster im Saal waren verdunkelt worden, die Möbel hatte man auf die Bühne gestellt, Sannys Klavier war irgendwo hinter aufgetürmten Tischen und Bänken verschwunden.

Es dauerte einige Stunden, bis alles hergerichtet und bereit war für die Aufnahme der Verwundeten. Ein hinkender Militärarzt mit einer Narbe auf der Wange war mit seinen Sanitätern eingetroffen; sie bauten ein tragbares Röntgengerät auf, stellten einen Operationstisch vor die Bühne und trennten diesen Bereich mit Stellwänden ab. Aus einer Lautsprecheranlage ertönte plötzlich laute Schlagermusik; der Offizier erschien schwankend in der Tür und befahl, sofort das Grammophon abzustellen.

Gegen Abend trafen die ersten Verwundeten ein; sie stöhnten und schrien, als man sie in den Saal trug und auf die Feldbetten legte, die ordentlich ausgerichtet dicht an dicht auf dem Tanzboden standen. Über ihnen an der Decke drehten sich die glänzenden Flittergirlanden vom Karneval, und die bunten Lampions schaukelten in der Zugluft.

Ich erzählte Sanny, Alfons habe geschrieben. Sie wartet immer noch auf eine Nachricht Vallentins, hatte Tränen in ihren Augen. Ich nahm sie fest in den Arm.

Montag, 23. Oktober 1944

Übers Wochenende habe ich alte Wachsblöcke geschmolzen; das verunreinigte, flüssige Wachs gieße ich danach durch ein Sieb in die bereitstehenden Kerzenformen. Es werden vierzig Kerzen, die ich gut gegen Lebensmittel tauschen kann.

Ich inspiziere nach den starken Luftangriffen der letzten Tage meine Bienenvölker; neun Stöcke sind völlig zerstört, insgesamt also mindestens 500 000 tote Bienen. Die Beuten oberhalb des Sees wurden durch die Druckwellen ins Wasser geschleudert, wo sie wie tote Kühe trieben, die Stöcke bei Lünebach sind wahrscheinlich von vagabundierenden Zwangsarbeitern geplündert worden. Was mit den Bienen an der Grenze ist, weiß ich nicht.

Sonntagabend kam überraschend Sanny; ich war gerade im Garten, um die Nachsaat der Buschbohnen zu pflücken. Als kleines Mädchen war sie zum letzten Mal hier gewesen; ich erinnere mich, wie sie damals meiner Mutter beim Ernten der Bohnen geholfen hatte, und jetzt half sie mir. Sie zog die Bohnen vorsichtig ab und legte sie in den Korb. Ich sah ihr dabei zu, und sie lächelte, weil sie wusste, was ich dachte. Aber denke ich das wirklich, sind das wirklich meine Gedanken, die sie zu erraten glaubt? Alles liegt irgendwo am Rande meines Bewusstseins, und ich möchte es dort auch belassen.

Später gingen wir ins Haus, begannen die Bohnen zu putzen, und plötzlich war meine liebe Cousine verschwunden. Ich hörte sie durchs Haus spazieren, wo sie wohl, neugierig wie sie ist, alles beäugte. Nach einiger Zeit kam sie die Treppe herunter und setzte sich wieder zu mir an den Küchentisch. Bis auf die vielen Bücher habe sich wenig verändert, meinte sie, eine Frau, die etwas Ordnung schaffe, wäre ganz gut für mich. Die Gaststätte müsse sie nun wegen des Lazaretts schließen.

Donnerstag, 26. Oktober 1944

Diese Nacht haben Wildschweine die ganze Wiese nach Engerlingen durchwühlt; sie kommen regelmäßig im Herbst aus dem Wald. Mutter hatte sich dann immer darüber aufgeregt, sie würden den ganzen Garten zerstören.

Die Obstbäume haben schon beinahe das ganze Laub verloren; die Sonne scheint durch die fast kahlen Zweige.

Als ich in die Stadt ging, erfuhr ich, dass die Gestapo Fräulein Elisabeth abgeholt hatte; wie man erzählt, hat man sie geschlagen, auf brutale Weise in einen schwarzen Horch gestoßen und ohne weitere Erklärung und ohne den sonst so wichtigen Papierkram abtransportiert. Ich erinnere mich, sie als Kind einmal hinter unseren Bienenstöcken gesehen zu haben; sie saß dort, weinte und Vater beugte sich zu ihr. Elisabeth muss damals gerade Mitte dreißig gewesen sein. Später ging Vater mit ihr zum Schuppen; ich konnte durch das staubige Fenster sehen, wie er auf und ab ging und eindringlich mit ihr sprach, konnte aber nichts verstehen. Dann sah ich, wie sie Vater einen Lockenwickler gab.

Freitag, 27. Oktober 1944

Das Urftland und Kall sind nun ein riesiges Heerlager geworden, überall stehen getarnte Panzer, Lastwagen und Pferdefuhrwerke herum. Soldaten fliehen vor den von Westen weiter vordringenden Alliierten. Ihre Tiefflieger tragen englische, amerikanische und französische Hoheitszeichen, lassen keine Gelegenheit mehr aus anzugreifen. Der eben noch stille blaue Himmel ist dunkel von heulenden Jagdbombern mit ihren zu furchtbaren Fratzen gewordenen Pilotenkanzeln. Die Bomben treffen das Langhaus der Pfarrkirche, schließlich auch den alten Glockenturm, die Ziegelei und das Sägewerk. Die Bahngleise bleiben diesmal unbeschädigt; bisher waren sie und der Bahnhof immer das erste Ziel, das angeflogen und mit einem Bombenteppich belegt wurde. *Quocumque aspexi, nihil est nisi mortis imago.* *

Ich kauere unter meinem Schreibtisch, habe mir Bienenwachs in die Ohren gestopft und hoffe, keinen Anfall zu bekommen.

Sanitätswagen rollen vor die Gaststätte; Verwundete werden abgeladen und auf die letzten freien Feldbetten im Tanzsaal gelegt. Die Sanitäter lassen das Grammophon laufen, singen die lustigen Schlager mit und lachen, während sie die Toten nach draußen tragen und ihnen dort die Uniformen ausziehen. Die einen sortieren sorgfältig die noch brauchbaren Kleidungsstücke, die anderen verhüllen die Toten mit Decken, unter denen sich ihre nackten Körper deutlich abzeichnen. So liegen sie den ganzen Tag auf

* *Wohin auch immer ich blicke, ist nur ein Bild des Todes.*

dem Platz vor der Gaststätte. Die gelben Blätter der Schwarzerlen fallen auf die Toten und in den Fluss. Fliegen sammeln sich auf den feuchten, blutigen Decken, und in der angenehmen Wärme der späten Oktobersonne hängt der Leichengestank.

Sanny ist mit anderen Frauen den ganzen Tag über damit beschäftigt, am Fluss das verschmutzte Verbandsmaterial in großen Waschzubern auszukochen.

Montag, 30. Oktober 1944

Fräulein Elisabeth ist jetzt schon über drei Tage weg. Man erzählt sich, sie sei nach Köln zur Gestapo am Appellhofplatz gebracht, dort lange verhört und gefoltert worden. Es sei völlig unklar, was sie sich habe zuschulden kommen lassen, aber man fragt auch nicht weiter danach. Charlottes Mann soll ihre Verhaftung veranlasst haben; vielleicht hat es mit der Bibliothek zu tun, vielleicht auch mit dem Bürgermeister, ihrem früheren Geliebten, der Sozialdemokrat war und nicht zu den Nazis überlaufen wollte. Vielleicht gehört sie zur Organisation. Ich befürchte, dass sie mich verraten könnte.

Ich habe heute wieder Luminal genommen – es ging nicht anders. Eine Schachtel mit zwanzig Tabletten bleibt mir noch, dazu eine angefangene halbe Packung, eine Notration mit weiteren zwanzig Pillen habe ich in einem geheimen Fach im Bienenstock (No. 9) versteckt; dort liegen auch meine Hefte. Wenn ich die Antikonvulsiva weiterhin regelmäßig einnähme, hätte ich schon bald keine mehr.

Meine Angst wird immer größer, dass sie auch zu mir kommen werden; ich sollte mich vernünftigerweise verstecken, mich bis zum Ende des Krieges unsichtbar machen. Aber was werden sie schon groß von mir wollen, ich mache doch gar nichts. Überhaupt, ich glaube, die haben im Moment andere Sorgen. Als ich das letzte Mal vor der Gaststätte stand, betankten zwei Obersturmbannführer, die ich einmal mit Charlottes Mann gesehen habe, ihren Wagen mit Benzin, das für den Lazarettbetrieb bereitgestellt war. Sie werden sich bestimmt in Sicherheit bringen wollen, denn auf der Rückbank lagen drei vollgepackte Koffer.

Seit zwei Tagen werden die Toten nur noch abends bei Einbruch der Dunkelheit weggebracht; keiner weiß, wohin.

Dienstag, 31. Oktober 1944

Reformationstag

Ich hatte am Morgen im Schuppen einen Anfall. Als ich wieder zu mir kam, lag ich vor dem Bienenhaus; meine schmerzende Zunge war so dick, dass ich nicht sprechen konnte. Einer der einquartierten Soldaten schaute mit seinen versoffenen Augen auf mich herab, er dachte wohl, ich sei ebenfalls betrunken. Als ich mich aufrichtete, torkelte der Soldat zu den Weißdornhecken, pinkelte und wankte dann durch den Garten ins Haus.

Unser Städtchen quillt über vor Flüchtlingen; sie kommen aus dem nun völlig zerstörten Köln sowie aus Düren und aus Düsseldorf, aber auch aus Ostpreußen und Hinterpommern. Auf Leiter- und Kinderwagen haben sie alle ihre Habseligkeiten gepackt und müssen sich ihr Essen an den Haustüren zusammenbetteln.

Ich habe damit begonnen, heimlich Lebensmittel in die Grotte zu bringen, wo ich mich jetzt doch verstecken will. Es überlebt, wer gelernt hat, im Verborgenen zu leben. In der Dunkelheit, allein und von meinen Anfällen geplagt, wird es allerdings die Hölle werden.

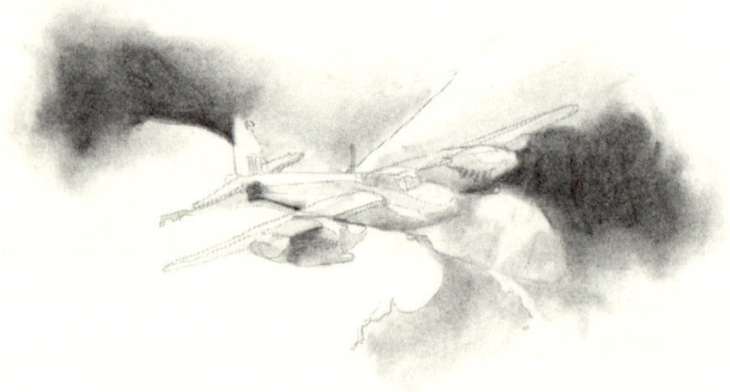

De Havilland DH.98 Mosquito:
Besatzung: zwei Mann, Antrieb: zwei V-12-Motoren Rolls-Royce Merlin 25, je 1635 PS, Bewaffnung: ein MG, vier Maschinenkanonen

Samstag, 25. November 1944

Die Gestapo hatte mich am Mittwoch, den 1. November, früh morgens um fünf Uhr zu Hause abgeholt und nach Köln gebracht.

Auf einer Pritsche komme ich zu mir; ich stelle mich auf sie und schaue durch ein kleines, vergittertes Fenster auf einen dunklen Innenhof. Ich habe keine Erinnerung an das, was passiert ist. Am nächsten Tag werde ich hochgebracht; man setzt mich auf einen Stuhl, bindet meine Hände und Füße fest. Ich solle Komplizen nennen, Verstecke und die Fluchtpläne. Über meine Hände wird eine Vorrichtung mit Dornen gestülpt; vor Schmerz werde ich ohnmächtig, bekomme einen Anfall, bei Besinnung bin ich erst wieder, als man mich die Treppe hinunterbringt. Vom Hof lautes Geschrei; es werden Gefangene erhängt, die an den Stricken bleiben, denn während der stundenlangen Fliegerangriffe wagt sich kein Mensch nach draußen. Die Detonationen lassen die Erhängten hin und her pendeln wie Vogelscheuchen im Wind. Sie beruhigen sich erst, als es zu regnen beginnt und eisige Kälte sie in gläserne Kleider hüllt. Als man sie endlich abschneidet, fallen ihre Körper auf die Pflastersteine und zerbrechen klirrend zu Scherben. Man lässt sie dort liegen; als Schnee sie zudeckt, erheben sie sich und wandeln als weiße Schatten unsichtbar über den Innenhof. Andere Männer und Frauen hängen jetzt an den Stricken, und ich träume von meinen Bienen, die aus ihnen herauskriechen und zu schwärmen beginnen. Die Verhöre werden von Tag zu Tag schlimmer, meine Anfälle auch.

Drei Wochen hatte mich die Gestapo festgehalten, dann wurde ich überraschend freigelassen.

Montag, 27. November 1944

Ich habe Angst, erneut verhaftet zu werden; sie haben damit gedroht, weil sie in der Sache mit mir nicht weitergekommen sind. Aber das alles werde ich nicht noch einmal ertragen können.

Wo soll ich mich verstecken? Habe ich bei ihnen die Grotte erwähnt? Im Haus durchsuchten sie jeden Winkel, haben alle meine Medikamente konfisziert. Allein mein Versteck in den Bienenstöcken blieb unentdeckt. Vielleicht sollte ich alle meine Notizen vernichten, nichts mehr aufschreiben, außer das, was die Bienen betrifft; aber das bringe ich nicht über mich, denn das Einzige, was bleibt, sind diese Notizen. Sie halten mich am Leben, sind meine einzige Erinnerung. Ich spüre, wie ich mit jedem Anfall mehr und mehr vergesse; so weiß ich nicht, ob ich ihnen etwas verraten habe, habe sogar vergessen, wie ich nach Hause gekommen bin. Ob der Apotheker an allem schuld ist?

Ich kann nur unter Schmerzen schreiben. Es kommt mir vor, als sei die Zeit im Gefängnis ein langer und schwerer Anfall gewesen; ich musste ihn ganz ohne Medikamente überstehen. Viele meiner Gehirnzellen werden dabei abgestorben sein, ich brauche eine Ewigkeit, um auch nur einen Satz zu formulieren. Meine Erinnerungen, das Gefüge der Ordnung hat allen Bestand verloren.

Warum sie mich wohl wieder freigelassen haben? Vielleicht wegen Alfons, vielleicht hat Charlotte ihren Mann gebeten, sich für mich einzusetzen. Maria erzählte mir, Charlotte habe sich bei ihr nach mir erkundigt; bald danach sei sie mit ihrem Goldfasan verschwunden. Ich werde sie wohl nie mehr wiedersehen; manchmal erinnere ich mich an ihren Geruch, aber ihr Gesicht und alles andere sind verblasst.

Während meiner Notizen bin ich am Schreibtisch erschöpft zusammengesunken; als ich die Augen öffne, glänzt der Mond taghell auf dem hart gefrorenen Schnee. Die bunten, mit Reif überzogenen Blätter liegen unter der Esche, die immer der letzte Baum ist, der seine Blätter verliert.

Dienstag, 28. November 1944

Ich stehe im Schuppen, betrachte einen Lockenwickler, in dem sich eine tote Königin befindet, und bewundere ihre Schönheit, die so leicht ist wie kalter Staub.

Die Offensive der Amerikaner ist in der eisigen Kälte des Hürtgenwalds stecken geblieben; die Augen ihrer Flugzeuge sind blind, die massive Überlegenheit ihrer Panzer ohne Nutzen. Die dicht gepflanzten Fichten helfen den deutschen Soldaten.

Maria erhielt die Nachricht, ihr Mann sei gefallen.

Die russischen Zwangsarbeiter werden nicht mehr bewacht; sie streifen umher, durchstöbern die Ruinen auf der Suche nach Essbarem und warmer Kleidung. Wenn sie beim Plündern erwischt werden, erschießt man sie an Ort und Stelle.

Ich entdecke meinen Hund neben dem Bienenhaus. Als ich nach draußen gehe, kommt er winselnd auf mich zu, legt sich vor mir auf den Boden und wälzt sich im Schnee; er ist abgemagert, in seinem Fell hängen kleine Eisklumpen. Ich trage ihn ins Haus. Nachdem er gefressen hat, legt er sich neben den Ofen auf seine Decke. Während er schläft, schmilzt das Eis in seinem Fell.

Sonntag, 3. Dezember 1944

Marias Haus ist beim letzten Angriff völlig zerstört worden, sie ist mit den Kindern zu mir gezogen. Wir leben zu viert im ehemaligen Zimmer von Alfons; an den Wänden hingen noch seine Flugzeugbilder. Ich habe sie abgenommen und zu meinen Zeichnungen und Notizen in den Bienenstock gelegt. In allen anderen Zimmern sind Soldaten einquartiert; sie liegen überall auf Strohsäcken, selbst in der Scheune lungern sie herum. Wenn sie betrunken sind, werden sie Maria gegenüber zudringlich.

Die Medikamente, die mir der Apotheker zuletzt verkauft hat, haben schlimme Nebenwirkungen; ich muss mich oft übergeben, habe Krämpfe und Halluzinationen. Ich fürchte, er hat mir gepantschtes Zeug verkauft. Meine Notration aus den Beuten geht zur Neige, ich kann die Dosis, wie es aussieht, nicht reduzieren, ohne immer wieder Anfälle zu bekommen. Sie werden immer schlimmer und dauern immer länger. Um einschlafen zu können, möchte ich mich an die Lieder meiner Bienen erinnern. Doch jedes Mal wenn ich es versuche, verwandeln sie sich in das Dröhnen und Pfeifen der Jagdbomber. Ich befürchte, irgendwann aus jener anderen Welt, in die ich geraten bin, nicht mehr herauszufinden.

Beginne wieder mit Mutters Kneippkur, hocke mich nackt in die Zinkwanne. Maria gießt Eiswasser über mich, ich erstarre vor Kälte, aber vielleicht hilft es ja.

Ich denke, der Apotheker will mich vergiften.

Ständig habe ich Angst, bald nicht mehr Herr meiner Sinne zu sein, Dinge zu sagen, die mich verraten könnten. Ich glaube, ein Opfer bringen zu müssen – etwas zerreißen, gewaltsam entfernen, mir Haare abschneiden, meine Hände von den Gelenken abtrennen, jemanden töten, ihm eine Kugel ins Gesicht schießen. Ich stehe in der Waschküche vorm Spiegel und erkenne mich nicht. Ich besuche die Bienen, lege wieder mein Ohr an ihre Stöcke und höre sie ganz leise summen, jeder Stock mit einer anderen, eigenen Melodie. Ihnen geht es gut, die Bombenangriffe scheinen sie überhaupt nicht zu stören.

Fragment VII
Kloster Steinfeld, Anno 1489

Ambrosius Arimond

Man band mir das Seil um den Leib; der Priester segnete mich noch einmal, und ich wagte mich vorsichtig auf das Eis hinaus. Ich legte mich bäuchlings auf ein langes Brett, das ich immer weiter in Richtung Fuhrwerk schob. Die Sonne stieg indessen höher und höher, strahlte wärmend auf meinen Rücken. Die Risse im Eis vergrößerten sich durch mein Gewicht, und das Wasser, das meine Kleidung aufsog, ließ mich immer schwerer werden. Minutenlang harrte ich frierend auf dem Brett aus, fürchtete, auch nur die kleinste Bewegung könne mein Ende bedeuten. Hinter mir, wo die Sonne schon seit den Morgenstunden auf das Eis des Sees gestrahlt hatte, war es bereits gänzlich geschmolzen; es gab kein Zurück mehr für mich. Wie sehr bereute ich es, gegen den Willen meines Vaters dieses Wagnis auf mich genommen zu haben. Ich blickte durch das dünne Eis und sah im kristallklaren Wasser Pferde- und Menschenleiber treiben; die Rufe vom Ufer erreichten mich kaum, was ich hörte, war die zornige Stimme meines Vaters, den man daran gehindert hatte, mich zurückzuhalten, und das laute inbrünstige Beten des Priesters. – Confiteor Deo omnipotenti – *Die Worte schallten tausendfach widerhallend durch die Bergwelt; ich glaubte, das gütige Gesicht meiner lieben Mutter tief unten auf dem Seegrund zu sehen, und sehnte mich danach, von ihr in die Arme genommen, liebkost zu werden.* – beatae Mariae semper Virgini – *In meiner Todesangst begann ich zu weinen und sah mein Ende nahen. Ich lag wie einst als Kind geborgen in ihren Armen und lauschte ihrer sanften Stimme, bevor sie endlich als Schatten für immer entschwand.* – beato Ioanni Baptistae – *Überhängende Schneemassen waren vom Steilhang herabgekracht und ließen das Eis unter mir erzittern. Ich bewegte mich wieder vorwärts, zog wieder und wieder den Strick nach und war nun in der Mitte des Sees angelangt.* – mea culpa, mea culpa – *Die Sonne schien jetzt auf die überhängenden Felsen auf der anderen Seite des Sees, unter denen sich das Fuhrwerk befand.* – mea maxima culpa – *Immer noch hallten die Worte des Sekretärs und die der Männer wider, klangen ihre Bitten in einem vielstimmigen Chor von Fels zu Fels. Ich glitt langsam wie eine Schnecke über das schmelzende Eis und erreichte endlich das Fuhrwerk;* – Ideo precor beatam Mariam semper Virginem – *vorsichtig drehte ich mich auf den Rücken, schob mich sodann aus der Sonne in den Schatten unter das Fuhrwerk und befestigte die Taue an den mir geheißenen Stellen.* – beatum Michaelem Archangelum – *Ich sicherte sorgfältig die wertvolle Ladung, die Kassette mit dem Herzen des Cusanus, die Kisten und Truhen, in denen sich der Goldschatz und die Bücher befanden, Schriften, von denen ich damals noch nicht erahnen konnte, was sie mir dereinst bedeuten würden.* – omnes Sanctos, et vos, fratres – *Immer wieder brachen derweil Schneelawinen krachend vom Steilhang herab.* – et te, pater, orare pro me ad Dominum Deum nostrum.

Dienstag, 5. Dezember 1944

Seit einer Woche starker Frost; gestern hat das Thermometer zehn Grad unter Null angezeigt, und heute ist es bestimmt noch kälter. Habe mich wieder ins Eiswasser gesetzt.

Nur noch zwei Luminal.

Alles ist knapp, auch Heu und Stroh. Franz versteckt das Pferd im Bergschadensgebiet, damit es nicht konfisziert wird. Er wird es versorgen.

In der Bahnhofstraße brennen die letzten noch stehenden Häuser. Wer nicht schnell genug den Bunker erreicht, ist spurlos verschwunden. Beim Schuhhaus Joisten ist die Vorderfront eingefallen, überall liegen Kartons und Schuhe verstreut. Ich sehe, wie eine Zwangsarbeiterin sich vorsichtig dem Laden nähert; sie blickt sich um, bückt sich und versteckt ein paar Schuhe unter ihrem Kittel, läuft die Straße hinunter.

Am Abend gehe ich zu Sanny; sie sitzt mit dem völlig betrunkenen Kleenbeen oben in ihrer Wohnung. Im ganzen Haus stinkt es entsetzlich. Auf dem Tanzboden liegen die Verwundeten. In allen Fremdenzimmern sind jetzt Sanitäter und Offiziere einquartiert, ununterbrochen rattert der auf dem Saalanbau stehende Generator. Sanny weint, ihre Hände sind von der Lauge und der Kälte ganz rissig geworden. Ich frage sie, ob es vielleicht in der Lazarettapotheke Medikamente für mich geben könnte. Sie schlägt mir ins Gesicht und schreit, ich solle verschwinden.

Als ich nach Hause stapfe, sind sämtliche Fenster verdunkelt. Der Schnee macht alles still und friedlich.

Donnerstag, 7. Dezember 1944

Heute die letzte Luminal genommen; ich warte nur noch, ohne zu wissen, auf was. Die gefrorene Nässe des Nebels überzieht die Zweige mit filigranen gläsernen Netzen, und der fallende Schnee verwandelt das Urftland in ein verwunschenes Märchenreich. Ich bin am Ende, mir fehlt die Kraft nachzudenken, zu schreiben.

Alles erscheint mir unendlich leise und langsam. Eichelhäher flattern vorm Bienenhaus und schnappen nach den Bienen, die seltsamerweise jetzt mitten im Winter ihren Stock verlassen haben; aber dann erkenne ich, dass es Schneeflocken sind.

In mir werden Erinnerungen wach, die nicht die meinen sind, die zu anderen Menschen gehören.

In der ehemaligen Einkaufsstraße und auf dem Marktplatz erhängte Deserteure.

Wir haben keinen Platz mehr im Haus, keine Ecke, in die ich mich zurückziehen könnte. Es fällt mir nicht schwer, von den Waffen, die achtlos im Haus herumliegen, eine Pistole und Munition an mich zu nehmen; ich wickele sie in eine Decke und verstecke beides hinterm Bienenhaus.

Winter 1944 / 45

Freitag, 22. Dezember 1944

Heute beim Apotheker; er kommt schreiend aus seinem Büro, packt mich grob an der Schulter und stößt mich zurück zum Eingang. Was ich denn hier wolle; während unsere Soldaten ihr Leben für das Vaterland opferten, hätte ich Schmarotzer schon lange mein Recht verwirkt, irgendeinen Anspruch auf Medizin zu haben. Seine Frau steht in der Tür, senkt den Kopf und verschwindet fast in ihrem langen weißen Kittel. Ich weiß nicht mehr, was ich machen soll, falle auf die Knie und bettele ihn inständig an, er möchte mir doch ein Medikament geben, irgendetwas, das mir hilft. Während der Apotheker mit seiner linken Hand die Tür öffnet, zieht er mich mit seiner Rechten hoch und wirft mich auf den Bürgersteig. Ich höre noch, wie er mir droht, mich zu melden, wenn ich mich wieder blicken lasse.

In der Nacht ist mir so kalt, dass ich selbst unter mehreren Decken und trotz des heißen Ziegelsteins nicht aufhöre zu zittern. Ich stehe auf, ziehe zwei Wollpullover an, die Jacke, einen Schal und dicke Strümpfe, krieche wieder ins Bett und spreche mit meinen Bienen.

Am Morgen steige ich in den Regenbottich im Garten.

Samstag, 6. Januar 1945

Heilige Drei Könige

Seit den Weihnachtstagen furchtbare Fieberschübe und schrecklicher Schwindel; ich drehe mich auf einem rasenden Karussell immer schneller, habe Angst, irgendwann in den Himmel zu fliegen. Oder in die Hölle – zwischen Realität und Einbildung kann ich längst nicht mehr unterscheiden, irre umher und weiß nicht mehr, wo ich bin; ich stehe plötzlich allein an einem unbekannten Ort, rede wirres Zeug, glaube dann, Steward stünde vor mir, sehe meinen Bruder in seinem Bomber durch die Wolken rasen. In meinen offenen Mund, mit dem ich nach Luft schnappe, träufelt mir der Apotheker Gift.

Maria ist ohne Medikamente zurückgekommen; weinend erzählt sie, der Apotheker würde uns anzeigen. Auf dem Marktplatz ist eine Frau von Feldgendarmen wegen Plünderung exekutiert worden. Ich schreie, sie hätten ja recht, die Schweine, Gesetz sei Gesetz, gerade in den schlimmsten Zeiten müsse Ordnung herrschen. Maria blickt mich entsetzt an, worauf ich wie wild aufspringe und auf sie einschlage. Ein Soldat reißt mich von ihr los, zerrt mich zur Tür und versetzt mir einen Fußtritt; ich stürze in den schmutzigen Schnee, in meinen Augen gefriert der Dreck, die Zweige der Esche beugen sich rauschend vor mein Gesicht. Ich sehe Fleisch an den Ästen hängen, und während ich darauf starre, verwandelt es sich in Menschen. Ich höre Maria weinen, sehe sie aber nirgendwo. Habe ich ihr etwa wehgetan?

Ich lege mein Ohr an die Bienenkästen, höre meine Völker; ihre leisen Melodien erinnern mich an die Gesänge der Mönche, ich knie vor dem Altar einer unendlich großen Kathedrale. Die Bienen werden sich gegenseitig wärmen, sie sind zufrieden, haben genügend Vorräte und werden den Winter überleben. Ich fange wieder an, mit ihnen zu sprechen.

Am späten Nachmittag gehe ich mit der Pistole unter der Jacke zur Apotheke.

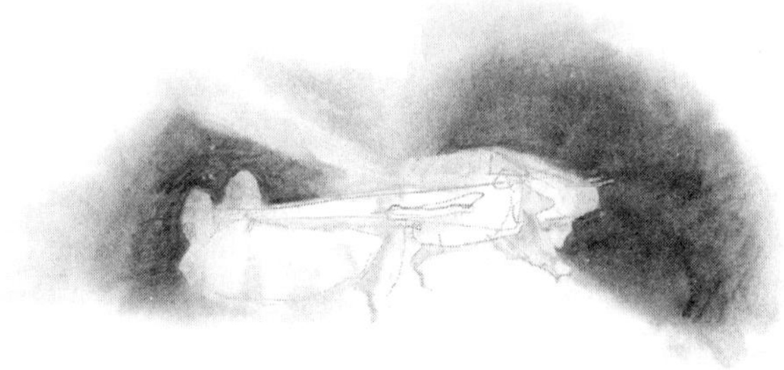

Lockheed P-38 Lightning:

Besatzung: ein Mann, Antrieb: zwei V-12-Triebwerke Allison mit Turbolader, je 1622 PS, Bewaffnung: vier MGs, eine Bordkanone, Bombenlast: 1820 kg

Ich liege fiebernd in der Küche auf dem kalten Steinboden, erkenne niemanden mehr. Etwas Winziges krabbelt und tänzelt in meinem Kopf, wird immer und immer mehr, es drängt sich und drängt sich ganz dicht aneinander, surrt und summt leise.

Der Frost hält den Schnee auf dem Dach. Rehe stehen im Nebel auf dem Fels. Nachts höre ich Marder unterm Dachgebälk. Dröhnende schwarze Striche schieben sich über den Himmel.

Soldaten springen aus Schützengräben, rennen hügelige Wiesen hinauf und verschwinden im Dunkel der Wälder.

Ich stehe auf der Brücke am Rauschen, werfe die Schreibmaschine und die Texte in den Fluss, all die schönen Erinnerungen, meine Wünsche und Träume treiben in der Strömung zum See hin, wo sie für immer im tiefen Schlamm einer Gumpe versinken.

Meine lieben Bienen schwärmen im Winterhimmel, wehen wie schwarze Schneeflocken im Wind.

Maria gibt mir zu trinken.

Ich schreie, ich muss zu meinen Bienen, dann werde ich wieder ohnmächtig.

Im Haus spielt ein Grammophon. Sie haben den Honiglikör im Keller aufgespürt, schlagen die Flaschenhälse ab und saufen. Ich sehe vor mir, wie Maria immer wieder von ihnen vergewaltigt wird, zu dritt und zu viert stürzen sie sich auf sie. Sie binden Stricke um ihre Füße, sie …

das Eis in der Waschschüssel ist gefroren.

… die Sauen im Stall werden niedergehalten, mit dem Bajonett totgestochen, die Borsten abgeflämmt, die Haut geschrappt, bis sie ganz nackt und zart ist, dann werden die Bäuche aufgeschlitzt, Gedärme quellen dampfend heraus. Auf die Schweinshälften kommt ein Stempel, ein deutscher Adler mit Hakenkreuz.

Tote sitzen auf Stühlen, liegen in Betten, sie hocken in einem Schrank; ein Hund hinkt in Ruinen umher, hat Glassplitter in einer Pfote. Alles ist dunkel vom Staub, es stinkt nach verbranntem Gummi und Öl. Ich esse Stachelbeeren und Rhabarber.

Ich muss zu meinen Bienen, ihnen sagen, dass ich bald sterben werde, dass Franz sich dann um sie kümmern wird.

In meinen Fieberträumen laufe ich übers Feld zu einem Flugzeugwrack, finde meinen Bruder, bette ihn auf das Fuhrwerk, liege neben ihm, blicke in den blauen Himmel, während das Pferd uns von Bienenweide zu Bienenweide zieht. Ich rede die ganze Zeit über mit Alfons, beruhige ihn, er müsse jetzt keine Angst mehr vor den Bienen haben.

Franz steht vor meinem Bett, ich versuche aufzustehen.

Ich muss zu den Bienen, ihnen sagen, dass ich bald sterbe; sie werden aber niemals ganz allein sein.

Soldaten stehen im Garten, schießen auf das Bienenhaus. Ich stelle sie zur Rede: Warum denn meine unschuldigen Bienen, sie würden doch jetzt alle im Frost erfrieren. Sie schießen einfach weiter auf meine Völker, bis das Bienenhaus in sich zusammenfällt; dann dreht sich einer zu mir um, drückt mir ruhig die Pistolenmündung an die Stirn und schreit, ich solle verschwinden.

Maria hilft mir aus dem Bett, bringt mich zur Toilette, wo ich mich auf die Kloschüssel stütze und mich übergebe.

Irgendwann komme ich im Bett zu mir, sie gibt mir Medizin, legt ihre Hand auf meine Stirn.

Es gibt Tage, an denen nichts ist, einfach nur nichts; die Bienen, sie legen sich wärmend aneinander und schlafen in meinem Kopf, und ich bin die ganze Zeit mitten unter ihnen.

Frühling 1945

Mittwoch, 28. März 1945

Als ich die Augen nach langer Zeit wieder öffne, sehe ich eine Winterbiene am Fenster; sie krabbelt aufgeregt auf dem staubigen, im Sonnenlicht leuchtenden Glas und will hinaus. Sie ist eine der Kundschafterinnen, die jedes Frühjahr in der ersten Wärme aus dem Stock kommen, um zu sehen, ob schon Blumen blühen, ob das Wetter bereits günstig für den Ausflug der Sammlerinnen ist.

Die Königinnen werden jetzt mit dem Brutgeschäft begonnen haben.

Ich schlafe lange, werde wach; Maria sitzt neben mir auf dem Bett und hält meine Hand. Die Kinder tollen lachend im Garten. Ich bin erschöpft, kann nicht sprechen, mir fallen die Worte nicht ein, kann sie nur fühlen. Maria beruhigt mich, Franz kümmert sich um die Bienen.

Meine Erinnerung kommt allmählich zurück.

Maria erzählt, wie der Krieg hier zu Ende ging, die Amerikaner vorm Haus standen, sie einem der freundlichen Offiziere den Brief Stewards an seine Eltern gegeben habe, ihm den Eingang zur Grotte zeigte, wie sie daraufhin Medikamente für mich bekam, derentwegen es mir jetzt langsam wieder besser geht.

Als ich aufstehe, sehe ich vom Fenster aus zum Bienenhaus hinüber; es ist bis auf einige wenige, abseits stehende Beuten völlig zerstört. Mir wird schwindlig, ich breche zusammen; später findet Maria mich auf dem Boden der Küche.

Ich erinnere mich nicht, was ich mit dem Apotheker gemacht habe; ich sehe ihn noch hinter der Theke grinsen, wie ich mit der Pistole vor ihm stehe, wie die Sirenen heulen, wie alle zum Bunker rennen. Ich habe ihn gezwungen zu bleiben. Von Maria weiß ich, dass sie mich aus den Trümmern gezogen haben, der Apotheker, seine Frau und sein Sohn seien tot. Die Pistole hatte mir Maria aus der Hand genommen und sie später in den See geworfen. Alles, was die Amerikaner nicht sehen sollten, habe man verbrannt oder im See versenkt.

Sonntag, 6. Mai 1945

Maria hat immer noch Angst, ich könnte wieder einen Anfall bekommen. Aber die Medikamente helfen, ich vertrage sie ohne Nebenwirkungen. Seit Wochen hatte ich keinen Rückfall mehr. Ich erinnere mich wieder an Namen und Begebenheiten, kann wieder lesen. Seit gestern steht das Bienenhaus wieder, Franz hat mir sehr dabei geholfen.

Ich sitze am frühen Nachmittag bei den Einfluglöchern. Die Bienen schwirren mit vollen Pollentaschen vorm blauen Stock, glitzern wie Bernsteintropfen in der Sonne. Sie lieben das Blau mehr als alle anderen Farben, landen auf dem Einflugbrettchen und laufen im Kreis, berichten bestimmt, wo jetzt Schneeglöckchen, Huflattich und Weiden blühen. Die Arbeiterinnen im Stockinneren beginnen mit dem Bau der Königinnenzellen; es sind diesmal viel mehr Weiselzellen als in all den Jahren zuvor. Sie wissen, dass sie sich vermehren müssen und dass sie viele Königinnen brauchen werden, um neue Völker zu gründen. Wegen der guten Wetterlage und der Fülle der Nahrung schwärmen sie bestimmt zeitiger aus als im letzten Frühjahr.

Bei der amerikanischen Kommandantur in Aachen einen Passierschein für die Fahrt zur Grenze beantragt, ich hoffe, er wird noch vor der Schwarmzeit da sein.

Freitag, 18. Mai 1945

Ich habe in den vergangenen Tagen die Bienenweiden in der näheren Umgebung besucht. Die meisten meiner Völker sind zerstört. Überall in den Wäldern tun sich tiefe Krater auf, liegen entwurzelte Bäume, die Stämme gespickt mit Granatsplittern, die Äcker voller Blindgänger und Minen.

Krächzend fliegen Krähen von den Kadavern am Rande des Feldes auf, als ich mit meinem Fuhrwerk dort anhalte. Ich laufe zu einem abgestürzten Flugzeug, finde einen Fallschirm und nehme ihn mit, damit Maria aus der Seide Hemden und Blusen für ihre Kinder nähen kann.

Als ich nach Hause komme, finde ich einen Brief von Professor Karl von Frisch auf dem Küchentisch; er antwortet auf mein vor über einem Jahr abgeschicktes Schreiben, entschuldigt sich, dass er sich während der Kriegswirren nicht gemeldet habe. Er fände meine Überlegungen zur Verbreitung der Subspezies mellifera Carnica, wie er sich ausdrückt, sehr bemerkenswert, berichtet von seinen derzeitigen Forschungen zum Tanz und der Kommunikation der Bienen. Er lädt mich nach München in sein Institut an der Ludwig-Maximilians-Universität ein.

Wenn die Schwarmzeit vorüber ist, ich mich endlich um die Völker an der Grenze gekümmert habe und sich die Reiseverhältnisse etwas gebessert haben, werde ich ihn bestimmt in München treffen. Aber noch habe ich von der amerikanischen Kommandantur nicht einmal die Erlaubnis, zu den Bienen in den Höhengebieten zu fahren.

Samstag, 19. Mai 1945

Am Abend bin ich zum ersten Mal nach langer Zeit wieder bei Sanny in der Gaststätte. Den Saal kann man noch nicht betreten, in ihm herrscht noch das wüste Durcheinander des aufgelösten Feldlazaretts. Sannys Mann Vallentin sitzt apathisch in der Küche, spricht mit niemandem – auch nicht mit seiner Frau. An der Theke erzählt man, viele Bauern hätten sich auf ihren Höfen beim Entfernen von Blindgängern in die Luft gesprengt oder seien beim Pflügen auf Tellermienen gefahren, in einer lauten Explosion mitsamt ihrer Gäule in den Himmel geschleudert und als blutige Fleischklumpen auf ihre Felder verstreut worden.

Spät am Abend öffnet sich die Gaststättentür; Vincentini steckt sein grinsendes Gesicht durch den stinkenden Filzvorhang, schiebt ihn theatralisch beiseite und betritt danach den Raum, tänzelt, wie immer mit lautem Trara, zu seinem Platz an der Theke. Er ist fein herausgeputzt, trägt einen Anzug, einen breitkrempigen Hut, erzählt von lukrativen Geschäften und Kungeleien mit den Amis, vom Bruchholz der Wälder, das ihm die Bauern billig überlassen haben und das er mit gutem Gewinn an Fabriken verkaufen wird. Er sitzt neben mir, klopft mir freundschaftlich auf die Schulter und fragt lachend: «Na, Arimond, hast du's auch überlebt?» Die Zeit des Krieges ist für ihn längst abgeschlossen; er redet nicht mehr über sie, und es scheint, als hätte er für ihn nie stattgefunden. *Fortuna favet fatuis.** Es hat etwas für sich, wie Vincentini sein zu können.

* *Das Glück ist den Einfältigen gewogen.*

Als ich nach Hause komme, liegt Maria bereits im Bett und schläft. Ich lese zum ersten Mal seit Langem wieder in den wenigen Fragmenten, die übrig geblieben sind, und versuche zu übersetzen.

Fragment VIII

Kloster Steinfeld, Anno 1489

Ambrosius Arimond

Es gelang uns mit Gottes gütiger Hilfe, den Karren ans Ufer zu ziehen. Ich war ohnmächtig geworden, hatte die eiskalte Nacht über neben dem Feuer gelegen und erwachte erst am Morgen, als man sich zum Abstieg anschickte. Im Fiebertraum öffnete ich die mit päpstlichen Siegeln verplombte Schatulle, sah das noch gefrorene Herz des großen Gelehrten, fiel wieder in Ohnmacht.

Es brauchte eine Woche, bis ich zu Kräften gekommen war. Der Frühling war jetzt vollends eingekehrt; in der wärmenden Sonne machte sich Mäthi fleißig an den Bienenkörben zu schaffen, und auf den Wiesen trockneten die geretteten Schriften der Bibliothek des Cusanus. Die Toten, die man vom Berg geborgen hatte, waren längst auf unserem Friedhof bestattet, als man sich auf die Überquerung des Passes vorzubereiten begann.

Seit einiger Zeit war mir ein unangenehmer Geruch aufgefallen, dessen Ursache wir nicht erkannten. Johann von Erkelenz jedoch fand heraus, dass das Herz des Cusanus zu verwesen begann. Der üble Dunst breitete sich bald im ganzen Hause aus, die Gäste verließen bereits die Herberge. Auf Befehl des hochwürdigen Sekretärs brachte man Schnee, um das Herz zu kühlen und so die Verwesung aufzuhalten. Aber wie das Herz des Cusanus in seine Heimat bringen? Von Erkelenz kniete in seiner Kammer und betete; die ganzen Mühen der Bergung schienen nun umsonst gewesen zu sein.

Da fiel mir ein, dass Mäthi mir einst gezeigt hatte, wie die Bienen sich von den giftigen Miasmen derjenigen Tiere befreiten, die in ihren Stock eingedrungen waren und die sie mit Tau-

senden Stichen getötet hatten: Sie überzogen die Mäuse oder gar Siebenschläfer mit einem sich schnell härtenden Harz. Warum also, so mein Gedanke, sollten sie desgleichen nicht auch mit dem Herz des Cusanus machen? Es gelang mir, Johann von Erkelenz von meinem Vorhaben zu überzeugen. Wir stellten also die geöffnete Schatulle mit dem Herz des Cusanus in den dunklen Bienenkorb unseres fleißigsten Volkes, und sogleich machten sich die lieben Immen daran, das Herz, gar die Schatulle selbst, mit einer wunderbaren goldgelben Schicht zu überziehen, die die Verwesung aufhielt und dafür sorgte, dass bald jeglicher Geruch verschwunden, das Herz völlig einbalsamiert und mumifiziert war. Wir beließen es bei den Bienen im Korb. Mäthi und ich begleiteten den Sekretär und seinen Tross bei der Überquerung des Passes; uns war die Aufgabe übertragen worden, den Korb mit den Bienen, die das Herz des Cusanus umsorgten, zu begleiten. Für mich begann nun ein großes Abenteuer, eine Reise in eine mir neue, unbekannte Welt. Vater hatte mich der Obhut des Sekretärs anvertraut, der sich für meine Erziehung und Ausbildung verbürgt hatte.

Wir überquerten unter Mühen die Alpen und gelangten schließlich an den Bodensee, der mir damals so riesengroß erschien wie heute der weite Ozean. Wir schifften uns ein und fuhren den Rhein hinunter nach Koblenz, über die Mosel bis nach Cues. Das Herz des Cusanus wurde sodann in der Stiftskapelle am Fuße des Altars unter einer goldenen Kachel eingelassen. Ich trat in den Orden der Benediktiner ein, erlernte Latein und Griechisch und wurde der Schreiber des nunmehr zum Abt des Klosters gesegneten Sekretärs, der durch die Erfrierungen seiner Hände selbst nicht mehr in der Lage war, die Lehren des Cusanus für die Nachwelt festzuhalten. Dies oblag bis zu seinem Tode mir.

Anno 1502 wurde Ambrosius im Alter von achtundvierzig Jahren exkommuniziert; er musste den Orden der Benediktiner wegen einer unzüchtigen Verbindung mit einem Bauernmädchen verlassen. Abt Erkelenz, sein Gönner und Förderer, war bereits viele Jahre zuvor gestorben. Ambrosius wurde von seinem Kloster mit einem Bannfluch belegt: Hunger und Durst sollten über ihn, sein buhlerisches Weib und die Kinder aus dieser unseligen, vom Satan gestifteten Verbindung kommen, nirgends dürften er und die Seinen einen ruhigen Unterschlupf finden, mit Flammenschwertern und Lanzen sollte ihn die göttliche Gerechtigkeit fortan verfolgen; aus einem glühenden Pokal müsse er in der Hölle kochendes Pech trinken, worauf seinen Nasen und Ohren Flammen entweichen würden. Alle seine Schriften sind, wie ein Bruder des Klosters berichtet, vernichtet worden.

Ambrosius ist, soweit es einem Urbarium zu entnehmen ist, anno 1541, in einem für diese Zeit biblischen Alter von siebenundachtzig Jahren, friedlich gestorben; er soll zuletzt ein erfolgreicher Bienenzüchter und wohlhabender, ehrbarer Bürger gewesen sein. Seine Bienenart, apis mellifera Carnica, hatte sich inzwischen zahlreich vermehrt und bestäubte bereits damals die Pflanzen des Urftlandes.

Am Dienstag, den 22. Mai 1945, erhielt Egidius Arimond von der amerikanischen Administration in Aachen endlich die erwartete Sondergenehmigung für die Fahrt zu seinen Bienenvölkern an der belgischen Grenze. Am darauffolgenden Tag spannte er sein Fuhrwerk an, beladen mit allen erforderlichen Werkzeugen, um seine Bienenstöcke zu reparieren und schwärmende Völker einzufangen. Er wollte auch den alten Mann endlich anständig begraben und nahm die schwere Hacke und eine Schaufel mit. Unterwegs musste Egidius hin und wieder vom Fuhrwerk absteigen, weil er das an den tiefen Bombentrichtern scheuende Pferd an den Zügeln führen musste. Bei einem befreundeten Bauern, der vor Kurzem erst mit seiner Familie auf seinen zerstörten Hof zurückgekehrt war, blieb er über Nacht.

Am nächsten Morgen war er früh aufgestanden, um noch vor Sonnenaufgang an der Grenze zu sein. Die meisten seiner Völker dort hatten den Krieg gut überstanden und bereits Honig auf der zweiten Zarge eingelagert; alle Königinnen hatten in ihren Bienenstöcken mit der Bruttätigkeit begonnen. Egidius arbeitete bis zum Mittag, lehnte sich an sein Fuhrwerk und vesperte; der Hund schlief im Schatten unter dem Wagen, das Pferd graste zwischen den Wacholderbüschen auf der Wiese. Maria hatte Egidius einen Korb mit den verschiedensten Speisen mitgegeben, die sie ihm trotz der herrschenden Knappheit hatte besorgen können und die er nun mit viel Freude auspackte, sich hungrig daranmachte, sie zu verzehren. Er malte sich aus, Maria zu heiraten, die Kinder zu adoptieren und gemeinsam mit ihnen in seinem Haus zu leben, machte sich auch

Hoffnung, bald wieder als Lehrer arbeiten zu dürfen. Im Stock herrschte derweil reges Treiben, denn die Larven der nachfolgenden Generation mussten gefüttert und neue Waben für die Brut gebaut werden. Am aufgeregten Surren hörte man, dass einige der Völker schon bald schwärmen würden. Indessen besuchten die Sammlerinnen die blühenden Weißdornhecken und Frühlingsblumen und kamen mit reichlich Nektar und Blütenstaub zurück. Während Egidius noch hinunter ins Tal blickte, strömten plötzlich Tausende Bienen aus dem Stock; eine Königin hatte mit ihrer Gefolgschaft ihr Volk verlassen. Egidius blickte dem Schwarm nach, schlüpfte dann in seinen Schutzanzug und setzte den Hut seines Vaters auf. Er nahm alles für das Einfangen Nötige vom Fuhrwerk und ging gemächlich mit einer Leiter auf der Schulter über den Acker zu den Bienen, die sich inzwischen in der Astgabel einer hohen Kiefer gesammelt hatten. Am Baum angekommen, kletterte er die Leiter hinauf und kehrte sodann mit dem Handfeger vorsichtig die Schwarmtraube mit ihrer Königin von den beiden Ästen in seinen Korb. Er saß danach noch eine Weile am Baum und wartete, bis die letzten Bienen der Königin gefolgt waren, und machte sich dann mit dem Volk auf den Rückweg zum Fuhrwerk. Mit weißem Anzug und Imkerhut sah er aus wie ein Sternenfahrer, der in ferner Zukunft auf einem unbekannten Planeten umhergewandert war und jetzt mit einer fremden, seltsamen Spezies von seiner Expedition in das Raumschiff zurückkehrte. Als Egidius sah, wie sein Hund neugierig an einem metallenen Gegenstand schnüffelte, gewahrte er, dass er sich mitten in einem Minenfeld befand. Erstarrt blieb er stehen.

In der Cafeteria des Supermarktes in Kall trifft sich jeden Morgen eine Gruppe älterer Herren; sie erzählen sich bei Kaffee und Kuchen, belegten Brötchen, Waffeln und Fruchtsaft die Neuigkeiten des Tages. Eine gewisse Zeit lang war ich einer von ihnen, habe mir gern ihre Geschichten angehört und sie literarisch verarbeitet, was sie allerdings nicht sonderlich geschätzt haben.

Als ich letzten Sommer mit meiner Frau Elvira an der Theke der Bäckerei stand, kam Franz Müller, einer dieser «Grauköpfe», auf mich zu und fragte, ob ich einen Moment Zeit habe, er wolle mir nur etwas zeigen. Am Tisch holte er aus einer Aktentasche ein loses Bündel Hefte, auf denen sich Bleistiftzeichnungen befanden, die er, wie er mir versicherte, beim Aufräumen seiner Scheune in einem alten Bienenstock gefunden habe. Die Dokumente erzählten, so sagte er, von einem Mann, dem er viel zu verdanken habe und der kurz nach dem Krieg von einer Tellermine auf einem Feld an der belgischen Grenze getötet worden sei. Als damals in der Nähe arbeitende Bauern an den Ort des Unglücks kamen, fanden sie nichts mehr von ihm vor außer ein paar Kleiderfetzen – er war durch die Explosion des schweren Sprengkörpers in Abertausende Partikel zerrissen worden. Schwärme von Bienen hatten angeblich gerade ihre Stöcke verlassen, sie schwebten in Wolken von schwirrenden Schleiern überm Feld, so als wäre gar nichts geschehen; sie erschienen wie tanzende Sterne eines summenden Universums. Ich kannte das Gerede von Franz zur Genüge und wollte schon zurück zu meiner Frau, als Lambertz, einer der alten Männer, mich ernst anblickte und sagte, das sei doch der, der während des Krieges Juden gerettet habe, den kenne hier doch jeder – außerdem sei er mit mir entfernt verwandt.

Ich war völlig überrascht; anscheinend kannten außer mir alle im Urftland diesen Egidius Arimond. Ein anderer meinte, ich sei doch Schriftsteller und könne endlich mal etwas Gutes über Kall schreiben und so «der Geschichte Gerechtigkeit widerfahren lassen».

Schließlich nahm ich die Papiere mitsamt der Aktentasche an mich; ich hatte sie sofort unter das Sofa in meinem Arbeitszimmer gelegt und erst hervorgeholt, als ich wegen des herbstlichen Dauerregens auf meine Spaziergänge verzichten musste. Ich setzte mich aufs Sofa, öffnete die Tasche, und ein geheimnisvoller Duft von Wachs und Honig, Blütenblättern und Kiefernnadeln strömte mir entgegen. Zwischen den eng beschriebenen Blättern lagen Flügel und Beine von Bienen und mir unbekannten Insekten; es fanden sich zudem seltsame Zeichnungen, die an verschlungene Spuren von Käfermaden in den Rinden alter Bäume erinnerten. Wie verzaubert machte ich mich an die Arbeit. Durch meine Recherchen habe ich viele weitere Dokumente gefunden, so zum Beispiel den Brief einer Esther Rubin aus Haifa. In ihm bedankt sie sich bei Egidius Arimond für ihre Rettung, schildert ihre glückliche Flucht nach Palästina und erkundigt sich nach einem kleinen Stoffpüppchen, nach dem sie so Heimweh habe.

Ich kann nicht garantieren, dass alle Ausführungen im Detail historisch belegbar sind, aber wer weiß schon, was an den Geschichten, die wir uns erzählen, wahr ist oder nur erfunden. Sicher ist jedenfalls, dass die Bienen Arimonds immer noch die Blüten des Urftlandes bestäuben und ihren Nektar sammeln.

Außer den Alten in der Cafeteria danke ich meinem Freund, dem Dokumentarfilmer und Fotografen Dietrich Schubert, dessen Filme sich unter anderem mit der Geschichte der Eifel beschäftigen und mit dem ich viele Gespräche über die letzten Kriegsjahre führte. Ich danke der Kunststiftung NRW, die mir einen längeren Arbeitsaufenthalt in Istanbul ermöglichte. Hinsichtlich der Bienen, ihrer Biologie und ihres Lebens bin ich Frau Groh und Thomas Münz von der Universität Würzburg, dem Soziologen und Imker Karl-Heinz Urlaub und dem Biologen und Imker Klaus Kaldenbach zu Dank verpflichtet. Sie haben mich beraten und auf sachliche Fehler hingewiesen, die ich versucht habe, so gut es geht zu bereinigen. Sollten sich trotz allem immer noch Fehler im Text befinden, so resultieren sie bestimmt aus meiner überbordenden Phantasie. Ich danke meinem Freund Andreas Erb und seiner Frau, der trefflichen Melanie David, Martina Schulten, Franz Peters, Michael Martinek, Katharina Schubert, Gregor Seferens und Holger Schwab, der mir bei einer Lesung in seinem schönen «buchLaden 46» einen Bienenkorb schenkte und mich darin bestärkte, doch endlich einen Roman über Bienen zu schreiben, meinem teuren Freund Arno E. Chun, dessen Gespür für das richtige Wort noch vorhanden ist, wenn meine Kräfte bereits erlahmt sind, der mich immer weiter zur Genauigkeit antreibt, obwohl es mich längst nach draußen zieht in die Ruhe meiner weiten Wanderungen. Ich danke meinem Lektor Martin Hielscher, der bei allen Fragen geduldig zur Verfügung steht, unserem Sohn Erasmus, von dem die schönen Zeichnungen stammen, und meiner geliebten Elvira, ohne die das alles gar nichts wert wäre.

Keldenich den 9. April 2019
Norbert Scheuer

Anmerkung

Alle lateinischen Zitate wurden von mir der besseren Lesbarkeit wegen direkt im Text übersetzt und entsprechend gekennzeichnet; Egidius Arimond hat in seinen Notizen wohl eine Vielzahl von Gedanken und Erkenntnissen formuliert, die er von antiken Autoren übernommen hat. Die eigentümliche Formulierung «Wie die Wohnung einer Maus hat auch meine Höhle mehrere Ausgänge» zum Beispiel wäre für mich eine eigentümliche Formulierung geblieben, hätte mich nicht Frau Dr. Cora Sybi-Böttcher darauf aufmerksam gemacht, dass es sich hierbei um eine Textstelle aus Plautus' «Truculentus» (868–870) handelt. Ich bin Schriftsteller, kein Philologe; in jedem Satz etwas finden zu wollen bzw. zu müssen, das über ihn hinausweist, als ob es in jeder Höhle einen Schatz zu heben gilt, kann nicht meine Aufgabe sein. Ich danke an dieser Stelle der Leserin und dem Leser, der diese Aufgabe übernimmt.

S. 15:
Aspera perpessu fiunt iucunda relatu.
Was hart zu ertragen war, wird beim Erzählen angenehm.
Catonis Monosticha 32

S. 27:
Arduum videtur res gestas scribere.
Es erscheint schwierig, Geschichte zu schreiben.
Sallust, de coniuratione Catilinae 3,2

S. 42:
Sors est sua cuique ferenda.
Sein Schicksal muss jeder ertragen.
Manilius, Astronomica, IV, 22

S. 107:
Velis et remis.
Mit Segeln und Rudern.
Cicero, ad familiares 12, 24 (25)

S. 127 f.:
Quodque parum novit, nemo docere potest.
Niemand kann lehren, wovon er wenig versteht.
Ovid, Tristia, 2,348

S. 129:
O fallacem hominum spem!
Wie trügerisch ist doch das Hoffen des Menschen!
Cicero, de oratore 3, 7

S. 168:
Amare et sapere vix deo conceditur.

Lieben und zugleich vernünftig bleiben, ist kaum einem Gott erlaubt.
Publilius Syrus, Sententiae A 22

S. 194:
Qualis nox fuit illa, di deaque,
quam mollis torus. Haesimus calentes
et transfudimus hinc et hinc labellis
errantes animas.
Was für eine Nacht, ihr Götter und Göttinnen!
Was für ein weiches Lager! Glühend vor Liebe hingen wir aneinander
und ließen über unsere Lippen
unsere sich verirrenden Seelen hin und her fließen.
Petron, Satyricon 79, 8

S. 217 f.:
Ludite, eunt anni more fluentis aquae.
Nec quae praeteriit, iterum revocabitur unda,
nec quae praeteriit, hora redire potest:
Utendum est aetate! Cito pede labitur aetas,
nec bona tam sequitur quam bona prima fuit.
Habt Spaß miteinander! Es jagen die Jahre dahin wie das fließende Wasser.
Ist eine Welle vorbei, kein Ruf holt sie jemals zurück,
Ist eine Stunde vorbei, niemals kann sie wiederkehrn:
Nutzt euer Leben! Denn schnellen Schritts entschwindet der Jugend Zeit,
Und was folgt, ist nie so gut, wie einst es einmal war.
Ovid, Ars amatoria, III 62 ff.

S. 248:
Fabulae!
Dummes Zeug!

Terenz, Heautontimorumenos 336

S. 263:
Quocumque aspexi, nihil est nisi mortis imago.
Wohin auch immer ich blicke, ist nur ein Bild des Todes.
Ovid, Tristia 1, 11, 23

S. 275 f.:
Confiteor Deo omnipotenti,
beatae Mariae semper Virgini,
beato Michaeli Archangelo,
beato Ioanni Baptistae,
sanctis Apostolis Petro et Paulo,
omnibus Sanctis,
et vobis, fratres / et tibi, pater,
quia peccavi nimis
cogitatione, verbo et opere:
mea culpa, mea culpa,
mea maxima culpa.
Ideo precor beatam Mariam semper Virginem,
beatum Michaelem Archangelum,
beatum Ioannem Baptistam,
sanctos Apostolos Petrum et Paulum,
omnes Sanctos,
et vos, fratres / et te, pater,
orare pro me ad Dominum Deum nostrum.
Ich bekenne Gott, dem Allmächtigen,
der seligen, allzeit reinen Jungfrau Maria,
dem heiligen Erzengel Michael,
dem heiligen Johannes dem Täufer,
den heiligen Aposteln Petrus und Paulus,
allen Heiligen,
und euch, Brüder / und dir, Vater

dass ich Gutes unterlassen und Böses getan habe.
Ich habe gesündigt in Gedanken, Worten und Werken
durch meine Schuld, durch meine Schuld,
durch meine große Schuld.
Darum bitte ich die selige Jungfrau Maria,
den heiligen Erzengel Michael,
den heiligen Johannes den Täufer,
die heiligen Apostel Petrus und Paulus,
alle Engel und Heiligen,
und euch, Brüder und Schwestern,
für mich zu beten bei Gott, unserem Herrn.

S. 297:
Fortuna favet fatuis.
Das Glück ist den Einfältigen gewogen.
Anonymus

Amaunet und Amun – verkörpern das Verborgene, Unsichtbare, welches sich aus der Bedeutung des Namens Amun ableiten läßt, dessen weiblicher Aspekt Amaunet ist.

Brutableger – die einfachste Methode, ein neues Bienenvolk zu züchten. Es wird ein Ableger gebildet, indem einem Volk Brutwaben mitsamt Bienen entnommen werden.

Confiteor – Schuldbekenntnis, allgemeines Sündenbekenntnis zu Beginn der Messe, vor der Komplet, Krankensalbung, Generalabsolution und dem Päpstlichen Segen. Ursprünglich privates Bußgebet, wurde es im 11. Jahrhundert in die Messe aufgenommen.

Einwinterung – die Vorbereitung eines Bienenstockes auf die kalte Jahreszeit.

Kraxenträger – Bezeichnung mittelalterlicher Transportunternehmer, die Waren über die Alpen tragen.

Schertentage – ein im Mittelalter im Alpenraum verwendetes Wort für Schafskälte und die Eisheiligen; die Tage, nach denen die Schafe geschoren werden.

Senklöcher – aus unterirdischen Hohlräumen resultierende Krater.

Stock (Bienenstock) – eine vom Imker zur Verfügung gestellte, künstliche Nisthöhle mitsamt dem darin befindlichen Volk von Honigbienen.

Tracht – zum einen die Landschaften mit Obstbäumen, Rapsfeldern und Blütenpflanzen, die Bienen zu ihrer Ernährung aufsuchen. Zum anderen bezeichnet der Imker die Ernte, die die Biene in den Stock bringt, als Tracht (Nektar, Honigtau und Pollen).

Urbarium – eine bedeutende Wirtschafts- und Rechtsquelle des mittelalterlichen und frühneuzeitlichen Lehnswesens.

Variszisches Urgebirge (variskisches Faltengebirge) – das variskische Gebirge entstand vor 370–320 Millionen Jahren.

Verdeckeln – ein Vorgang, bei dem die gefüllten Honigzellen mit Wachs verschlossen werden.

Würzburg Radar (FuMG 62) – ein im Zweiten Weltkrieg eingesetztes Funkmessgerät der Reichsluftwaffe zur Feindfrüherkennung.

Weiselzellen – Königinnenzellen.

Zargen – Kastenmodule, aus denen ein Bienenstock besteht.

Zeidlerei (Zedlerei) – das gewerbsmäßige Sammeln von Honig wilder oder halbwilder Bienenvölker im Mittelalter; ausgeübt wurde es vom Zeidler.

Zweiter Weltkrieg in der Eifel – Bis zur Landung der Alliierten im Juni 1944 in der Normandie war das Urftland von unmittelbaren Kriegseinwirkungen zum großen Teil verschont geblieben. Mit dem Eintreffen der amerikanischen Streitkräfte im September 1944 an der deutschen Westgrenze wird die Eifel zum Aufmarsch- und Kriegsgebiet. Mitte Dezember beginnt die Ardennenoffensive, die letzte große Schlacht des Zweiten Weltkrieges, die zwei Monate andauerte und insgesamt 150000 Opfer forderte. Die Amerikaner besetzten das Urftland schließlich am 8. März 1945, genau zwei Monate später erfolgte die bedingungslose Kapitulation des Deutschen Reiches.

Arimond, Egidius: Notizhefte 1–9 und Zeichnungen.

Arntz, Hans-Dieter: «Reichskristallnacht». Der Novemberpogrom 1938 auf dem Lande. Gerichtsakten und Zeugenaussagen am Beispiel der Eifel und Voreifel. Aachen 2008.

Babel, Isaak: Die Reiterarmee. Übersetzt v. Dimitri Umanski, Thomas Reschke, Karl H. Jähn. Darmstadt 1980.

Bayrischer Rundfunk: Special Bienen. Online verfügbar unter https://www.br.de/themen/wissen/biene-bienen-bienensterben-imker-100.html, zuletzt geprüft am 20.02.2019.

Becker, Jürgen: Schnee in den Ardennen. Frankfurt am Main 2009.

Beevor, Antony: Die Ardennen-Offensive 1944. Hitlers letzte Schlacht im Westen. Übersetzt v. Helmut Ettinger. München 2016.

Bienenwerk. Online verfügbar unter https://www.bienenwerk-online.com/, zuletzt geprüft am 20.02.2019.

Biermann, Werner: Sommer 39. Berlin 2009.

Bode, Sabine: Die vergessene Generation. Die Kriegskinder brechen ihr Schweigen. Mit einem Nachwort von Luise Reddemann. Stuttgart 2015.

Bonsels, Waldemar: Die Biene Maja und ihre Abenteuer. München 2012.

Büth, Hubert: Kall im Spiegel der Geschichte. Selbstverlag 2014.

Chadwick, Fergus/Alton, Steve/Tennant, Emma Sarah/Fitzmaurice, Bill/Earl, Judy: Das Bienen Buch. Bienen verstehen, schützen und halten. Übersetzt von Jutta Langheineken/Claudia Heidsiek. München 2017.

Dillon, Chris/Richthofen, Esther von: Alltag im Dritten Reich. Berlin 2015.

Dominik, Hans: Ein Stern fiel vom Himmel. Leipzig 1933.

Dutli, Ralph: Das Lied vom Honig. Eine kleine Kulturgeschichte der Biene. Göttingen 2012.

Fabre, Jean-Henri: Das offenbare Geheimnis. Aus dem Lebenswerk des Insektenforschers. Hg. v. Kurt Guggenheim, Adolf Portmann. Übersetzt von Kurt Guggenheim. Mit Zeichnungen von Sabine Bousani-Baur. Zürich 1993.

Flasch, Kurt: Nikolaus von Kues. Geschichte einer Entwicklung. Vorlesungen zur Einführung in seine Philosophie. Frankfurt am Main 2008.

Galland, Adolf: Die Ersten und die Letzten. Jagdflieger im Zweiten Weltkrieg. Würzburg 2012.

Gay, Jutta/Menkhoff, Inga: Das große Buch der Bienen. Köln 2012.

Grube, Frank/Richter, Gerhard: Alltag im Dritten Reich. So lebten die Deutschen 1933-1945. Hamburg 1982.

Gustafsson, Lars: Der Tod eines Bienenzüchters. Frankfurt am Main 2001.

Handke, Peter: Das Gewicht der Welt. Ein Journal (November 1975 – März 1977). Frankfurt am Main 1979.

Heinen, Franz Albert: Abgang durch Tod. Zwangsarbeit im Kreis Schleiden 1939-1945. Schleiden 2018.

Herrmann, Hajo: Bewegtes Leben. Kampf- und Jagdflieger 1935-45. Oberhausen 2015.

Horchem, Hans Josef: Kinder im Krieg. Kindheit und Jugend im Dritten Reich. Hamburg 2014.

Hubbell, Sue: Leben auf dem Land. Übersetzt von Barbara Heller. Zürich 2018.

Imkerverein Beerfelder Land: Die Honigbiene. Online verfügbar unter http://www.imkerverein-beerfelderland.de/Die-Honigbiene/, zuletzt geprüft am 20.02.2019.

Kapuściński, Ryszard: Die Welt im Notizbuch. Übersetzt v. Martin Pollack. München (u. a.) 2003.

Kästner, Erich: Das Erich Kästner Lesebuch. Hg. v. Christian Strich. Zürich 1989.

Kempowski, Walter: Das Echolot. Ein kollektives Tagebuch. Januar/Februar 1943. München 2016.

Kershaw, Ian: Das Ende. Kampf bis in den Untergang. NS-Deutschland 1944/45. Übersetzt von Klaus Binder, Bernd Leineweber, Britta Schröder. München 2013.

ders.: Höllensturz. Europa 1914 bis 1949. Übersetzt von Klaus Binder, Bernd Leineweber, Britta Schröder. München 2017.

Kidd, Sue Monk: Die Bienenhüterin. Übersetzt von Astrid Mania. München 2005.

Kues, Nikolaus von: Philosophisch-Theologische Werke. Latei-

nisch – Deutsch. Band 1 – 4. Mit einer Einl. v. Karl Bormann. München 2002.
Küpper, Heinz: Simplicius 45. Weilerswist 2010.
Kurowski, Franz: Oberstleutnant Heinz Bär. Als Jagdflieger an allen Fronten. Würzburg 2007.
Leisten, Christoph: Argana. Notizen aus Marokko. Aachen 2016.
Lorenz, Hilke: Weil der Krieg unsere Seelen frisst. Wie die blinden Flecken der Vergangenheit bis heute nachwirken. Berlin 2012.
Lunde, Maja: Die Geschichte der Bienen. Übersetzt von Ursel Allenstein. München 2018.
Lüttgens, Karl J. (Hg.): Als der Krieg in die Nordeifel kam. Zivilisten und Soldaten berichten über die Zeit von 1939 bis 1945 im Kreis Schleiden und in seinen Nachbarregionen. Schleiden-Gemünd 2013.
Maeterlinck, Maurice: Das Leben der Bienen. Mit einem Essay von Gerhard Roth. Übersetzt von Friedrich von Oppeln-Bronikowski. Zürich 2013.
Menzel, Randolf/Eckholt, Matthias: Die Intelligenz der Bienen. Wie sie denken, planen, fühlen und was wir daraus lernen können. München 2016.
Munson, Kenneth: Die Weltkrieg II-Flugzeuge. Alle Flugzeuge der kriegführenden Mächte. Stuttgart 1999.
Nosbüsch, Johannes: Als ich bei meinen Kühen wacht'. Geschichte einer Kindheit und Jugend in den dreissiger und vierziger Jahren. Landau/Pfalz 1999.
Paull, Laline: Die Bienen. Übersetzt von Hannes Riffel. München 2016.
Pepys, Samuel: Tagebuch aus dem London des 17. Jahrhunderts. Herausgegeben und übersetzt von Helmut Winter. Stuttgart 2014.
Recheis, Käthe: Lena. Unser Dorf und der Krieg. München 1993.
Reichsluftfahrtministerium: Die wichtigsten Feindflugzeuge in Wort und Bild. Stand Sommer 1940. Dresden 1940.
Röll, Hans-Joachim: Major Joachim Müncheberg. Vom König der Malta-Jäger zum legendären Jäger-Ass von Tunis. Würzburg 2014.

Roth, Gerhard: Über Bienen. Übersetzt von Martin Kubaczek. Wien/Bozen 1996.
Sartre, Jean-Paul: Der Ekel. Übersetzt von Uli Aumüller. Reinbek bei Hamburg 1975.
Schubert, Dietrich: http://www.schubertfilm.de/, zuletzt geprüft am 20.02.2019.
Schubert, Katharina: Fluchtweg Eifel. Spurensuche an einer kaum beachteten Grenze. München 1995.
Schumann, Frank (Hg.): Was tun wir hier? Soldatenpost und Heimatbriefe aus zwei Weltkriegen. Berlin 2013.
Seeley, Thomas D.: Bienendemokratie. Wie Bienen kollektiv entscheiden und was wir davon lernen können. Übersetzt von Sebastian Vogel. Frankfurt am Main 2018.
Spektrum.de: Lexikon der Biologie. Honigbienen. Online verfügbar unter https://www.spektrum.de/lexikon/biologie/honigbienen/32530, zuletzt geprüft am 20.02.2019.
Spoden, Peter: Feinde in der Nacht. Die Geschichte eines Nachtjägerpiloten der Luftwaffe 1943-1945. Selbstverlag 2014.
Tautz, Jürgen/Steen, Diedrich: Die Honigfabrik. Die Wunderwelt der Bienen – eine Betriebsbesichtigung. Gütersloh 2017.
Terlouw, Jan: Kriegswinter. Übersetzt von Eva Schweikart. Stuttgart 2013.
Verne, Jules: Reise zum Mittelpunkt der Erde. In: ders.: Romane. 20000 Meilen unter dem Meer. In 80 Tagen um die Welt. Reise zum Mittelpunkt der Erde. Von der Erde zum Mond. Köln 2013.
Weiß, Karl: Bienen und Bienenvölker. München 1997.
Wikipedia: Bienen. Online verfügbar unter https://de.wikipedia.org/wiki/Bienen, zuletzt geprüft am 20.02.2019.
Wohlfromm, Hans-Jörg/Wohlfromm, Gisela: «Und morgen gibt es Hitlerwetter!». Alltägliches und Kurioses aus dem Dritten Reich. Köln 2017.
Zehnpfennig, Barbara: Adolf Hitler. Mein Kampf. Weltanschauung und Programm – Studienkommentar. München 2011.

Filmverzeichnis

Kriegsjahre in der Eifel. Regie: Dietrich Schubert. Drehbuch: Dietrich Schubert. DE 1989.
Mathi Schenks letzte Reise nach Polen. Regie: Dietrich Schubert. Drehbuch: Dietrich Schubert. DE/BE 2001/02.
Nachkriegsjahre in der Eifel. Regie: Dietrich Schubert. Drehbuch: Dietrich Schubert. DE 1992.
Nicht verzeichnete Fluchtbewegungen oder Wie die Juden in der West-Eifel in die Freiheit kamen. Regie: Dietrich Schubert. Drehbuch: Dietrich Schubert. DE 1990.
Verzeihen ja, Vergessen nie. Die deutschsprachige Minderheit in Belgien. Regie: Dietrich Schubert. Drehbuch: Dietrich Schubert. DE 1994.